Tödliches Orakel

THRILLER

TINA SABALAT

ISBN-10: 3-8476-9458-8
ISBN-13: 978-3-8476-9458-8

Manchmal ist die Zukunft da, ehe wir ihr gewachsen sind.

John Steinbeck

1. BUCH: PYTHIA

Pythia lautete der Titel der Medien, die als Orakel im Tempel von Delphi weissagten. Pythien waren stets Frauen, und auch wenn nach dem griechischen Glauben Gott Apollon selbst aus ihnen sprach, waren sie doch simple Mittlerinnen ohne Machtposition: Die Orakelsprüche der Pythia mussten erst von der männlichen Priesterschaft gedeutet werden, bevor der Ratsuchende die Antwort auf seine Frage erhielt. Nicht von ungefähr kommt die Nähe des Titels 'Pythia' zur Riesenschlange 'Python': Der Python ist in der griechischen Mythologie ein drachenähnliches Fabeltier, welches sich aus dem faulenden Schlamm erhob, der nach Ende der deukalischen Flut (vergleichbar der christlichen Sintflut) zurückgeblieben war. Aufgabe des Python war es, das Orakel von Delphi zu bewachen.

TAG 1 – SONNTAG, 30. JULI

Sams erster Termin war an einem Tag im Hochsommer. Seit zwei Wochen lag eine unerträglich feuchte Hitze über der Stadt, die mir nicht gut tat: Sie machte diese Übelkeit schlimmer und bewirkte, dass ich mir nach jedem Kunden eine kühle, weiße Toilettenschüssel herbeisehnte, der ich meinen aufgewühlten Mageninhalt anvertrauen konnte. Ich hatte gedacht, dass ich diese Zeit hinter mir hätte, hatte gedacht, dass ich stärker geworden wäre, aber die Hitze bewies mir das Gegenteil und warf mich zurück in die frühen Tage meines zweiten Seins: Die schwere, schwüle Luft ließ das Innere der Menschen schlimmer gären als üblich und machte das, was ohnehin schon faulig und stinkend war, noch schwärzer und giftiger.

Sam erschien pünktlich, und das schätze ich bei meinen Kunden. An Verspätung akzeptiere ich maximal das akademische Viertel, danach ist der Termin gestorben – ohne Rückerstattung der Gebühr, versteht sich. Kommt jemand innerhalb dieses Zeitrahmens zu spät, gewähre ich genau die Zeit, die zu der üblichen vollen Stunde bleibt: Ich habe eine Stoppuhr vor mir liegen, und sie beginnt genau zur vereinbarten Zeit zu ticken, zählt die Minuten und Sekunden herunter, die dem Kunden oder der Kundin noch zustehen.

Frau Berger führte Sam in den Konsultationsraum und brachte stilles Wasser. Kaffee, Tee und dergleichen anregende Getränke gab es grundsätzlich nicht, die Leute waren mir so schon zitterig genug. Außerdem störte es mich maßlos, wenn jemand unendlich lang und klingelnd in seiner Tasse rührte. Oder auf die heiße Flüssigkeit pustete, mit gespitzten und speichelnassen Lippen – ja, nasses Pusten war definitiv noch schlimmer als klingelndes Rühren. Auch Säfte, Mineralwasser, Cola und so weiter standen auf meiner Liste der verbotenen Getränke: Saft verätzt das Innenleben zu einer bitteren Suppe, Kohlensäure lässt es aufschäumen wie einen verseuchten Bach. Daher: Stilles Wasser, schweigend serviert, ohne dass ein überflüssiger Satz gefallen wäre. Ein überflüssiger Satz zieht andere nach sich, ihre Summe nennt sich Small Talk. Und das war gewiss nicht das, wofür die Leute mich bezahlten. Oder was ich gern tat.

Sam akzeptierte das Wasser mit höflichem Dank, nicht aber den Platz auf dem kleinen Sofa, den Frau Berger ihm zuwies, stattdessen wanderte er entspannt im Raum umher. Ich saß wie gewöhnlich bereits nebenan in meinem Arbeitszimmer und verfolgte Sams Weg mithilfe der zahlreichen, unauffällig im Raum verteilten Kameras. Ich sah ihn von oben und von der Seite, von nah und fern, von links und rechts. Die Monitore auf dem Schreibtisch vor mir zeigten einen jungen Mann von etwa dreißig Jahren, und damit war er kein üblicher Kunde: Ich zählte eher Frauen zu meinen Besuchern als Männer, und die wenigen Herren, die zu mir kamen, weil sie von den großen Fragen des Lebens bewegt wurden, waren älter. Fünfzig, mindestens. Keine Ahnung, warum – wahrscheinlich wurde ihnen die Zukunft wichtiger, je kürzer sie war.

Sam war groß und schlank, seine Haare kastanienbraun. Während er meine Büchersammlung betrachtete, fuhr er sich zwei- oder dreimal durch seinen wirren Schopf, was indes keinen ordnenden Effekt hatte. Er wirkte trotz der auch im Haus spürbaren Hitze bewundernswert kühl, trug ein lockeres

Hemd zu grasgrünen Tennisschuhen und Jeans.

Meine Bücher schienen ihn zu interessieren, denn er verweilte länger vor dem Regal, als ich es von meinen Besuchern gewohnt war. Die Bände standen nur dort, um mit ihren teuren, sichtlich alten Lederrücken für ein gewisses Ambiente zu sorgen. Ich hätte meine Kunden ebenso gut in einem reinweißen Raum ohne viel mehr als die notwendige Sitzgelegenheit und die weitaus notwendigeren Kameras empfangen können, aber das würde meinen Gästen diese Situation nur noch unangenehmer machen. Beim ersten Mal, wohlgemerkt. Beim zweiten Mal war alles anders, war aus der Nervosität stets so etwas wie hoffnungsschwangere Vorfreude geworden.

Sam entdeckte meinen kompletten Platon in einer Ausgabe aus dem 19. Jahrhundert, und während er ohne jedwede Scheu einen der Bände aus dem Regal nahm, registrierte ich, dass er sehr helle Haut hatte. Ich sah Augenbrauen, die im Alter eventuell zu buschig werden würden, jetzt aber nur kräftig wirkten. Und Augen, die nahe unter diesen Brauen lagen – was viel Raum ließ für hohe Wangenknochen und ein Kinn mit leichtem Bartschatten.

»Nehmen Sie auf dem Sofa Platz«, sagte ich in mein Mikrofon, die schlanke Gestalt erstarrte und wandte suchend den Kopf, als die Lautsprecher meine Bitte diffus durch den Raum schwingen ließen.

»Sie sehen mich auf dem Monitor, der auf dem Tisch vor dem Sofa steht«, half ich Sam.

Er stellte das Buch zurück und setzte sich. Auf dem Bildschirm sah er mich vom Kopf bis zu den Schultern, im Hintergrund eine weiße Wand. Ein Lächeln schmückte mein Gesicht, aber nicht irgendeins: Es war das für Kunden reservierte Lächeln, das ich stundenlang vor dem Spiegel geübt hatte. Nicht allzu strahlend, eher hilfsbereit und ermutigend.

Sam musterte mich, und ich registrierte verwundert, dass auch auf seinen Zügen ein Lächeln lag. Freundlich sah es aus, sogar erfreut – für einen Kunden beim ersten Besuch höchst ungewöhnlich.

»Sie sehen mich, ich sehe Sie«, erläuterte ich Sam die übliche Vorgehensweise. »Ich befinde mich im Zimmer nebenan. Wir werden zunächst auf diese Art und Weise miteinander reden, anschließend komme ich zu Ihnen in den Raum. Sprechen Sie in normaler Lautstärke und einfach in Richtung des Monitors, dann kann ich Sie ebenso problemlos verstehen wie Sie mich.«

»Okay«, erwiderte Sam, wenn auch zögernd. Er wirkte jetzt irritiert, aber das störte mich nicht weiter: Irritation, Nervosität – das war ich gewohnt, damit konnte ich umgehen.

»Wie darf ich Sie nennen?«, erkundigte ich mich wie bei jedem neuen Gesicht, und Sams Lächeln erschien erneut.

Er hatte einen interessanten Mund, mit sensiblen, interessant geschwungenen Lippen. Sie entblößten zwei Reihen ebenmäßiger Zähne, weiß und gesund – ich sah es mit Erleichterung, denn ein moderiges Gebiss als Pforte zur Innenwelt war nur schwer zu ertragen.

»Sam«, antwortete Sam, ohne nachzudenken, und ich ging daher davon aus, dass dies sein echter Name war. Nicht, dass das wichtig gewesen wäre. Die echten Namen meiner Kunden interessierten mich nicht, ebenso wenig wie mein echter Name meine Kunden zu interessieren hatte.

»Sehr erfreut, Sam. Ich bin Pythia.«

»Sie sehen nicht aus wie jemand, der Pythia heißt«, antwortete er prompt. Mit abschätziger Betonung des Wortes, bei der er das P ausspuckte, als wäre es ekelig.

»Wie stellen Sie sich denn eine Pythia vor?«, erkundigte ich mich, was keine übliche Frage war und mich daher ein wenig aus dem Trott brachte.

Sam zuckte mit den Schultern, als würde er seinen Widerwillen nur ungern in Worte fassen.

»Was weiß ich ... Eine ältere Frau. Böse. Verkniffener Mund. Mit Brille und Gesundheitsschuhen.«

»Pythia ist streng genommen kein Name, sondern ein Titel. Und ich verwende ihn rein beruflich, als Künstlername«, entgegnete ich kühl.

Meine Antwort erzeugte Grübelfalten auf Sams Stirn, aber

ich verspürte keine Lust, ihm Nachhilfe zu geben. Er konnte einen Blick ins Lexikon werfen, wenn ihn interessierte, was eine Pythia war, was eine Pythia tat. Hätte ich Sam das Ganze ehrlich erklärt, hätte ihm das zudem zu viel über mich enthüllt, und hier ging es nicht um mich. Oder diesen Namen und seinen Ursprung in Schlamm und Schleim, den ich so überaus passend gefunden hatte, denn in nichts anderem wühlte ich tagtäglich.

»Wer hat Sie zu mir geschickt?«, stellte ich eine weitere Frage, und sie gehörte wieder zu denen, die ich immer stellte – nicht, weil ich Vermittlungsprovision zahlte, sondern weil es gut war zu wissen, wer mir welche Leute schickte. Mit wem ich ein Wörtchen reden musste. Meine Privatempfehlungen waren meist in Ordnung, anders verhielt es sich mit den Kunden, die mir meine weniger begabten Kollegen überstellten. Darunter befanden sich oft Menschen am Ende einer wahren Odyssee, Menschen am Ende ihrer Nerven, Menschen am Ende jeder Hoffnung. Nicht, dass ich ihnen nicht helfen konnte: Ihre Odyssee war bei mir zu Ende, und die Hoffnung ... nun, ich war nicht allwissend, aber ich wusste, was möglich war. Ich mochte meine Kunden allerdings noch halbwegs auf dem Boden der Tatsachen, nicht mithilfe von allerlei Voodoo und Hokuspokus zu nervösen Wracks umgemodelt. Das kam vor, leider, und ich war nicht gewillt, auf Kosten meiner eigenen Nerven das zu reparieren, was andere durch pure Unfähigkeit kaputtgemacht hatten.

Ich erwartete also, dass Sam nun entweder den Namen eines Kollegen nennen oder aber die Visitenkarte aus der Hosentasche ziehen würde. Diese Visitenkarte bekam jeder neue Kunde am Ende seines ersten Termins von Frau Berger überreicht, auf ihr standen schlicht mein Künstlername und die Telefonnummer für Termine. Diese Karte durfte der Kunde weitergeben, und zwar nur diese eine. Du hast ein Wunder erlebt, sollte das bedeuten, und du kannst nur einen anderen Menschen an diesem Wunder teilhaben lassen. Das erzeugte ein sorgfältiges, fast schon eifersüchtiges Abwägen – und wenn meine Kunden mir meine Kunden vorsortierten, musste ich das nicht mehr übernehmen.

»Äh ... Das weiß ich nicht«, antwortete Sam, und damit verblüffte er mich.

»Sie wissen nicht, wer Sie zu mir geschickt hat?«

»Nein. Ich habe einen Brief bekommen. Eine Einladung.«

Er griff in die hintere Tasche seiner Jeans und holte einen Umschlag heraus: Er bestand aus dickem, silbernem Papier, darin steckte eine Glückwunschkarte. Ich konnte das Motiv auf der Karte nicht erkennen, denn Sam öffnete sie sofort und hielt sie nah an die Kamera vor ihm.

»Da. 'Ein Termin, den du nicht versäumen darfst'. Mit dem heutigen Datum und der Uhrzeit. Plus der Adresse hier.«

»Und Sie wissen nicht, wer Ihnen das geschickt hat?«

Die Karte verschwand, ich sah wieder in Sams Gesicht: Er blickte ratlos drein. »Nein. Sie waren es nicht?«

Ich lachte auf, unfreiwillig erheitert. »Nein, gewiss nicht.«

»Schade«, sagte er mit einem Lächeln, ich schoss sofort das scharfe 'Wie bitte?' ab, das ich mir für solche Situationen antrainiert hatte: Es stutzte flirtwillige Männer meist erfolgreich zurück auf die Rolle, in der ich sie hier sehen wollte – zahlende Kundschaft, die nach genau einer Stunde wieder aus meinem Leben verschwunden war.

»Und Sie wissen auch nicht, wer die Gebühr entrichtet hat?«, erkundigte ich mich bei Sam, der indes durch meinen Rüffel nicht besonders eingeschüchtert aussah.

»Gebühr? Nein. Irgendein Freund, vermute ich.«

»Die Gebühr beträgt 9.999 Euro«, informierte ich ihn, und Sams Gesichtsausdruck verwandelte sich in Zeitlupe von etwas ratlos zu hochgradig verwirrt.

»9.999 Euro?«

Ich nickte. »Ja. Nicht einen Euro mehr, nicht einen Euro weniger.«

Nicht einen Euro weniger, weil ich auf keinen verzichten wollte, und nicht einen Euro mehr, weil die Summe dann vom Geldwäschegesetz betroffen wäre und mir das Finanzamt oder gar die Polizei auf die Finger schauen würde. Ich mochte es nicht, wenn mir jemand auf die Finger schaute. Würde das

Gesetz geändert, würde ich meine Preise ändern.

»Heftig«, kommentierte Sam meine Preispolitik halb beeindruckt, halb schockiert. Ich hielt 'angemessen' für das richtige Wort, sparte mir aber einen entsprechenden Kommentar.

»Haben Sie so gute Freunde, Sam? Freunde, denen Sie fast zehntausend Euro wert sind?«, fragte ich stattdessen.

»Scheinbar«, antwortete er, wenn auch mit leisem Zweifel in der Stimme. Den teilte ich, denn so gute Freunde besaß niemand.

»Und außer dieser Karte haben Sie nichts bekommen? Keinen Hinweis darauf, worum es hier gehen könnte?«

»Doch.«

Sam langte erneut in den Umschlag, zog einen Zettel heraus. Din A4, gefaltet, mit einer Zeile Text.

»Hier steht 'Stell die Frage: Was passiert am 10. August?'«

Ah, dieser Kunde wurde immer interessanter! Ich hoffte, dass Sam mir meine Überraschung nicht ansah, aber diese kleine Frage machte ihn zu etwas Besonderem. Nein, sogar zum Ersten seiner Art! Die meisten Leute wollten von mir erfahren, wann etwas geschah oder aber, wie bzw. ob sie ein bestimmtes Ziel erreichen konnten. 'Was'-Fragen waren bislang nur eine theoretische Möglichkeit gewesen, denn es hatte niemals jemand eine gestellt – bis zu diesem Tag.

»Wissen Sie überhaupt, was ich hier tue?«, fragte ich meinen neuen Kunden unüblicherweise, Sam zögerte.

»Nun, erst dachte ich ...« Er sah mich prüfend an, schüttelte dann den Kopf. »Das kann ich nicht sagen«, fuhr er fort. »Aber schauen Sie, die Karte.«

Diesmal erschien die grellbunte Vorderseite vor der Kamera, ich erkannte ein rotes Herz und Sektgläser, darum herum Lippenstift-Küsse. Und unten ... Was war das, ein Paar Pumps und ein BH? Nun war ich an der Reihe, überfordert die Stirn zu runzeln, doch dann dämmerte es mir.

»Sie haben gedacht, es würde Sie hier eine Nutte erwarten? Mit Champagner?«

Das ließ Sam ein wenig aufrechter sitzen und nachdrücklich

den Kopf schütteln.

»Nein, nein. Das mit der Frage passt zwar nicht, aber es sah trotzdem nach ... Party aus.«

»Party.«

»Ja.«

»Es ist Viertel nach elf. Am Morgen. An einem Sonntagmorgen.«

Sam zuckte erneut mit den Schultern, versuchte ein Lächeln – es wirkte gezwungen.

»Feste muss man feiern, wie sie fallen«, sagte er schwach.

Ich starrte ihn an, er hielt meinem Blick noch ein paar Sekunden stand und senkte den seinen dann auf die Karte. Genierte er sich? Ich drückte einige Tasten, holte sein Gesicht näher heran, bis es den ganzen Bildschirm ausfüllte. Ja, er schämte sich. Ein zartroter Schimmer ließ seine Wangen leuchten, und Sam sah damit auf einmal nicht mehr so beneidenswert kühl aus. Während ich die seltene Gelegenheit genoss, ohne Übelkeit einem absolut attraktiven jungen Mann aus dieser Nähe ins Gesicht schauen zu können, blickte Sam mich erneut an: Seine Augen waren Türkisblau und hatten jetzt einen 'Verzeih mir'-Ausdruck, der derart an den Blick von Frau Bergers Dackel erinnerte, dass ich lachen musste. Lauthals. Das war mir noch nie passiert, doch dies war auch die absurdeste Situation, die ich jemals erlebt hatte. Die Leute erwarteten alles Mögliche von mir, kamen mit den abstrusesten Vorstellungen und Ideen – aber das? Das war neu.

»Es tut mir leid«, versuchte Sam zu retten, was zu retten war. »Als ich Sie gesehen habe, und den Raum hier, habe ich mir schon gedacht, dass ich da ein bisschen falsch geraten habe. Sie sehen nicht aus, als ...« Er brach ab.

»Wie sehe ich denn aus?«, stellte ich eine absolut ungewohnte Frage in einem angriffslustigen Tonfall, er bemühte wieder seine Schultern.

»Sie sind schön«, sagte er, und das war nicht die Antwort, mit der ich gerechnet hatte. »Nicht hübsch oder attraktiv, einfach ... schön. Sie könnten Ihr Geld sicher anders verdienen.«

»Wie denn zum Beispiel?«

Jetzt lachte Sam, hob dabei abwehrend die Hand.

»Kein Kommentar, ich habe mich schon tief genug reingeritten. Verraten Sie mir einfach, was Sie hier machen. Wofür Sie eine solche Gebühr verlangen. Ich gehe nicht davon aus, dass Sie die Fußpflegerin sind, deren Schild da draußen an der Haustür hängt. Dass Sie es auf meine Hühneraugen abgesehen haben.«

Nein, das war ich nicht. Das war Frau Berger, zumindest auf dem Papier. Sie hatte ein schickes Geschäftsschild neben ihrer Klingel, das ihre angeblichen Dienste anpries, aber keine Kunden. Ich dagegen hatte Kunden, wollte aber kein Geschäftsschild, und so versteckte sich das eine hinter dem anderen und das andere hinter dem einen. Warum und wieso, ging niemanden etwas an.

Also schüttelte ich nur den Kopf, zoomte wieder von Sam weg und setzte mein beruhigendes Lächeln aus der Retorte auf.

»Richtig«, sagte ich, »die Fußpflegerin bin ich nicht. Was ich tue, ist ganz einfach: Ich sehe Ihre Zukunft und beantworte Ihnen dazu genau eine Frage. Eine Frage Ihrer Wahl.«

»Meine Zukunft?«, fragte Sam, ich nickte.

»Ja.«

»Wie?«

»Ich bin eine Haruspica.«

»Aha.«

Ein fragendes Aha, kein Begreifendes, daher hakte ich nach.

»Wissen Sie, was das ist? Was das Wort bedeutet?«

»Nein. Aber es klingt … nicht besonders schön.«

Ich beschloss, Sam diesmal ein wenig Nachhilfe zu geben – auf Kosten seiner unerbittlich vor sich hin tickenden, bezahlten Zeit.

»Haruspica ist die weibliche Form von Haruspex. Das Wort stammt aus dem Lateinischen und setzt sich aus zwei Teilen zusammen: 'Haru', für Eingeweide und 'spec', die Verbalwurzel für Sehen. Eine Haruspica oder ein Haruspex las im alten Rom aus den Eingeweiden eines getöteten Opfertieres die Zukunft.«

Sam schnappte nach Luft, das eben noch so schamfrisch in seinen Wangen glühende Blut verschwand, seine Haut wurde wieder hell. Nein, nicht nur hell: blass geradezu. Er schien ein empfindsames Gemüt zu besitzen, wenn die bloße Erwähnung eines Tieropfers ihn so traf.

»Wird Ihnen übel? Trinken Sie einen Schluck Wasser.«

»Ich ...« Er beachtete das Glas nicht, starrte mich nur an. »Ich kann mir nicht vorstellen, dass Sie in einem toten Tier rumwühlen. Das machen Sie nicht, oder? Sie wollen hier doch kein Tier töten?«

»Nein.«

Sein Ausdruck blieb misstrauisch. »Haben Sie das Tier schon getötet? Sitzen Sie da nebenan bei einem toten Tier?«

»Nein. Sehe ich aus, als würde ich Tiere töten?«

Sam warf mir einen prüfenden Blick aus schmalen Augen zu, dann schüttelte er den Kopf.

»Sie müssen lernen, besser zuzuhören«, rügte ich ihn milde. »Als ich das Opfertier erwähnte, geschah das in geschichtlichem Zusammenhang. Ich sagte, dass eine Haruspica das im alten Rom getan habe.«

»Okay.«

»Ich sagte nicht, dass ich das tue, getan habe oder tun werde.« Meine Stimme klang warm und wahrhaftig, sollte ihn beruhigen.

»Gut.« Sam klang erleichtert, ein tiefer Atemzug weitete seine schmale Brust.

»Ich muss kein Tier benutzen, denn ich lese in Ihren Eingeweiden«, fuhr ich im Plauderton fort, so, als würde ich nur noch eine winzige, unwichtige Kleinigkeit hinzufügen.

Sams Atem stockte, er erbleichte stärker – wahrscheinlich stellte er sich bildhaft vor, wie ich ihn umbrachte, aufschlitzte und wirre Worte in sein freigelegtes Gedärm murmelte. Dieser Gedanke ließ auch mich leicht schwindeln und ich beschloss, uns beide zu erlösen.

»Sam, entspannen Sie sich. Ich sehe in Sie hinein, ohne Sie anzurühren. Ihnen wird nicht ein Haar gekrümmt. Aber ich brauche einen Körper. Den Körper des Menschen, dessen

Zukunft ich vorhersehen soll, um ihm prophezeien zu können. Mir reicht kein Foto, keine Haarsträhne, und auch die Linien in Ihrer Hand sagen mir nichts: Ich brauche den ganzen, lebendigen, atmenden, blutdurchpulsten Körper.«

Ich brauchte ihn deshalb, weil das Sehen immer damit begann, dass ich in den Menschen eintauchte. Durch den Mund in den Hals, durch den Hals in den Magen. Ja, in den Magen, der definitiv in die Kategorie 'Eingeweide' gehörte, denn er stank, war glitschig und schwarz und sauer. Ich arbeitete im Gekröse, in den Innereien, den Kaldaunen. Deswegen Haruspica. Deswegen die Übelkeit nach jedem Termin. Deswegen diese Gebühr.

»Okay«, sagte Sam, aber er klang nicht sonderlich glücklich dabei.

»Gut. Sam, da man Sie hier ein wenig unsanft reingeschubst hat, dürfen Sie sich jetzt überlegen, ob Sie Ihre Chance nutzen wollen. Ob Sie sich von mir weissagen lassen möchten. Sie können die Frage stellen, die Sie mit der Karte erhalten haben, aber auch jede andere, solange sie mit Ihnen zu tun hat. Wenn Sie nicht wollen, können Sie natürlich einfach gehen – die Gebühr bekommen Sie allerdings nicht erstattet. Wenn Sie es sich später anders überlegen sollten, müssten Sie einen neuen Termin machen und erneut die Gebühr entrichten. Den nächsten freien Termin habe ich ...« – ich rief meinen Kalender auf – »im Januar. Ich gebe Ihnen jetzt fünf Minuten zum Nachdenken.«

***

Ich schaltete mein Mikrofon aus, Sams blieb an, ich schaltete meine Kamera ab, Sams blieb an. Der Bildschirm vor ihm erblindete abrupt, und er starrte ein paar Sekunden verdutzt auf das Schwarz, dann wanderten seine Augen zu der Karte in seinen Händen. Er drehte und wendete sie, las den Text darin – sicherlich zum hundertsten Mal, seitdem er diese seltsame Einladung bekommen hatte. Auch das lose Blatt prüfte er erneut, dann stand er auf, steckte Karte und Zettel zurück in den Umschlag, legte ihn auf den Tisch.

Er wird gehen, dachte ich, und war nicht erstaunt darüber. Enttäuscht vielleicht? Ja, enttäuscht auf jeden Fall, denn es interessierte mich durchaus, was am 10. August passieren würde. Und wer 9.999 Euro dafür ausgab, um Sam das auf diese ungewöhnliche Art und Weise mitzuteilen.

Aber Sam ging nicht: Er stand immer noch vor dem Sofa, wenn auch sichtlich unentschlossen. Ich konnte mir lebhaft vorstellen, was in ihm los war. Jemand bestellt dich mit einer anonymen Einladung zu einer Wahrsagerin. Witzig, oder? Was für eine Idee! Unglaublich! Ja, unglaublich. Bis zu dem Punkt, wo diese Wahrsagerin behauptet, dieser jemand habe zehntausend Euro für diesen kleinen Witz bezahlt. Und das Geld war bezahlt worden, ich überzeugte mich vor jedem Termin davon und transferierte das Geld von A über B und C nach D, wo es sich brav sammelte und vermehrte. Oder mich mit einem erfrischenden Pool erfreute, wie erst kürzlich: Er war azurblau, eiskalt, wunderschön - und gestern hatte ich erstmals Wasser eingelassen, nach einer quälenden Woche des Wartens, in der die Fliesen hatten trocknen müssen. Er war eine Wohltat in der drückenden Hitze, eine Wohltat nach der täglichen Magenschau. Er wartete noch auf eine Abdeckung, die sein Wasser sauber halten sollte, aber er war dennoch das Tüpfelchen auf dem i, das in meiner schlammigen Eingeweidewelt gefehlt hatte. Er war perfekt.

»Sie können mich hören, oder?«

Sams Stimme riss mich aus den Gedanken an meinen Pool, ich sah in das Zimmer: Sam saß wieder auf dem Sofa vor dem Monitor. Ich warf einen prüfenden Blick in den Spiegel, tupfte mir mit einem Taschentuch ein paar Schweißperlen von der Stirn, knipste dann mein Lächeln, meine Kamera und mein Mikrofon erneut an.

»Natürlich kann ich Sie hören. Wie lautet Ihre Entscheidung?«

»Ich will wissen, was am 10. August passiert.«

Ich nickte. »Gut. Es läuft folgendermaßen: Sie bleiben auf dem Sofa sitzen. Sie stehen nicht auf, Sie sagen nichts. Ich betrete den Raum durch die Tür zu Ihrer Rechten, und ich werde etwa zwanzig Sekunden bei Ihnen sein. Wenn es um ein genaues Datum geht, dauert es vielleicht ein wenig länger. Ich werde in dieser Zeit nichts sagen, und ich werde den Raum auch wieder verlassen, ohne etwas zu sagen. Ich werde Sie nur ansehen, und Sie müssen nichts weiter tun, als mich ebenfalls anzusehen. Wenden Sie Ihr Gesicht nicht ab. Über die Antwort auf Ihre Frage werden wir anschließend sprechen – so, wie wir jetzt sprechen.«

»Und die Antwort ist ... orakelig?«, bemerkte Sam mit einem schiefen Grinsen, welches eher Zeichen seiner Unsicherheit war denn ehrlich amüsiert.

»Wenn Sie möchten, kann ich sie Ihnen etwas mystifizieren«, bot ich an. »Aber normalerweise sage ich einfach, was passieren wird.«

»Was Sie glauben, gesehen zu haben«, korrigierte Sam altklug, ich schüttelte den Kopf.

»Was passieren wird. Und ein Hinweis noch: Ich werde wissen, was Sie zukünftig tun und was Sie sagen werden. Was mit Ihnen geschieht. Ich kann nicht sehen, was Sie denken oder was Sie empfinden. Natürlich kann man so etwas ableiten – wenn Sie einen Brief erhalten und ihn in Stücke reißen, könnte das aus Wut oder Enttäuschung geschehen. Wenn Sie damit jubelnd durch Ihre Wohnung laufen und am nächsten Tag in einem neuen Ferrari sitzen, könnte das auf Freude hindeuten. Verstehen Sie?«

»Ja. Und ich könnte ein neues Auto gebrauchen.«

»Können wir dann?«

»Ja. Nein. Warten Sie ...« Ein Wuscheln durch die Haare. »Ach, was soll's. Legen Sie los. Es tut ja nicht weh, oder?«

Nein, dir nicht, dachte ich, schüttelte als Antwort aber nur den Kopf und ging zur Tür. Ich vergewisserte mich mithilfe des Spions davon, dass Sam noch auf dem Sofa saß, und trat hinaus. Trotz meiner Anweisungen erhob er sich, kaum dass ich halb durch die Tür war. Alte Schule, dachte ich, diesen Reflex besitzen sonst nur Herren über sechzig.

»Bleiben Sie sitzen«, verlangte ich, Sam ließ sich langsam

zurück in das Polster sinken.

»Sie sollen auch nicht reden«, fügte ich hinzu, als er den Mund zum Protest öffnete.

Sam presste die Lippen zusammen, was mich fast hätte Lächeln lassen. Fast, denn ich war schon in ihm und damit viel zu abgelenkt, um mir noch über Nebensächlichkeiten wie seinen oder meinen Gesichtsausdruck Sorgen zu machen. Sams Lippen hatten mich in ihn hinein gezogen, kaum, dass mein Blick auf sie gefallen war, und die Umgebung um mich herum reduzierte sich auf seinen warmen und feuchten Mundraum. Sams Zahnfleisch war glatt, seine Zunge nur wenig belegt. Seine Zähne fühlten sich so ebenmäßig an, wie sie aussahen: gesund, weiß, kräftig, sauber. Ich rutschte an ihnen vorbei, ließ sie wie ein schneebedecktes Gebirge in der Ferne zurück. Ich passierte das Zäpfchen, und als befände ich mich auf einer Achterbahnfahrt durch eine rosige Höhle rauschte ich abwärts, in seine Speiseröhre. Ein enger Schlauch wartete dort auf mich, fest und hart von den langen Muskelsträngen, die tagaus, tagein das Essen von oben nach unten beförderten. Und dunkel war es jetzt auch, ganz abrupt: Im Hals gab es keine Farben mehr, im Hals begann die Schwärze. Das Innere. Aber noch nicht die Innereien, zum Glück.

Sam schluckte, und die Muskeln in seinem Hals beförderten mich weiter nach unten, drückten mich hinein in den Magen. Ich landete in einer breiigen Masse, sie quoll über mir zusammen wie ein zäher Sumpf, machte meine Bewegungen langsam und anstrengend. Ich spürte ihre gärige Wärme, ihre schleimig-glitschige Konsistenz auf meiner Haut, hatte ihren galligen Geschmack auf der Zunge und ihren Geruch in der Nase. Sam hatte heute Morgen zwei Mohnbrötchen mit Butter und Honig gegessen, Kaffee und Saft dazu getrunken. Kaffee mit Milch, Grapefruitsaft. Der Magen arbeitete auf Hochtouren daran, das Frühstück zu verdauen, ätzende Magensäfte spritzten aus den Drüsen, machten den Brei sauer: Aus Brötchen, Saft und Kaffee war eine graue, bittere Masse geworden, bereit für den nächsten Verdauungsschritt. Ich nahm all das in Sekundenbruchteilen war, schauderte unweigerlich – und war dennoch erstaunt, wie sauber Sam von innen war. Er stank, er zersetzte, ja. Aber nicht mehr, als nötig war, nicht mehr, als natürlich war. Und das war selten, die Mägen der meisten meiner Kunden waren wahre Jauchegruben.

Als ich festgestellt hatte, dass ich Sams Innenleben ... nun, nicht gerade mochte, aber durchaus akzeptabel fand, war mein Bad in seinem Magen schon vorbei: Das Dunkel um mich herum wurde hell, aus dem Schwarz wurde Weiß, und das Weiß bevölkerte sich mit Menschen und Räumen – Sams Magenmatsch verwandelte sich in Sams Leben. Ich sah Sam schlafen, essen, einkaufen, telefonieren, trinken, rauchen, lesen und viele andere Dinge mehr. Die Sekunden reihten sich aneinander, Minuten wurden zu Stunden, die Stunden zu Tagen, als ich die Zeit schneller laufen ließ. Ich zählte die Tage bis zum 10. August – und war dann nicht erstaunt über das, was ich sah, weil es so klar war. Und so logisch.

***

Sams Leben entließ mich und katapultierte mich zurück in die warme Luft des Konsultationsraumes. Das Hinein ins Innere erforderte Überwindung und Willensstärke, das Hinaus lediglich einen kurzen Stoß meiner imaginären Beine gegen die Magenwand: Er ließ mich aus dem Sumpf hervorbrechen wie einen Ertrinkenden aus einem aufgewühlten Meer und führte mich dann durch die Speiseröhre, den Mundraum und schließlich vorbei an Sams beachtenswerten Lippen zurück in die reale, so viel wohlriechendere, saubere und hellere Welt.

Sam stand noch immer vor mir, das Gesicht nun allerdings zu einem Ausdruck der Überraschung verzogen. Dergleichen erzeugte mein Abgang mit dem unvermeidlichen, milden Knuff in den Magen öfters, doch glücklicherweise realisierten die Kunden den Zusammenhang zwischen mir und diesem ebenso plötzlichen wie kurzen Unwohlsein nie - so wörtlich, wie 'Haruspex' bei mir zu nehmen war, verstand das niemand.

Ich machte wortlos auf der Stelle kehrt, ging zurück in mein

Zimmer. Dort nippte ich kurz an dem stets bereitstehenden Glas eiskaltem Wasser, aber ich tat es eher aus Routine denn aus Notwendigkeit: Mir war nicht schlecht, noch nicht einmal etwas mulmig. Trotz dieser mörderischen Hitze. Das lag an Sam, an Sams sauberem Inneren, und deswegen tat es mir fast ein wenig Leid, als ich Mikrofon wie Kamera einschalten und ihm sagen musste, was ich ihm zu sagen hatte.

»Sam, Sie werden am 10. August sterben. Man wird Sie erschießen. Sie bekommen eine Kugel in die Brust und eine in den Kopf.«

TAG 2 – MONTAG, 31. JULI

»Sie müssen herkommen. So geht das nicht«, sagte Frau Berger, kaum dass ich den Telefonhörer abgenommen hatte.

»Was ist los?«, erkundigte ich mich – leicht gereizt, denn ich war gerade ein paar Bahnen in meinem nagelneuen Pool geschwommen und hatte diesen Genuss für das laut und lauter werdende Schrillen des Telefons unterbrechen müssen. Jetzt stand ich am Rand des Pools und bereute tropfnass, dass ich das Telefon überhaupt mit hinausgenommen hatte.

»Der junge Mann«, erwiderte Frau Berger in einem Tonfall, der meine Frage als überflüssig abstrafte.

»Welcher junge Mann?«

»Der gestern bei Ihnen war. Der blasse, dünne. Er war sehr früh heute Morgen schon einmal hier, und ich habe ihm gesagt, dass Sie nicht zu sprechen sind. Dass er einen Termin ausmachen muss. Er ist gegangen, aber jetzt ist er wieder da.«

»Und was tut er?«

»Er hat erneut geläutet, ich habe ihm das Gleiche mitgeteilt wie heute Morgen. Und jetzt sitzt er vor der Tür auf der Treppe. Er wartet, hat er gesagt, irgendwann würden Sie schon ein paar Minuten für ihn haben. Heute oder morgen. Oder übermorgen.« Frau Berger holte tief Luft. »Und er raucht«, fügte sie mit deutlichem Widerwillen hinzu, was mich lächeln ließ. Rauchen war eine Todsünde für Frau Berger, weswegen ich meine Zigaretten immer sorgfältig versteckte, wenn sie in der Nähe war.

»Lassen Sie ihn rauchen«, sagte ich mit dem Wissen des allsehenden Orakels, »das bringt ihn nicht um.«

»Aber das ist nicht richtig. Stellen Sie sich vor, das machten alle Ihre Besucher so.«

»Es herrscht Rauchverbot im Konsultationszimmer.«

»Mit Fug und Recht. Aber ich spreche von dieser anderen Anmaßung. Er hat heute keinen Termin.«

»Deswegen wartet er ja auf der Treppe.«

»Aber wie sieht das denn aus«, empörte sich Frau Berger, ich lachte.

»Das sieht aus, als würde ein gut aussehender, junger Mann mit Engelsgeduld auf Sie warten. Also lassen Sie ihn warten. Mal sehen, wie lange er durchhält«, erwiderte ich, und als Frau Berger ohne ein weiteres Wort auflegte, wusste ich, dass ich ihre faltigen Wangen gerade in verlegenes Rot getaucht hatte.

Ich warf einen Blick auf die Uhr und sprang wieder in den Pool: Ich gab Sam drei Stunden – wenn er dann immer noch auf der Treppe hockte, würde ich ihn empfangen. Nicht, weil das so üblich war. Nein, ganz und gar nicht, da hatte Frau Berger absolut recht. Besucher wurden nur mit Termin empfangen, so etwas wie Laufkundschaft ertrug ich nicht. Heute einer, morgen zehn, aneinandergereihte Bäder in fauligen Mägen – das war unmöglich. Was ich wusste, denn das hatte ich bereits versucht. Als meine Gebühr nur einen Bruchteil der heutigen betragen hatte, als ich es hatte lernen müssen. Das gezielte Sehen, vor allem aber, mich nicht immer und überall zu übergeben. Diese Zeit war vorbei, zum Glück. Zurückgeblieben war nur diese Übelkeit, erträglich, wenn auch noch nicht optimal.

Wenn ich meine Kunden sonst so auf Abstand hielt, warum sollte ich Sam dann noch einmal empfangen? Und ihm helfen? Weil er sterben würde? Ja, denn eine Kugel in seinem

Köpfchen könnte durchaus meinen Seelenfrieden stören. Könnte. Ich fragte mein Gewissen, aber es schwieg. Es hatte zu viele Tode gesehen und gestand sich keine spontane Regung mehr zu. Streng genommen hatte Sam von gestern noch Zeit übrig: Ich hatte ihm gesagt, was ich gesehen hatte, er hatte lauthals gelacht und war gegangen. Ohne ein weiteres Wort. Der Termin hatte keine dreißig Minuten gedauert, und weil ich wegen des kühlen und chlorsauberen Wassers auf meiner Haut gerade milde gestimmt war, entschied ich, dass ich Sam die restlichen Minuten heute gewähren würde. Wenn er denn geduldig war.

***

Er war geduldig. Als ich nach drei Stunden von meinem Haus zu dem von Frau Berger hinüberschlenderte, saß Sam immer noch auf der Treppe vor ihrer Haustür. Er hatte einen dunklen Fleck hinten auf dem Hemd, kleine Schweißtropfen glitzerten in seinem Nacken, in der Hand hielt er eine Zigarette.

»Das ist schon die Achte«, flüsterte Frau Berger, als ich über ihre Schulter durch das Küchenfenster blickte. Ich ahnte, dass sie die vergangenen Stunden damit verbracht hatte, auf Sams schmalen Rücken zu starren und Angst vor dem zu haben, was die Nachbarn dachten. Vor dem Haus stand ein Oldtimer-Mustang in beklagenswertem Zustand, hoffnungslos schief eingeparkt – entweder war Sam ein miserabler Autofahrer oder er hatte es verdammt eilig gehabt, mit mir zu sprechen. Ich tippte auf Letzteres, denn dazu passte auch, dass er vor der Haustür hockte und nicht in seinem Wagen wartete: Die schleicht sich nicht ungesehen aus dem Haus, schien das zu besagen.

»Er ascht in die Rosen.«

»Und die Kippen schmeißt er in die Dahlien?«

Frau Berger kniff die Lippen zusammen.

»Lassen Sie ihn ein. In fünf Minuten. Und bringen Sie ihm kein Wasser.«

»Sie wollen ihn empfangen? Ohne Termin? Das ist gegen

alle Regeln«, bekräftigte Frau Berger, was ich wusste, weil ich die Regeln gemacht hatte.

Ich antwortete nicht, sondern ging in mein stickiges Stübchen, dachte nicht zum ersten Mal daran, dort eine Klimaanlage installieren zu lassen und aktivierte Kameras und Computer. Das System brauchte drei Minuten, und als die zahlreichen Ansichten des Konsultationszimmers auf den Monitoren vor mir erschienen waren, hatte ich noch knappe zwei Minuten Zeit, um mein Berufslächeln aufzulegen, als wäre es ein Lipgloss. Dann ging die Tür auch schon auf und Sam trat ein.

Er ging zielstrebig zum Sofa und setzte sich. Sein Bartschatten war ein wenig stärker geworden, unter seinen Augen lagen bläuliche Ringe, auf seiner Brust zeichneten sich ebenfalls Schweißflecken ab: Er sah erschöpft aus, gereizt und unausgeschlafen.

»Was soll der Scheiß?«, fragte er statt einer Begrüßung mit einer Geste zum Monitor. »Können Sie nicht normal mit mir reden?«

»Nein«, antwortete ich. »Seien Sie froh, dass ich Ihnen diese Zeit gebe, vergeuden Sie sie nicht mit nutzlosem Gemecker. Sie haben noch genau 34 Minuten, die sind von Ihrer Stunde gestern übriggeblieben.«

Sam sah finster in die Kamera.

»Ich möchte wissen, wer dieses Spielchen hier veranstaltet«, verlangte er. »Wer Ihnen aufgetragen hat mir zu sagen, dass ich sterben werde. Dass ich erschossen werde.«

Niemand«, antwortete ich. »Ich habe Ihnen gesagt, was ich in Ihnen gesehen habe. Und das ist das, was passieren wird. Betrachten Sie Sehen und Passieren als Synonyme.«

»Ja, genau«, ätzte er. »Und morgen kommt der Weihnachtsmann.«

»Nein«, entgegnete ich ungerührt, »zumindest nicht zu Ihnen. Das hätte ich gesehen.«

»Sarkastisch sind Sie also auch noch«, schnappte Sam. »Aber ich glaube Ihnen kein Wort. In die Zukunft sehen – wenn Sie selber glauben, dass Sie das können, sind Sie verrückt.«

Ich lächelte wieder. Allerdings nicht besonders freundlich.

»Ich habe gesehen und gesagt, was passieren wird. Akzeptieren Sie diese Antwort, Sie werden keine andere bekommen.«

Sam schnaubte. »Deswegen bleiben Sie lieber da drin, oder? Das macht das Lügen leichter.«

»Ja, genau«, gab ich zurück. »Ich kann besser lügen, wenn eine hochauflösende Kamera auf mein Gesicht gerichtet ist und Sie jedes Zwinkern auf 26 Zoll bewundern können.«

Sam machte seine müden Augen schmal, ich blieb ungerührt.

»Wer hat Ihnen die Gebühr bezahlt? Die Zehntausend?«

Ah, endlich eine sinnvolle Frage.

»Das muss ich nachschauen, Moment.« Ich rief das Eingangskonto auf. »Das Geld kommt von einem Konto in Liechtenstein. Bankhaus Tobel«, sagte ich. »Ein Name ist nicht angegeben, Verwendungszweck 'Sitzung', mit dem heutigen Datum. Mit diesem Betreff lasse ich alle Überweisungen machen, damit ich sie zuordnen kann. Möchten Sie die Kontonummer?«

Sam bejahte, ich las die ewig lange Ziffernfolge zweimal vor, er notierte sie sich in einem kleinen Heft, das er aus der Hosentasche gezogen hatte. Ich sah kein Problem darin, ihm dies zu verraten, das Geld gehörte schließlich zu seinem Termin.

»Wann wurde die Summe bezahlt?«, fragte Sam, ich gab ihm auch diese Information: drei Tage, nachdem der Termin ausgemacht worden war. Diese Schnelligkeit war üblich, auch wenn der Termin noch Monate hin war. Dahinter steckte zumeist die Hoffnung des Kunden, dass die Sitzung nicht abgesagt werden würde, wenn sie schon bezahlt worden war.

»Und wann wurde der Termin ausgemacht?«

Ich nannte ein Datum vor etwa fünf Monaten.

»Wie? Telefonisch, E-Mail, Brief?«

»Per Telefon.«

»Wer hat angerufen?«

Ich hatte das Gefühl, dass Sam schon öfter Interviews oder Verhöre geführt hatte, denn seine Fragen kamen schnell und präzise. Bei dieser musste ich allerdings passen.

»Frau Berger nimmt die Anrufe entgegen, und zu diesem hat sie keinen Namen notiert. Also wurde keiner genannt.«

»Und sie hat sich nicht gewundert? Über den anonymen Anruf?«

Ich schüttelte den Kopf. »Nein. Der Anruf war genauso, wie alle Anrufe hier sind. Ich lege keinen Wert darauf, die wahre Identität meiner Kunden zu kennen. Das schützt sie, und es schützt mich.«

Ich hätte Sam noch sagen können, dass es scheinbar sogar ein angenehmes Telefonat gewesen war, denn Frau Berger vergab drei Symbole, wenn sie mir einen Termin mit einem neuen Kunden eintrug. Ein Minus für Leute, die eventuell schwierig sein konnten, die jammerten, einen früheren Termin wollten, die Gebühr zu hoch fanden. Neutrale Anrufe bekamen eine Null, freundliche Stimmen ein Plus. Sams Anrufer hatte ein Plus bekommen, den Vermerk 'männlich, Sprache: Deutsch' sowie einen Hinweis auf einen teilweise schwer verständlichen, wahrscheinlich schweizerischen Akzent. Ich hätte Sam das weitergeben können, aber ich unterließ es – ich war hier, um die von ihm gestellten Fragen zu beantworten, nicht mehr und nicht weniger.

»Und Sie haben mir nur erzählt, was Sie gesehen haben. Ohne, dass Ihnen dieser Anrufer oder sonst jemand ein kleines Drehbuch gegeben hat.«

»Korrekt.«

»Danke.«

Sam stand auf und steckte sein Notizbuch weg. Ich war verblüfft.

»Sie wollen gehen?«, fragte ich, warf einen Blick auf den Countdown. »Sie haben noch 20 Minuten.«

»Und was sollten die mir bringen?«

»Nun, Sie könnten Fragen stellen.«

»Das habe ich getan.«

»Die richtigen Fragen«, präzisierte ich, Sam runzelte die

Stirn.

»Ich habe die richtigen Fragen gestellt«, beharrte er, ich schüttelte den Kopf.

»Nein, haben Sie nicht. Es sei denn, Sie gehen immer noch davon aus, dass sich jemand einen Spaß mit Ihnen macht. Überlegen Sie sich, was für Fragen Sie stellen würden, wenn Sie überzeugt wären, dass ich die Wahrheit sage. Und zwar jetzt.«

Weil ich in Spendierlaune war, hielt ich die Uhr an, auf der Sams Zeit tickte. Sam sah auf das Sofa, auf den Monitor, auf die Tür zu meinem Zimmer – dann ging er. Die Tür zum Flur ließ er offen, die Haustür warf er wütend zu, und als ich aus meinem Zimmerchen kam, stand Kasimir hinter der Haustür. Er drückte seine feuchte Nase gegen das Glas und blickte Sam betrübt hinterher, als wäre der sein Herrchen, das allein auf den versprochenen Spaziergang gegangen war.

Ich kraulte Kasimir seine weichen Dackel-Schlappohren.

»Der kommt wieder«, tröstete ich ihn. »Ich wette um eine Dose Chappi.«

TAG 3 – DIENSTAG, 1. AUGUST

Wie erwartet gewann ich die Wette: Sam erschien am nächsten Tag erneut. Das Thermometer war bereits am frühen Morgen auf über dreißig Grad geklettert, und die schwüle Luft hatte sich in eine stechende, trockene Hitze verwandelt. Ich empfand das als Erleichterung, aber damit war ich allein auf weiter Flur: Die brennende Sonne ließ die Pflanzen erschlaffen, machte Frau Berger leidend und Kasimir lethargisch.

Ich hatte um zehn Uhr einen Termin gehabt, eine junge Frau. Ihre Frage war eine 'Wie'-Frage gewesen, und es hatte mich viel Geduld gekostet, mit diesem geistigen Vakuum einen Weg auszuarbeiten, der sie an ihr ersehntes Ziel führen konnte. Menschen mit wenig Fantasie waren die schlimmsten, wenn es um 'Wie'-Fragen ging, da ihnen nichts ferner lag, als Alternativen zu finden. Sie reduzierten alles auf ein dickköpfiges 'Warum denn nicht?', und es gab nichts, was mehr bremste. Als ich den bitteren Nachgeschmack ihres Magens mit einem zweiten Glas Wasser aus meinem Mund spülte, erschien Frau Berger im Konsultationszimmer. Sie stemmte die Hände in die Hüften und starrte mir über die Kamera in der Deckenlampe direkt ins Gesicht.

»Er ist wieder da«, sagte sie, die Stimme vibrierend vor mühsam beherrschter Empörung. »Man könnte glauben, er wolle Ihnen den Hof machen. Er hat diesmal gar nicht geläutet, er lehnt an diesem rostigen Auto und …«

»Raucht?«, ergänzte ich.

Sie nickte. »Auch. Und er hat die Dame angesprochen, die gerade bei Ihnen war.«

Ich horchte auf. »Holen Sie ihn rein.«

»Kein Wasser«, sagte Frau Berger streng, als wäre das die finale Höchststrafe. Was bei diesem Wetter vielleicht sogar zutraf - mehr aber noch war es Frau Bergers Zeichen dafür, dass Sam kein willkommener Kunde mehr war.

Ich nickte. »Kein Wasser.«

Sam kam herein, setzte sich, sein Notizbuch schon in der Hand.

»Wie viel Zeit habe ich noch übrig?«, erkundigte er sich, ich sparte mir mein sonst obligatorisches Kundenlächeln.

»Fünf Minuten.«

»Fünf? Sie haben gestern …«

»Fünf Minuten«, unterbrach ich ihn. »Zum Ersten sind Sie gestern abgehauen, als ich Sie eingeladen habe, zu bleiben und Ihre Fragen zu stellen. Zum Zweiten machen Sie meiner Freundin Angst, wenn Sie vor der Tür herumlungern. Und zum Dritten: Was erlauben Sie sich, meine Kundschaft zu belästigen? Sie bekommen fünf Minuten. Nutzen Sie sie.«

Sam blickte finster in die Kamera. Die Rasur war mittlerweile zwei Tage überfällig, die Haare so aufgeplustert, als hätte er sie sich die ganze Nacht gerauft, und unter seinen Augen lagen unübersehbare Ringe. Er schien das Hemd von gestern zu tragen, darüber ein kratziges Tweed-Jackett, das eher etwas für kalte Herbsttage war als für diese Hitzewelle im Hochsommer. Vielleicht bescherte sein drohender Tod ihm Gänsehaut.

»Ihnen macht das Spaß, oder?«, fragte er. »Mich zu quälen.«

»Nein. Aber Sie haben gelacht, wollten mich nicht ernst nehmen. Was sollte ich tun? Sie anbetteln?«

»Schon gut«, gab er zurück.

»Also, haben Sie Fragen? Neue Fragen?«

»Ja.«

»Dann los, Ihre Zeit läuft.«

Ich aktivierte die Uhr, Sam blickte in seine Notizen.

»Warum sollte ich Ihnen weitere Fragen stellen?«

Ich nickte, denn damit war Sam schon eher auf dem richtigen Weg. »Da Sie so Ihr Schicksal ändern können.«

»Das geht?«

Ich seufzte, weil er grundlegende Dinge nicht wusste. Und weil er nicht nachgedacht hatte, oder besser: weil er nicht weit genug gedacht hatte.

»Ja, natürlich. Stellen Sie sich vor, Sie fliegen morgen in Urlaub und ich sage Ihnen, dass das Flugzeug abstürzen wird. Steigen Sie dann ein?«

»Wenn ich an so was glaube – nein.«

»Und damit hätten Sie Ihr Schicksal geändert. Sie würden morgen nicht durch einen Flugzeugabsturz sterben können, wenn Sie kein Flugzeug betreten.«

»Aber ich würde sterben.«

»Irgendwann, ja. Und sobald Sie den Entschluss gefasst hätten, nicht in dieses Flugzeug zu steigen, würde ich die nächste Falltür sehen, die der Tod für Sie bereithält. Das könnte ebenfalls morgen sein, weil Sie statt des Flugzeugs die Bahn nehmen und die in einen Güterwagen rast – oder erst in sechzig, siebzig Jahren.«

»Also sind diese Schüsse am 10. August meine nächste Falltür?«

»Ja.«

»Dann muss ich versuchen, diesen Schüssen zu entgehen.« Sam klappte sein Büchlein wieder zu. »Gut. Ich werde mich nicht erschießen lassen.«

Ich runzelte die Stirn, denn das hatte endgültig geklungen: Vielen Dank für die Auskunft, dann ist ja alles geklärt. Das sah ich anders.

»Meinen Sie, es genügt, wenn Sie sich vornehmen, am 10. August etwas besser auf sich aufzupassen?«

»Tut es das nicht?«

Ich verzog skeptisch den Mund. »Möglicherweise. Aber ich denke, dass das zu wenig ist.«

»Ich nicht.«

Sam klang sehr sicher, und ich hätte ihn damit gehen lassen können. Doch ich tat es nicht. Und erinnerte mich an Sams Todesmoment: ein dämmeriges Zimmer, eine schemenhafte Person, helle Lichtblitze. Sam hatte bisher nicht nach Details gefragt, und das wunderte mich. Ich würde es wissen wollen, dachte ich, und zwar alles. Wie lange dauert es. Habe ich Schmerzen. Kann ich noch etwas sagen. Was sage ich. Bin ich allein. Habe ich Angst.

»Wollen Sie gar nicht wissen, wie es passiert?«, fragte ich, Sam verzog den Mund.

»Nicht unbedingt. Finden Sie das wichtig?«

»Ja, durchaus«, sagte ich. »Wenn Sie die Schüsse umgehen wollen. Kurz zusammengefasst läuft es so ab: Sie betreten eine Wohnung. Dort sprechen Sie mit einem Mann, er zieht eine Waffe und bedroht sie. Sie sind überrascht, erschrocken. Er schießt, Sie sterben.«

»Und was ist daran nun wichtig? Der Mann?«

»Alles. Der Mann, Ihre Überraschung, die Schüsse.«

Sam lächelte, und ein neuer Ausdruck legte sich auf sein Gesicht. Erleichterung? Ja. Plus ein bisschen Überlegenheit und Überheblichkeit.

»So kann es ja jetzt nicht mehr laufen«, sagte er.

»Warum nicht?«, erkundigte ich mich, Sam sah drein, als wäre das die dümmste Frage des Jahrhunderts.

»Ich weiß doch jetzt, was geschehen wird. Und wäre nicht mehr überrascht über die Waffe. Wenn ich nicht überrascht bin, verläuft die ganze Szene anders.«

»Nicht unbedingt«, antwortete ich, und wischte damit die überhebliche Erleichterung aus seinem Gesicht.

»Warum?«

»Nun«, setzte ich an, »Sie denken, dass Sie Ihr Schicksal schon dadurch geändert haben, dass Sie nun damit rechnen, bedroht zu werden. Sie glauben, weil sie anders reagieren, werden die Schüsse nicht fallen. Ist das in etwa korrekt?«

»Ja.«

»Das ist Blödsinn. Was, wenn dem Mann egal ist, wie Sie reagieren? Ob Sie erschrecken oder nicht? Wenn er den Auftrag hat, Sie zu töten? Oder auch nur den Willen? Dann schießt er, egal was für ein Gesicht Sie ziehen.«

Sam gab ein Knurren von sich.

»Also können Sie immer noch genauso sterben, wie ich es gesehen habe«, fuhr ich fort. »Und: Sie können nicht planen, nicht überrascht zu sein. Überraschung ist ein Gefühl, es kommt von allein. Sie müssen andere Dinge ändern, um sich zu retten. Entscheidende Dinge. Dinge, auf die Sie wirklich Einfluss haben.«

Sam dachte darüber nach, die Uhr stand bei neunzig Sekunden.

»Okay, ich verstehe«, antwortete er schließlich. »Was sagten Sie eben, wo werde ich erschossen?«

»In einem Zimmer in einer heruntergekommenen Wohnung. Es ist dämmerig darin, ich konnte nicht viel erkennen.«

»Gut. Wie wäre es, wenn ich fremde, düstere Wohnungen meide? Mich in einen Park setze? In die Sonne?«

»Kommt ein Auto vorbei und entführt Sie.«

»Haben Sie gesehen, dass mich jemand entführt?«

»Nein. Sie haben das Zimmer aus freien Stücken betreten. Dann fielen die Schüsse. Aber wenn Sie sich nur etwas anders verhalten, können Ihre Mörder ebenfalls umdisponieren. Das Zentrale ist Ihr Tod.« Ich sah Unverständnis in seinem Blick. »Konzentrieren Sie sich nicht auf die Schüsse, auf den Raum oder die Tageszeit«, betonte ich nochmals, »sondern darauf, dass Sie umgebracht werden sollen. Die Methode ist nebensächlich, ebenso der Ort oder die Zeit. Man könnte Sie auch zwingen, dieses Zimmer zu betreten, wenn Sie nicht freiwillig kommen, diese Wohnung aber unbedingt der Tatort sein soll.«

»Mich zwingen? Wie denn?«

»Jeder hat etwas, mit dem man ihn erpressen kann. Wenn man drohen würde, Ihre Mutter umzubringen, Sie das aber verhindern können, wenn Sie zu einer bestimmten Adresse kommen, dann werden Sie gehen. Und betreten freiwillig einen Raum. In dem man auf Sie schießt.«

Sam sah nicht überzeugt aus, was entweder an seiner Frau Mama oder meinen Argumenten lag. Ich seufzte und versuchte es ein letztes Mal.

»Sie können Ihr Schicksal nicht ändern, wenn Sie nur solche Kleinigkeiten angehen. Wie zu glauben, man könne Sie nicht mehr überraschen, oder sich in die Sonne zu setzten.«

»Dann sagen Sie mir, wie ich es machen soll.«

Die Stoppuhr signalisierte mit einem leisen Piepsen, dass Sams Zeit abgelaufen war, ich brachte sie zum Schweigen.

»Was war das?«, erkundigte er sich.

»Ihre Zeit ist um.«

»Ich bin aber noch nicht fertig!«

»Oh doch. Ich habe Ihnen für Ihre 9.999 Euro eine 'Was'-Frage beantwortet: Was passiert am 10. August«, entgegnete ich, langsam am Ende meiner Geduld. »Jetzt haben Sie eine neue Frage: Wie kann ich verhindern, dass ich am 10. August sterben werde? Eine neue Frage erfordert eine neue Sitzung. Eine weitere Stunde.«

»Warum?«

Seine Stimme klang herausfordernd.

»Weil Sie Ideen haben müssen. Beispiel Flugzeugabsturz: Nicht fliegen. Das wäre einfach. Beispiel 'nicht ermordet werden': Das ist komplizierter. Sie müssen sich überlegen, was Sie tun werden – nicht gern tun würden oder vielleicht tun könnten, sondern wirklich tun können und tun werden. Sie sind kein zufälliges Opfer, Sie werden gezielt getötet. Finden Sie den Grund, bringen Sie etwas ins Rollen, verändern Sie etwas Wichtiges. Dann kann ich erneut in Sie hinein sehen und schauen, ob das geholfen hat.«

»Ob die Falltür weg ist?«

»Ja. Ich werde wissen, ob Ihre Maßnahmen greifen, oder ob Sie nur anders sterben. Sicher möchten Sie am 10. August genau so wenig erstochen oder erdrosselt werden?«

»Ertränkt auch nicht«, sagte er, ich dachte an dreckiges

Flusswasser in meinem Mund, schauderte – was er bemerkte und mich ärgerte. Das hier lief ganz und gar nicht so, wie es üblich war. Wie es gut war. Ich antwortete nicht, sah ihn nur an. Wartete ab.

»Eine weitere Stunde?«, fragte Sam schließlich, ich nickte.

»Ja.«

»Für 9.999 Euro?«

»Ja.«

»Wo soll ich das Geld hernehmen?«

»Jeder hat 9.999 Euro. Verkaufen Sie etwas. Wenn Sie tot sind, können Sie es eh nicht mehr ausgeben.«

»Was soll ich verkaufen? Mein Auto? Meine Wohnungseinrichtung?«

Ich verzog den Mund. »Wenn Ihre Wohnung im gleichen Zustand ist wie Ihr Auto, sollten Sie noch was anderes in der Hinterhand haben.«

Sam merkte auf.

»Was haben Sie gegen mein Auto?«, fragte er, ich schüttelte amüsiert den Kopf. Er hatte die Mörder im Nacken und sorgte sich darum, was sein fahrbarer Untersatz für einen Eindruck machte!

»Es ist eine Schande für seine Zunft«, gab ich zurück. »Es hat die billigsten Stahlfelgen drauf, die man auf dem Schrottplatz bekommen kann, der rechte Außenspiegel stammt von einem zehn Jahre jüngeren Modell, das Dach wird von Klebestreifen zusammengehalten und der Motor röchelt, als würden Sie Heizöl tanken.«

Sam bedachte mich mit einem bösen Blick – scheinbar mochte er sein Auto. Aber wenn man etwas mochte, sollte man es gut behandeln.

»Ich glaube, ich muss Ihnen langsam mal ein Kompliment machen«, sagte er, ich runzelte die Stirn. Komplimente bekam ich von meinen Kunden des Öfteren, zusammen mit Dankesbriefen, Blumengebinden, Obstkörben und Pralinenpackungen. Aber Sams Stimme hatte vor Ironie getrieft. Und er hatte jetzt einen Gesichtsausdruck, als hätte er die Nadel im Heuhaufen gefunden, den Knoten durchschlagen oder was auch immer: Er sah schon wieder aus, als wäre er verdammt stolz auf sich.

»Ja, ich muss Ihnen ein Kompliment machen«, wiederholte er mit Triumph in der Stimme. »Sie haben hier ein Geschäftsmodell, das echt Schule machen könnte. Solange Sie sich nicht von den Bullen erwischen lassen, versteht sich.«

»Wie bitte?« Meine Stimme klang jetzt genervt, aber genauso fühlte ich mich auch.

»Wer beweist mir, dass diese erste ... ah ja, 'Gebühr', überhaupt jemals gezahlt worden ist?«, fragte Sam. »Die Karte könnte von Ihnen sein. Sie schicken diese Einladungen raus, wir Blödmänner kommen hier an, Sie machen uns gehörig Angst – und kassieren dann echte 9.999 dafür, um uns dabei zu helfen, diese Angst loszuwerden. Eine Angst, die Sie erzeugt haben, mit einer Glückwunschkarte für ein paar lausige Euro.«

Ich starrte ihn an, er starrte zurück – ohne zu blinzeln, ohne das leiseste Anzeichen dafür, dass ihm das Gesagte leidtat. Oder dass er Zweifel daran hegte. Und das reichte mir dann auch.

»Ein schönes Restleben noch«, sagte ich und schaltete meine Kamera wie auch mein Mikrofon aus.

**

Sam blieb sitzen, rührte sich nicht. Eine Minute, zwei, drei. In der vierten Minute holte er die Zigaretten aus der Jackentasche, in der fünften Minute stand Frau Berger im Zimmer, mit entrüstet in die Hüften gestemmten Armen.

»Ich muss doch sehr bitten«, sagte sie, was aus ihrem Munde eine grobe Beleidigung war.

Sam sah sie nur an.

»Machen Sie die Zigarette aus«, forderte Frau Berger, Sam sah auf seine qualmende Hand.

»Sie behauptet, dass ich sterbe«, antwortete er, was Frau Berger nicht aus der Ruhe brachte.

»Das tun wir alle, ab dem Moment unserer Geburt.«

»Aber niemand weiß, wann. Niemand weiß das Jahr, den

Monat, den Tag.«

Frau Berger lachte, leise und humorlos. »Ach ja? Waren Sie schon mal in der Onkologie? Dort schauen die Ärzte auf Ihren Tumor und geben Ihnen eine Eieruhr mit. Die tickt, tickt und tickt.«

»Aber das sind Ärzte«, sagte Sam mit der altklugen Version seiner dunklen, nun vor Angst rauen Stimme.

Frau Berger nickte. »Ja, junger Mann, da haben Sie recht. Ärzte sind Pfuscher, sie haben bei meinem Mann genau 59 Tage zu wenig geschätzt. Das Fräulein lag richtig«, setzte sie hinzu, trat vor, nahm Sam die Zigarette aus der Hand und trug sie mit spitzen Fingern vor sich her aus dem Raum, als handele es sich um eine entsicherte Handgranate.

Sie schloss die Tür hinter sich, was mich schmunzeln ließ. Sam gefiel Frau Berger, keine Frage, sonst hätte sie ihn an einem Ohr gepackt und vor die Tür gesetzt. Wahrscheinlich weckte er bislang verborgene mütterliche Instinkte: Waschen, kämmen, füttern, durchknuddeln. So, wie er jetzt dasaß, mit dem gesenkten Kopf und den Handballen auf den Augen, sah er aus, als könne er all das dringend gebrauchen.

»Ich verstehe, dass Sie glauben, so etwas sehen zu können«, sagte er schließlich, und es war ihm anzusehen, wie er sich quälte. Wie er vernünftig, aufgeklärt und abgeklärt wirken wollte, aber trotzdem hier sitzen und fragen musste.

»Aber verstehen Sie denn nicht, dass ich einfach nicht daran glauben kann?«

Ich schaltete das Mikrofon wieder ein, ließ meine Kamera jedoch aus.

»Ich will ehrlich zu Ihnen sein: Ich glaube auch niemand anderem, der von sich behauptet, er könne in die Zukunft sehen. Ich weiß nur, dass ich das kann. Es macht keinen Spaß, und mein Leben ist dadurch verdammt kompliziert. Und Sie haben immer noch nicht die Frage aller Fragen gefunden.«

»Die Mutter aller Fragen?« Sam lächelte ein schiefes Lächeln.

Ich nickte, auch wenn er das gar nicht sehen konnte.

»Ja. Sie waren eben schon auf dem richtigen Weg.«

»Ich dachte, Sie wollten nicht orakeln«, konterte Sam, und ich musste lachen. Zur Belohnung schaltete ich nun auch meine Kamera wieder ein.

»Gut, dann Klartext. Und rein hypothetisch, damit Sie in keinen Glaubenskonflikt geraten.«

Ich lächelte, um meinen Worten die Spitze zu nehmen. Sam rieb sich die Augen, was sie allerdings nur noch röter machte.

»Sind Sie bereit? Vorurteilsfrei bereit?«

Er nickte, atmete tief ein.

»Prämisse eins«, sagte ich. »Nehmen Sie an, ich kann, was ich kann. Woher auch immer, warum auch immer.«

»Gut.«

»Prämisse zwei: Nehmen Sie an, nicht ich habe Ihnen diese Karte geschrieben, sondern jemand anderes.«

»Gut.«

»Konklusion aus Prämisse eins und zwei?«

Sam schwieg, ich seufzte.

»Noch mal, mit anderen Worten. Ich kann die Zukunft sehen. Jemand sagt Ihnen, Sie sollen mich fragen, was an einem bestimmten Tag passiert. Was sagt Ihnen das über den Absender?«

Stille, dann atmete Sam tief ein.

»Das sagt mir, dass der Absender schon wissen muss, was am 10. August passiert.«

»Richtig.«

»Aber wie kann er das wissen?«

Ah, endlich. Ich lächelte.

»Weil der Absender der Karte derjenige ist, der Sie töten wird. Er hat den Entschluss gefasst, er hat einen Plan gemacht, und nach jetzigem Stand der Dinge wird es auch funktionieren.«

TAG 4 – MITTWOCH, 2. AUGUST

»Ich rufe jetzt die Polizei«, sagte Frau Berger.

Ich stand auf dem Balkon vor meinem Schlafzimmer, hatte das Telefon am Ohr und überblickte das, was vor einer Woche noch ein saftig grüner Rasen gewesen war. Und was mich durchaus von Frau Bergers Sorgen und Nöten ablenken konnte. Große, braune Inseln waren in der unerbittlichen Hitze auf der Wiese erblüht, und mich frustrierte dieser Anblick unsäglich: Totes, verdorbenes Zeug hatte ich durch meinen Job oft genug um mich, da musste mein Rasen nicht auch die Seiten wechseln.

»Ich brauche einen Rasensprenger«, diagnostizierte ich in den Hörer.

»Das ist Belästigung«, sagte Frau Berger, und ich war mir ziemlich sicher, dass sie nicht meinen Rasen meinte. Aber auch diese Flecken waren eine Belästigung, und zwar für das Auge.

»Rufen Sie bitte den Gärtner an, er soll Sprenger installieren. Heute. Spätestens morgen.«

»Er klingelt nicht mal mehr. Er hockt auf der Motorhaube und sieht aus wie ein ... Rocker.«

»Das System sollte zeitgesteuert sein. Ich möchte nicht,

dass es losgeht, wann es will.«

»Frau Gerhard hat mich heute beim Bäcker gefragt, wer das wäre. Sie hat ihn gestern schon hier gesehen und sich gewundert. Das geht so nicht.«

»Es muss mit der Haussteuerung verbunden werden, und man darf es nicht sehen. Leise soll es sein, und es muss den ganzen Garten abdecken. Auch die Beete an der Einfahrt.«

»Ich kümmere mich darum«, sagte Frau Berger, wobei unklar blieb, ob sie Sam auf der Treppe oder die trockenen Rasenflächen meinte.

***

Das Telefon klingelte nach einer Stunde erneut. Ich hatte die Zeit genutzt, um den Schaden im Rasen aus der Nähe zu besichtigen, was meine Laune nicht gerade verbessert hatte.

»Kommen die heute noch?«, fragte ich, Frau Berger verneinte.

»Morgen früh. Er ist weg. Die Polizei hat ihn verscheucht.«

»Wie lange brauchen die?«

»Mit Anschluss an den Computer vier Stunden. Er hat gar nicht mit denen diskutiert, ist einfach in dieses abscheuliche Auto eingestiegen und gefahren.«

»Was kostet das?«

»Die Polizei kostet doch nichts«, entrüstete sich Frau Berger, ich verkniff mir einen Kommentar und dachte an den nicht unbeträchtlichen Anteil, den die Steuer von einer jeden entrichteten Gebühr wegknabberte.

»Dreitausend, voraussichtlich«, antwortete Frau Berger etwas verspätet auf meine Frage, ich seufzte: 'Voraussichtlich' bedeutete nach meiner Erfahrung plus ein Drittel. Und da erhoffte Sam sich, dass ich sein kleines Problem umsonst löste?

Ein leises Piepsen aus dem Telefon signalisierte einen zweiten Anruf, ich nahm ab.

»Ja?«

Schweigen.

»Sam«, sagte Sam dann, und ich hielt das Telefon erstaunt

auf Abstand: Woher hatte er diese Nummer? Die benutzte nur Frau Berger und kannte auch nur Frau Berger. Niemand sonst.

»Woher haben Sie diese Nummer?«

»Beziehungen«, antwortete Sam, ich legte auf.

»Sie sind unmöglich«, sagte er, als er kurz darauf erneut angeklingelt hatte, ich legte wieder auf.

»Lassen Sie mich rein«, verlangte er beim dritten Mal.

Ich drückte ihn weg und fragte bei Frau Berger nach, ob ihr junger Verehrer abermals vor ihrer Tür stände, was sie verneinte, mit Erleichterung in der Stimme.

Ich eilte hoch in das Büro in meinem Haus. Ursprünglich hatte es die Aktenordner mit Rechnungen, Steuerunterlagen, Versicherungspapieren und anderen Kram aufnehmen sollen, doch mittlerweile war es so etwas wie eine Überwachungszentrale geworden: Dort ließ sich die Alarmanlage steuern, die mein Haus sicherte, und dort lieferten auch die auf dem ganzen Grundstück verteilten Kameras ihre zumeist menschenleeren Bilder ab.

Ich warf einen Blick auf Frau Bergers Einfahrt und fand sie leer. Ich warf einen Blick auf meine eigene Einfahrt: Ein rostiger Mustang mit billigen Felgen, silbrigen Klebestreifen auf dem verschossenen Dach und einem falschen Außenspiegel stand vor dem Tor. Schief natürlich. Ich wurde wütend. Niemand wusste, dass ich hier wohnte, denn dieses Haus gab es nicht. Dieses Haus hatte keine Hausnummer, keine Anschrift. Es stand versetzt hinter dem von Frau Berger, und auch, wenn es dreimal größer war, existierte es dennoch nicht. Es war umgeben von einer zwei Meter hohen Mauer außen herum, die jedweden Blick in den Garten verhinderte. Kurz: Es war unmöglich, dass Sam wusste, dass ich hier wohnte. Unmöglich!

»Lassen Sie mich rein«, wiederholte er, als er das vierte Mal anrief.

»Woher haben Sie diese Adresse?«

»Telefonbuch.«

»Nein.«

»Doch. Die Adresse gehört zur Handynummer.«

»Es gibt keine Verbindung zwischen Nummer und Adresse. Es gibt noch nicht mal diese Adresse. Und die Telefonnummer auch nicht.«

»Trianguliert.«

»In dieser Funkzelle stehen Dutzende von Häusern.«

Sam lachte. »Okay, Sie haben gewonnen. Ich habe ein bisschen rumgefragt. Die Nachbarn waren nicht sehr auskunftsfreudig, aber der Bengel von gegenüber hat sich für einen Zehner zu gern daran erinnert, dass er vom Dachboden in einen Garten schauen kann, in dem sich ab und zu eine Frau sonnt. Die ziemlich blond, ziemlich schön und ziemlich reich ist. Und ich hatte das Gefühl, dass er des Öfteren davon träumt, Ihnen den Rücken einzucremen.«

Ich schauderte unweigerlich, denn Kinder waren am schlimmsten. Okay, der Junge war schon pickelige fünfzehn, wenn ich Frau Bergers Bericht über die Nachbarschaft richtig im Kopf hatte, aber das machte nicht viel aus. Kinder führten mich durch Jahrzehnte, und auch wenn ihr Innenleben meist noch ebenso angenehm und sauber war wie das von Sam, brachte die schiere Flut an Informationen über ihr Restleben mich immer noch zum Kotzen. Ja, Kinder würden meine Bewährungsprobe sein, wenn ich meine Selbstbeherrschung perfektioniert zu haben glaubte, zurzeit waren sie unerträglich. Ich konnte mich ihnen nur mit starr auf den Boden gerichtetem Blick nähern, also näherte ich mich ihnen gar nicht. Ich schauderte erneut, ballte meine Wut wieder zusammen und richtete sie auf Sam.

»Ich empfange hier nicht«, sagte ich.

»Sie sollen mich ja gar nicht empfangen«, erwiderte er. »Das klingt so offiziell. Ich besuche Sie einfach nur. Mit leeren Händen, okay, aber das kann man ja ändern. Ich kann Kuchen mitbringen. Mögen Sie Kuchen? Oder Pizza? Sushi, Chinesisch, Thailändisch? Bei mir um die Ecke hat neulich ein Perser aufgemacht. Möchten Sie Persisch versuchen?«

»Ich lasse hier niemanden ein. Gehen Sie.«

»Dann sterbe ich also.«

Es klang verzweifelt und fatalistisch: armer Sam.

»Nicht unbedingt.«

»Sie haben doch gesagt, dass er ... Erfolg haben wird. Mit seinem Plan. Mich zu töten.«

»Ja, aber das war der Stand von vorvorgestern. Finden Sie heraus, wer es ist, warum er es tun will und schaffen Sie den Grund aus der Welt. Dann werden Sie leben.«

»Das ist mir nicht genug. Ich möchte das mit Ihnen zusammen machen. Wie Sie es gesagt haben: Ich denke nach, Sie überprüfen. Ich zahle auch dafür.«

Ich lachte. »Vom Saulus zum Paulus.«

»Nein.«

»Ah. Sie glauben immer noch nicht dran, wollen aber auf Nummer sicher gehen.«

»Ja.« Er sprach dieses kleine Wörtchen etwas zögernd aus, als würde er sich für diese Haltung schämen.

»Ich glaube eher, dass Sie sich vor Angst in die Hosen machen.«

»Und Sie stört das scheinbar gar nicht, oder? Sie machen mir Todesangst, und es kratzt Sie einen Scheißdreck, ob ich verrecke.«

»Solange Sie es nicht vor Frau Bergers Haustür tun – ja.«

»Sie sind unmöglich.«

»Mag sein, aber das ist unerheblich. Sie brauchen mich nicht, um Ihr Problem zu lösen, das können Sie selbst. Denken Sie einfach über Ihr Leben nach, Sam. Denken Sie darüber nach, wer Sie töten will und warum. Aber nicht hier.«

TAG 5 – DONNERSTAG, 3. AUGUST

Frau Berger kam am nächsten Morgen um halb neun, die Handwerker zehn Minuten später. Ich verbrachte die folgenden Stunden in meinem Büro Schrägstrich Wachzimmer und sah ihnen über die Kameras bei der Arbeit zu.

Sie waren schnell und schwitzten unter der glutheißen Sonne wie die Schweine. Einer der Männer verschwand in einem Busch, wahrscheinlich zum Pinkeln. Ein anderer schaufelte sich mit beiden Händen Wasser aus meinem Pool ins Gesicht – ich runzelte die Stirn und überlegte, ob ich das Wasser einmal komplett austauschen sollte. Wollte ich fremden Männerschweiß auf der Haut haben, wenn auch in homöopathischer Verdünnung?

Gegen Mittag waren die Gärtner fertig und gingen. Frau Berger folgte ihnen bald darauf, ich studierte die Bedienungsanleitung für mein neues Bewässerungssystem. Als auch Kasimir sein kugelrundes Bäuchlein durch die Hecke gequetscht hatte und mein Rasen wieder verlassen war, justierte ich über den Computer die Sprenger auf der linken Seite nahe der Haustür so, dass sie alle einen bestimmten Busch unter Wasser setzen. Zeitgesteuert, in drei Minuten, und

41

diese Zeit nutzte ich, um mir die Waffe aus dem Tresor im Erdgeschoss zu holen. Ich brauchte sie eigentlich nicht, hatte ich doch ein anderes, viel wirkungsvolleres Mittel, um mich zu wehren - doch so weit war Sam dann doch noch nicht gegangen.

»Scheiße!«, rief Sam, als die gebündelten Strahlen von drei Sprengern seinen Busch in einen Regenwald verwandelten. Er brach tropfend aus den Blättern hervor, ich verzog den Mund, als er mit seinen heute dezent schwarzen Tennisschuhen meinen schön gerechten Kies zertrampelte.

»Ich empfange hier niemanden«, sagte ich, die Waffe auf Sam gerichtet, die Augen starr auf den Boden vor seinen Füßen. Er hatte nur noch ein kurzes Leben zu erwarten, aber ich konnte es mir dennoch nicht erlauben, ihn anzusehen, in ihn einzutauchen: Dann war ich geistig weg, abgelenkt von Magensäure und den Szenen seiner Zukunft. Und 'weg sein' vertrug sich nicht gut damit, dass man eine geladene Waffe in der Hand hatte und einen Einbrecher im Garten. Einen Einbrecher, dessen Lebenszeit unaufhörlich vor sich hin tickte, der nicht viel zu verlieren hatte.

»Gehen Sie. Diese Richtung«, sagte ich und zeigte mit der Waffe zum Tor.

»Bitte«, sagte Sam und machte ein paar Schritte auf mich zu. Zertrampelte mehr Kies, streifte einen Busch, von dem hitzemüde Blütenblätter zu Boden rieselten. Ich hob meinen Blick etwas und behielt seine Hände im Blickfeld: tropfnass, auf Höhe der Hüfte.

»Raus«, sagte ich und richtete die Waffe wieder auf Sam.

»Bitte. Nur eine Stunde. Ich habe das Geld dabei.«

»Machen Sie einen Termin«, sagte ich, er lachte bitter.

»Wann war noch mal was frei? Im Januar, oder? Prima, ganz prima.«

»Raus.«

»Verstehen Sie doch ...«, setzte er an und kam noch näher, ich zog den Sicherungshebel der Waffe nach unten, was auch in meinen Ohren kalt und bedrohlich klang. Sam empfand das scheinbar ähnlich, denn er wich zurück und nahm sogar die

Hände hoch. Ich ließ meine Augen aufwärts wandern, starrte auf seinen flachen.

»Sie verstehen nicht«, gab ich zurück. »Jeder, der vor meiner Tür steht, hat ein Problem. Das größte Problem der Welt, weil er der wichtigste Mensch der Welt ist. Und ich soll das Problem lösen. Umsonst, und wenn's schnell geht, macht das nichts. Aber das kann ich nicht, und ich will auch nicht. Ich kann nicht jedes einzelne, verkorkste Leben so ummodeln, dass es dem zufälligen Besitzer gefällt. Und das hier ist mein Haus, der einzige Platz, an dem ich mich frei bewegen kann. Machen Sie mir das nicht kaputt. Gehen Sie und kommen Sie nie wieder.«

Sam zögerte, dann drehte er sich um und wandte sich zum Tor. Ich blickte jetzt auf seinen Rücken und seinen Hinterkopf: Wasserperlen lagen auf den kastanienbraunen Haaren und funkelten in der Sonne, große Flecken hatten das graue T-Shirt unter seiner geborgten Gärtner-Latzhose schwarz gemacht.

»Wieso können Sie sich nur hier frei bewegen?«, fragte er, was mich frustriert den Kopf schütteln ließ. Ich hatte zu viel gesagt, und biss mir jetzt zu spät strafend auf meine vorlauten Lippen. Dann seufzte ich, denn ich ahnte, dass Sam erst gehen würde, wenn ich geantwortet hatte, aber eine plausible Ausflucht wollte mir nicht einfallen. Machte es etwas, wenn ich ihm ein wenig Wahres sagte? Nein, denn nach jetzigem Stand der Dinge würde Sam dieses Wissen bald mit ins Grab nehmen.

»Weil ich mir nicht aussuchen kann, ob ich Menschen in die Zukunft schaue«, erwiderte ich schließlich.

Sam wandte seinen Kopf, blickte mich über die Schulter an. Ich senkte meine Augen sofort, schaffte es, dieses verdammte Abtauchen gerade noch zu umgehen und fühlte mich dabei, wie ich mich immer fühlte, wenn ich das tun musste: Klein, schwach, unterlegen.

»Sehen Sie mich deswegen nie an?«

»Gehen Sie«, sagte ich, und meine Stimme war so kalt, wie sie nur sein konnte.

Er ging.

TAG 6 – FREITAG, 4. AUGUST

Am nächsten Tag war ich schon um fünf Uhr auf, um meiner nagelneuen Berieselungsanlage bei der Arbeit zuzusehen. Mit einer Tasse Kaffee stand ich auf dem Balkon und beobachtete im noch morgenmilden Licht, wie zuerst die weit entfernten Sprenger begannen, ihre Wasser-Fächer zu spreizen. In der Dämmerung morgens und abends sei die beste Zeit zum Wässern, hatte der Gärtner empfohlen, und mir war fast, als könne ich meinen gepeinigten Rasen vor Glück aufstöhnen hören, als die frischen, kühlen Tropfen ihn weckten. Nach den hinteren Sprengern kamen die an der Seite und taten ihr Bestes für die Büsche und Beete, danach folgten die, die den Rasen direkt vor der Terrasse versorgten. Ein hübsches, überaus nützliches Ballett, befand ich, trank meinen Kaffee aus, schlüpfte in meinen Badeanzug und lief über die jetzt wundervoll morgenfeuchte Wiese zum Pool.

Als ich mein Handtuch auf der Liege ablegte, war es schon fast ganz hell, und als ich unter der Dusche hervorkam, bemerkte ich den Körper in meinem Pool. Er schwamm nicht, er lag. Auf dem Grund. Dort, wo es am tiefsten war. Ich ging näher an den Rand heran. So nah, dass ich durch die unbewegte Wasseroberfläche auf das ebenso unbewegte Gesicht sehen konnte, aber nicht so nah, dass das jetzt definitiv verseuchte Wasser meine bloßen Füße berühren konnte. Ich starrte auf den Mann, der Mann starrte mit offenen Augen zurück. Sein Mund war leicht geöffnet, als wolle er etwas sagen, er hatte blonde, kurze Haare, war kräftig gebaut. Nicht sehr groß, einssiebzig höchstens. Sein Gesicht war seltsam verzerrt, aber nicht nur vom Wasser: Es sah geschwollen aus, an den Augen und am Mund vor allem. Die Haut war dort aufgeplatzt, verquollen und verfärbt. Violett, weißlich. Zerkocht rosig bis gräulich. Er trug eine dunkle Hose, schwarze Schuhe sowie ein weißes T-Shirt, das durchsichtig auf der blässlichen Haut klebte. Und er war mausetot.

Ich stand recht lang da am Rand, denn es war das erste Mal, seitdem ich bin, was ich bin, dass ich einem Menschen ohne Hilfsmittel wie Kameras und Bildschirme direkt ins Gesicht sehen konnte. Ohne sofort in ihn hineingezogen zu werden wie in einen Mahlstrom aus feuchtem Ekel. Ich fand diese Erfahrung interessant, denn sie erinnerte mich an mein altes Leben, das Leben vor dem Sehen.

Nach ein paar Minuten stiller Nostalgie ging ich zurück ins Haus und wählte.

»Ja«, meldete Sam sich verschlafen, ich wartete und schwieg.

»Hallo? Wer ist da?«

»Erkennen Sie die Nummer nicht? Obwohl Sie sie sich illegal besorgt haben?«, schnappte ich und hörte Sam am anderen Ende herzhaft gähnen. Was mich nicht milder stimmte, im Gegenteil.

»Was wollen Sie?«, fragte er. »Scheiße, es ist nicht mal sechs Uhr!«

»Sie kennen einen Mann«, sagte ich. »Ich habe ihn gesehen, als ich in Sie hineingeblickt habe. Blond, kurze Haare, untersetzt, dreißig, vielleicht etwas älter oder jünger. Ich habe gesehen, wie Sie mit ihm in einer Bar gesessen haben. Er hat Weißbier getrunken, Sie Rotwein. Sie haben geredet und gelacht.«

»Klingt nach Tobias«, gähnte Sam, »der trinkt immer Weißbier. Was ist mit ihm?«

»Er liegt tot in meinem Pool. Holen Sie ihn ab, sofort. Ich will schwimmen gehen.«

***

Sam brauchte eine halbe Stunde, und er kam mit einem Taxi. Ich ließ das Tor aufspringen, eilte dann hoch in mein Wachzimmer und verfolgte seinen Weg über die Kameras: Sam ging um das Haus herum zum Pool, blieb am Rand stehen und starrte in das Wasser. Dann blickte er sich um, kam zum Haus. Ich sah auf dem Bildschirm, wie er gegen die Scheibe des Wohnzimmerfensters klopfte, dann gegen die Tür zur Küche. Sein Gesicht war traurig und geschockt. Und müde, sehr müde.

Ich wählte seine Nummer.

»Wo sind Sie?«, fragte er, als er abgenommen hatte, ich runzelte die Stirn.

»Das geht Sie nichts an. Nehmen Sie Ihren Freund und gehen Sie.«

Er lachte, aber es klang nicht besonders amüsiert. »Wie stellen Sie sich das vor?«

»Springen Sie ins Wasser, holen Sie ihn hoch, tragen Sie ihn zum Tor, verschwinden Sie.«

»Verschwinden? Wohin?«

»Nicht mein Problem.«

»Es ist Ihr Pool. Ihr Grundstück.«

»Und es ist Ihr Freund. Nehmen Sie ihn, gehen Sie.«

»Was soll ich machen? Ihn mir über die Schulter legen und zum nächsten Friedhof schleppen?«

»Ich kann Ihnen eine Schaufel leihen«, erbot ich mich, was Sam wieder bitter lachen ließ.

»Oder ich rufe jemanden an, der nicht nur Tobias entsorgen wird, sondern Sie gleich mit«, fügte ich hinzu, was ihn verstummen ließ.

»Sie kennen solche Leute wirklich, oder?«, fragte er dann,

mit einer Stimme, die klirrend kalt gewesen wäre, wenn sie nicht so erschöpft geklungen hätte. »Wahrscheinlich gehören Sie zu einer internationalen Wahrsager-Mafia.«

Ah, scheinbar hatte Sam den Saulus geschickt, um Tobias abzuholen.

»Ist heute wieder mal ein Tag, an dem Sie mir nicht glauben?«

»Ich glaube Ihnen nicht nur heute nicht, sondern nie wieder. Und Sie haben es selbst zugegeben. Sie haben sich verplappert. Eben am Telefon.«

»Aha.«

»Haben Sie das nicht gemerkt?«

»Nein. Aber Sie werden es mir bestimmt gern erklären.«

Sam wanderte mit dem Handy am Ohr auf der Terrasse herum. Sein Hemd hing ihm halb aus der Hose, ein Schnürsenkel an den unvermeidlichen Turnschuhen war offen: Scheinbar hatte er sich in Windeseile angezogen, nachdem ich ihn aus dem Bett geworfen hatte.

»Sie haben gesagt, Sie hätten Tobias in meiner Zukunft gesehen«, sagte er. »Lebendig. Wir wären in einer Bar gewesen.«

»Richtig.«

»Ich habe Tobias aber nicht mehr gesehen, seitdem ich bei Ihnen war. Weder in einer Bar noch sonst wo. Also können Sie ihn nicht lebendig als Teil meiner Zukunft gesehen haben, wenn er heute schon tot ist. Sie denken sich das alles aus, Sie kennen Tobias von irgendwo anders her.« Eine Pause. »Oder war er es, der mir die Karte geschickt hat? Stecken Sie mit ihm unter einer Decke?«

Ich seufzte. »Falsch. Ganz falsch. Denken Sie nach. Während Sie in meinen Pool springen und Ihren Freund da rausholen.«

Ein weiches Geräusch: Sam wuschelte sich die Haare.

»Scheiße. Ich brauch 'nen Kaffee.«

Ich erspürte einen Anflug von Mitleid in meiner Brust. »Erst gehen Sie schwimmen, dann bekommen Sie einen Kaffee. Cappuccino? Espresso?«

»Espresso. Zwei. Oder drei.«
»Zucker?«
»Nein.«
»Handtuch?«
Er seufzte. »Ja, bitte.«

***

Als ich zehn Minuten später ein Handtuch und eine Tasse auf die Terrasse brachte, stand Sam neben dem Körper am Beckenrand. Tobias lag auf dem Bauch, ich bemerkte einen großen, hellroten Fleck auf dem weißen Stoff seines T-Shirts: Blut. Viel Blut. Mir wurde ein bisschen anders, daher lenkte ich meine Augen auf Sam, der insgesamt einen viel erfreulicheren Anblick bot: Er hatte sich bis auf eine karierte, jetzt klatschnasse Boxershorts ausgezogen und passte an den Pool, nur der Tote neben ihm störte in diesem sommerlichen Anzeigenmotiv für Heimschwimmbäder.

»Erschossen. Vorher muss er übel verprügelt worden sein«, rief Sam, als er mich bemerkte.

»Danke für die Auskunft«, gab ich zurück. »Aber die Nachbarn rechts haben Sie nicht genau verstehen können, Sie schreien viel zu leise.« Ich deutete auf den Tisch. »Ihr Kaffee. Und Ihr Handtuch.«

Ich wandte mich zum Gehen, hörte schnelle Schritte hinter mir: Sam lief zu mir herüber.

»Warten Sie doch! Bleiben Sie hier, wo wollen Sie denn hin?«

»Rein. Ich warte, bis Sie weg sind. Sie und Tobias.«

»Und dann?«

»Lasse ich das Wasser aus dem Pool und neues rein. Und gehe schwimmen.«

Sam umfasste meinen Oberarm und zog mich zu sich herum, ich schlug seine Hand weg, starrte auf seinen flachen Bauch. Kein schlechter Anblick, aber was hätte ich dafür gegeben, ihm wütend ins Gesicht funkeln zu können!

»Nicht anfassen«, fauchte ich. »Niemals anfassen.«

»Gott, Sie haben echt ein Problem!«

Ich nickte. »Glückwunsch, Sie haben es erfasst. Haben Sie nur über mich nachgedacht, oder haben Sie auch eine Antwort auf Ihre Frage gefunden?«

»Ich denke seit Tagen nur über Sie nach«, antwortete Sam, ich schnaubte ungläubig. »Und ich rufe jetzt die Polizei«, fügte er hinzu.

»Nein, das tun Sie nicht.«

»Tobias ist tot.«

»Und die Polizei wird ihn nicht wieder lebendig machen.«

»Er ist erschossen worden. Und Sie haben eine Pistole. Sie haben mich gestern damit bedroht.«

Ich hielt inne, ehrlich verwundert. »Glauben Sie das wirklich? Dass ich diesen Mann erst geschlagen und dann erschossen habe? Und in meinem eigenen Pool versenkt?«

»Ich weiß es nicht«, sagte Sam etwas kläglich, und ich wusste, dass ich ihn gerade ziemlich überforderte: Sein Freund lag tot neben meinem Pool, Sam zählte die Tage bis zu seinem eigenen Ableben. Keine günstigen Umstände für klares, logisches Denken.

»Trocknen Sie sich ab und trinken Sie Ihren Kaffee. Ich komme gleich wieder.«

Ich ging in die Küche, drückte mir einen Cappuccino aus der Maschine und lud in der Zeit zwei Videos auf mein iPad. Als ich mit meiner Tasse wieder auf die Terrasse kam, war Tobias Gesicht mit meinem Handtuch abgedeckt, Sam saß in einem Sessel und sah mich an. Ich kam bis knapp hinter seine ebenmäßigen, heute allerdings nicht besonders gründlich geputzten Zähne, bevor ich die Augen niederschlagen konnte – verdammt, ich musste aufmerksamer sein, wachsamer bleiben!

»Drehen Sie den Stuhl um, setzen Sie sich mit dem Rücken zu mir«, forderte ich, nach einer kurzen Weile hörte ich das Ratschen der Stuhlbeine auf dem Boden.

»Sie sehen also wirklich die Zukunft eines Menschen, wenn Sie ihn nur anschauen?«, fragte Sam, ich nickte, auch wenn er das jetzt nicht mehr sehen konnte, weil er die Aussicht auf Rasen, Pool und Tobias genoss.

»Ja. Anschauen im Sinne von ins Gesicht sehen. Ihre Füße würden mir nichts verraten. Genau deswegen möchte ich hier keine Polizisten haben. Spurensicherer und was weiß ich.«

»Aber was macht das schon?«

»Es ist unangenehm.«

»Auch, wenn die Polizisten und Spurensicherer ein langes, glückliches Leben führen werden?«

»Ja.«

»Warum?«

Ich zögerte. »Mir wird schlecht davon. Richtig übel. Wenn ich einmal sehe, ist das noch okay, das habe ich mittlerweile im Griff. Aber wenn es mehrere Menschen sind, nacheinander, dann ...«

»Kotzen Sie?«

»Kurzgefasst: ja.«

Sams Kopf vor mir nickte. »Okay, ich möchte nicht, dass Sie kotzen. Aber meine Zukunft kennen Sie schon. Mich können Sie doch ansehen.«

»Nein. Und wenn Sie das glauben, bedeutet das, dass Sie wirklich noch nicht darüber nachgedacht haben, was ich eben gesagt habe. Warum ich Tobias doch in Ihnen gesehen habe. Und nur in Ihnen.«

Sam striegelte seine Haare, diesmal mit beiden Händen. Sie rochen ein wenig nach Schlaf und Chlor, aber auch noch ein bisschen nach Shampoo.

»Sorry, ich bin nicht ganz auf der Höhe«, sagte er. »Ich habe gestern ... Es war spät.«

»Sie haben beschlossen, die ganze Sache zu vergessen und haben sich diese Entscheidung schön gesoffen«, riet ich, er stöhnte nur leise, was Antwort genug war.

»Aspirin?«

»Oh ja«, sagte er aus vollem Herzen. »Bitte. Drei. Oder Vier.«

»Gut. Ziehen Sie sich wieder an. Und denken Sie über Folgendes nach: Ich habe bei unserem ersten Treffen die Zukunft gesehen, die vor Ihnen lag, bevor ich Ihnen erzählt habe, dass Sie erschossen werden.«

Ich hatte Aspirin in der Küche, und während ich drei Brausetabletten in ein Glas warf, sah ich durch das Fenster Sam dabei zu, wie er sich seiner nassen Shorts entledigte und in seine Jeans stieg. Seine Bewegungen waren fahrig, vielleicht von der Angst, vielleicht von der durchgemachten Nacht. Es war ein komisches Gefühl, ihn hier zu haben. Nicht unbedingt unangenehm, aber eben ... komisch. Er war der erste Mensch, der auf dieser Terrasse saß, dem ich einen Kaffee gemacht hatte. Selbst Frau Berger kam nur her, wenn sie musste. Wenn etwas zu erledigen war. Seine ungebetenen Gäste konnte man sich nicht aussuchen, und ich hätte es schlechter treffen können. Dennoch: Ich musste Sam loswerden. Und seinen toten Freund auch, denn beide gehörten hier nicht hin.

»Also haben Sie Tobias mit mir in der Bar sehen können, weil er noch leben würde, wenn ich nicht erfahren hätte, dass ich sterbe?«

Sam ließ sich wieder in seinen Sessel fallen, ich reichte ihm das Glas über die Schulter, blieb hinter ihm stehen.

»Nah dran, aber nicht ganz. Es hat ihn nicht getötet, dass Sie erfahren haben, dass Sie sterben werden. Reines Wissen verändert nichts. Man muss das neue Wissen erst einsetzen, um sein Verhalten zu ändern. Sie haben also etwas getan. Etwas, was Sie nicht getan hätten, wenn Sie nicht von diesen Schüssen erfahren hätten. Und was Sie getan haben, hat jemanden auf Tobias aufmerksam gemacht. Hat jemanden dazu bewegt, Ihren Freund zu ... entsorgen. In meinem Pool. Die einzige Verbindung zwischen meinem Pool und Tobias sind Sie. Ich habe Tobias zum ersten Mal in Ihnen gesehen, in dieser Bar. Und zum zweiten Mal heute Morgen, in meinem Pool. Tot.«

Sam schwieg und mir war, als könne ich die Schuld um ihn herum wabern sehen.

»Sie haben Kontakt zu Tobias aufgenommen?«

»Ja.«

»Haben Sie ihm von mir erzählt?«

»Nein!« Pause. »Na ja, indirekt schon. Aber ich habe ihm nicht erzählt, was passiert ist. Oder was passieren soll.«

Sam trank einen Schluck und schüttelte sich angesichts des Geschmacks. Ich schüttelte mich ebenfalls, und zwar angesichts des Wissens, was öliges, brausiges Aspirin mit dem Magen machte. Besser: mit dem Zeug, was sich schon darin befand. Wurde durch Kohlensäure aus dem Mageninhalt eine giftig schäumende Masse, zauberte die Acetylsalicylsäure zusätzlich ein paar schillernde Schlieren auf ihre Oberfläche, wie ein Ölteppich auf einem kochenden Meer.

»Was haben Sie Tobias denn dann erzählt?«, fragte ich.

»Er arbeitet ... arbeitete bei einer Telefonfirma. Er hat mir Ihre Nummer besorgt.«

»Wie? Die Nummer ist nirgendwo registriert.«

»Über den Anschluss von Frau Berger. Die hat immer brav bei Ihnen angerufen, wenn ich vor der Tür stand. Und so was wird aufgezeichnet. Wer telefoniert mit wem. Frau Berger steht im Telefonbuch.« Sam stockte. »Hat ihn das ... umgebracht? Dass ich ihn um Hilfe gebeten habe?«

»Es war kein 'es' oder ein 'das', was Tobias getötet hat, es war ein Mensch. Und dieser Mensch ist schuld. Er hat das geplant. Er hat zugeschlagen, er hat abgedrückt.«

»Ich. Ich war das.«

Ich runzelte die Stirn. »Sie meinen das übertragend, oder? Sie haben nicht tatsächlich abgedrückt. Oder Ihren Freund verprügelt.«

»Nein. Aber er ist gestorben, weil ich ihn angerufen habe. Warum denn sonst?«

Ich wusste keinen anderen Grund. Hätte ich einen gewusst, hätte ich ihn geäußert, denn Sams Betrübnis war nicht schön anzuschauen: gesenkter Kopf mit nassen Haaren, hängende Schultern, die so noch viel schmaler aussahen.

»Haben Sie noch andere Leute angerufen? Und um kleine Gefallen gebeten?«, erkundigte ich mich. Sam schüttelte erst den Kopf, was dann reibungslos in ein Nicken überging.

»Nein. Na ja, doch. Meinen Chef. Ob ich den Rest der Woche freihaben kann.«

»Das ist aber etwas anderes, als Tobias nach einer nicht registrierten Nummer suchen zu lassen.«

»Hoffentlich.« Sam raufte sich die Haare. »Gott, ich habe ihn umgebracht«, presste er hervor, und er tat mir tatsächlich leid. Sehr sogar.

»Sam, ich wiederhole es gern noch einmal: Sie haben Tobias eventuell ins Blickfeld von wem auch immer gerückt, aber Sie haben ihn nicht getötet.«

Sam straffte sich, trank das Brausewasser aus.

»Sie denn? Ihre Waffe. Ihr Pool. Ihr verdammtes Spielchen.«

Als er das leere Aspirin-Glas auf den Tisch gestellt hatte, reichte ich ihm das iPad über die Schulter. »Die Aufnahme einer meiner Kameras. Die Zeit steht oben rechts.«

»Drei Uhr, letzte Nacht«, las Sam vor und drückte auf den Play-Button.

Die Kamera zeigte den halben Pool und die Mauer zur Straße. Das Bild war Schwarz-Weiß, aber mehr Schwarz als Weiß. Eine Gestalt kletterte von außen auf die Mauer, scheinbar mithilfe einer Leiter. Die Gestalt bewegte sich schwerfällig, denn auf ihren Schultern lag etwas, das im Nachtlicht nicht mehr war als ein Sack, halb Schwarz und halb Weiß. Schlenkernde Arme machten den Sack menschlich, und Sam sah stumm zu, wie die Leiche seines Freundes in meinen Garten geworfen wurde wie ein übervoller Müllsack, die Gestalt hinterher sprang und Tobias an den Füßen zum Pool zog. Als der Körper im Wasser versank, machte sie einen Schritt zurück, weil das aufgewirbelte Wasser in Richtung ihrer Schuhe leckte, dann wandte sie sich um und verschwand über meine vermeintlich Einbrecher-abwehrende Mauer - eine Sache von drei, vier Minuten.

»Waren Sie um die Zeit zu Hause?«, fragte Sam.

»Das geht Sie nichts an.«

»Ach nein? Der Bengel von gegenüber sagte, Sie gingen nie weg und wären nachts oft sehr lange auf. Haben Sie nichts gehört?«

»Nein.«

»Haben Sie vielleicht absichtlich weggehört? Weil Sie mit diesem Typen unter einer Decke stecken?«

»Ganz gewiss nicht.«

»Also haben Sie kein Alibi.«

Ich runzelte die Stirn, denn jetzt war mir Sam zu schnell. Wozu brauchte ich ein Alibi?

»Nun, Sie waren allein«, wurde Sam bereitwillig deutlicher. »Sie können einfach sagen, Sie hätten nichts gesehen und gehört, ohne dass das jemand nachprüfen kann.«

»Ich habe nicht gesagt, dass ich allein war.«

»Sie nicht, aber Ihr jugendlicher Verehrer. Ihm schien das sehr nahe zu gehen. Wie mir.«

»Dass ich kein Alibi habe?«

»Dass Sie so allein sind. Vor allem nachts.«

Was war das jetzt, ein Flirtversuch angesichts einer Leiche?

»Sam, bleiben Sie beim Thema. Ich war hier, ich war allein, ich habe nichts gehört. Und ich brauche kein Alibi. Das war ein Mann, wie man deutlich sieht.«

»Sie sind groß«, sagte Sam und musterte mich über die spiegelnde Fensterscheibe. »Einsachtzig?«

»Einsachtundsiebzig. Machen Sie sich nicht lächerlich. Ich würde mich wohl kaum selbst dabei filmen, wie ich eine Leiche in meinen eigenen Pool werfe.«

»Doch. Damit Sie genau das jetzt sagen können.«

»Wenn Sie schon an meinem Alibi rumnörgeln: Ich halte meine Angabe für besser als Ihre. Sie waren Trinken.«

»Ja.«

»Was natürlich viele Leute für Sie bezeugen könnten.«

Sam verzog den Mund, wie die Fensterscheibe belegte. »Hoffentlich.«

»Will heißen: wenn die nicht noch mehr gesoffen haben als Sie.«

Er hob die Arme in einer Geste, die eine Mischung aus Beschwörung und Hilflosigkeit war, wies dann auf das letzte Standbild des Videos.

»Haben Sie auch eine Kamera zur Straße? Dann könnte man das Auto sehen, mit dem der Typ gekommen ist.«

»Öffentlicher Grund darf von Privatpersonen nicht überwacht werden.«

»Ha, ha.«

Ich beugte mich über Sams Schulter, klickte zum nächsten Video: Es zeigte meine Einfahrt. Die war etwas von der Straße zurück versetzt und daher genau genommen kein öffentlicher Grund. Von dem heranfahrenden und scharf abbremsenden Auto konnte man allerdings nur ein Stück von den Türen auf der Seite sehen, von dem Mann Hosenbeine und Schuhe.

»Hm«, machte Sam. »Keine Kennzeichen im Blickfeld. Was Großes. Irgendein Van. VW Sharan, Ford Galaxy. In Silber oder Weiß.«

»Ein Chrysler Voyager.«

»Kenne keinen, der einen hat.«

»Wie schade, das würde das Ganze sehr vereinfachen. Geht es Ihnen besser?«

Sam nickte halbherzig und gab mir mein iPad wieder.

»Dann bringen Sie jetzt Ihren Freund weg.«

Sam stemmte sich aus dem Sessel hoch, wandte mir immer noch den Rücken zu.

»Würden Sie bitte mal die Augen zumachen?«, fragte er, ich schüttelte den Kopf.

»Nein.«

»Ich möchte was sagen, aber Ihnen, und nicht Ihren Terrassenfliesen. Ich möchte Sie dabei ansehen.«

»Das ist Marmor, vom Block geschnitten.«

»Scheißegal. Bitte. Machen Sie die Augen zu, ich tue Ihnen schon nichts.«

»Ich werde auf Ihren Körper schauen. Und sobald Sie auch nur zucken, bin ich weg.«

Sam drehte sich langsam um, ich starrte auf seine Gürtelschnalle: Silber, alt.

»Ich ... ich glaube Ihnen immer noch kein Wort«, setzte er an. »Dass Sie mich nur ansehen. Und alles wissen.«

»Ich weiß nicht alles. Ich sehe nur Ihre Zukunft.«

Er machte eine wegwerfende Handbewegung, ich einen Schritt nach hinten. Zur Sicherheit, denn wenn man das Gesicht der Leute nicht sieht, weiß man nicht, was sie fühlen oder denken. Oder vorhaben.

»Entschuldigung.« Er schob die Hände in die Hosentaschen, ballte sie dort zu Fäusten. »Ich glaube Ihnen nicht, dass Sie meine Zukunft sehen können. Aber mit einer Sache haben Sie auf jeden Fall recht: Ich habe mittlerweile Angst. Eine Scheißangst. Ich habe keine Lust, mich erschießen zu lassen, ich hänge an meinem Leben.« Pause. »Irgendjemand spielt da ein Spielchen mit mir. Und wenn Sie es nicht sind ...« Er stockte, scheinbar, damit ich jetzt nicken konnte und alles gestehen. Ich schwieg. »Wenn Sie es nicht sind, dann hat man Sie da mit reingezogen«, fuhr Sam fort. »Dann spielt man auch mit Ihnen. Jemand hat den Termin gemacht, denn ich war es nicht. Jemand hat Sie benutzt, um mir zu sagen, dass ich sterben werde. Hat Tobias in Ihren Pool geworfen. Gefällt Ihnen das? Finden Sie das Okay? Wenn nicht, sollten Sie mir helfen. Damit dieser ganze Scheiß auch für Sie vorbei ist.«

***

»Dieser Mensch ist in Sie verliebt«, diagnostizierte Frau Berger, ich lachte nur.

»Warum ist er dann schon wieder hier?«

»Weil er Hilfe braucht«, antwortete ich, »und er hat sich rasiert. Extra für Sie.«

Das war korrekt, zumindest den Fakten nach: Sam hatte ein paar Stunden geschlafen, danach scheinbar geduscht und seinen Bartschatten beseitigt, jetzt wartete er mit einer Tüte in der Hand vor Frau Bergers Haustür. Ich war schon in meinem Arbeitszimmer, Frau Berger stand unter der Lampenkamera im Konsultationsraum und brachte ihre Entrüstung mal wieder mit in die Hüfte gestemmten Armen zum Ausdruck.

»Wasser für den Herrn?«, fragte sie, ich nickte.

»Ja, wir sind heute nett zu ihm. Es ist heiß, und er macht ganz schön was mit.«

Frau Berger schnaubte und ließ Sam ein. Der begrüßte sie so nonchalant, als wären sie alte Freunde und ging vor ihr ins Konsultationszimmer – was sie nicht mochte, wie ich wusste: Sie war hier zu Hause, nicht die Kunden.

»Sushi«, sagte Sam und ließ die Tüte vor dem Monitor auf dem Tisch und damit in mein Blickfeld baumeln.

»Ich kümmere mich darum«, sagte Frau Berger knapp, nahm Sam die Tüte ab und verschwand.

»Was macht Sie damit? Es waren Stäbchen dabei. Sojasoße auch.«

»Wegschmeißen. Wie kommen Sie auf die Idee, dass ich mit Ihnen Sushi essen werde?«

Er zuckte mit den Schultern und wanderte durch den Raum, blieb schließlich vor der Tür zu meinem Zimmer stehen. Sehr nah vor der Tür. Ich stand auf und sah durch den Spion: Sams Gesicht war fischmäßig verzerrt. Er bewegte es hin und her, vergrößerte seine Nase, seinen Mund, seine Augen, als würde er mit einem Zerrspiegel spielen. Wusste er, dass ich ihn ansah? Wahrscheinlich.

»Bei Sushi haben Sie am wenigsten angeekelt geschwiegen. Gestern. Am Telefon«, sagte er mit den Lippen nah am Spion, ich schreckte zurück, weil ich auf eine verzerrte Nahaufnahme seines Mundraums nicht besonders scharf war. Und ich unterdrückte ein Lächeln, auch wenn Sam es gar nicht hätte sehen können.

»Ich formuliere die Frage neu: Wie kommen Sie auf die Idee, dass ich mit Ihnen essen werde?«

»Warum nicht?«, entgegnete Sam. »Menschen essen. Weil sie müssen. Und weil es Spaß macht. Den meisten Menschen macht zu zweit Essen noch mehr Spaß.«

»Setzen Sie sich.«

Ich ging selbst mit gutem Beispiel voran und nahm wieder am Schreibtisch Platz.

»Ich dachte, wir könnten das heute anders …«

»Sie sollen sich setzen.«

Sam seufzte, schlenderte zum Sofa, kurz darauf erschien sein Gesicht auf meinem Monitor. Man sah ihm die lange Nacht noch immer an, aber die verräterischen Zeichen waren abgemildert: Er wirkte jetzt eher grundsätzlich erschöpft, aber auch aufgedreht, kribbelig – verfrühter Todes-Jetlag oder so was.

»Sie müssen mir etwas versprechen«, sagte ich, er zuckte mit den Schultern, was nicht sehr ernsthaft aussah.

»Klar.«

»Wirklich versprechen. Hoch und heilig. Ehrlich und aufrichtig.«

»Ja, okay. Was?«

»Dass Sie mit niemand über das hier sprechen. Über mich. Dass Sie vergessen, dass Sie jemals hier waren. Und dass Sie niemals wieder kommen, wenn wir fertig sind. Ich habe schon eine neue Telefonnummer, aber ich habe keine Lust, umzuziehen.«

»Verlangen Sie das von allen Ihren Kunden?«

»Nein. Aber meine normalen Kunden spionieren mir auch nicht hinter her oder erschwindeln sich meine Telefonnummer. Die Freunde meiner normalen Kunden landen nicht als Leiche in meinem Pool. Und ich habe Ihnen schon mehr von mir erzählt, als gut ist. Betriebsgeheimnisse sozusagen.«

Sam lehnte sich zurück: Meine Bitte um Verschwiegenheit schien ihm sein Selbstbewusstsein wiedergegeben zu haben.

»Unter einer Bedingung.«

»Und die wäre?«

»Essen Sie das Sushi mit mir. Bitte. Ich habe Hunger.«

Ich schüttelte den Kopf. »Unmöglich. Ich arbeite schwer daran, Menschen anzusehen, ohne zu kotzen. Essen ... Nein. Ein ganz klares Nein.«

»Erklären.«

»Sam, wir sind hier, um Ihr Problem zu lösen.«

»Bitte. Nur zum Thema Essen.«

Ich kapitulierte. »Stellen Sie sich vor, Sie sitzen mir gegenüber. Ich nehme ein Stück Sushi und stecke es mir in den Mund. Was sehen Sie dann?«

»Sie essen toten Fisch mit Reis. Und es schmeckt Ihnen, weil es gutes Sushi ist.«

»Ja, Sie sehen mich essen. Von außen. Meine Backen bewegen sich, wenn ich kaue, mein Hals bewegt sich, wenn ich schlucke. Sehe ich Sie an, während Sie essen, bin ich dabei in Ihrem Mund. In Ihrem Hals. In Ihrem Magen. Ich sehe Ihre

Zähne, die den Fisch zermahlen. Ihren Speichel, der die matschige Masse schön saftig macht. Ihre Speiseröhre, durch den das Ganze dann hindurchgezwängt wird. Und Ihre Magensäfte, die aus allen Drüsen herausspritzen, um den toten Fisch in einen sauren Brei zu verwandeln, einen Brei, der dann in der schwülen Wärme Ihres Körpers weiter vor sich hin gärt und der ...«

Sam hob die Hand und verzog den Mund. »Verstanden. Kein Sushi für mich. In Ihrer Gegenwart.«

»Nein, kein Sushi. Gar kein Essen. Wenn ich Sie ansehe, lande ich in Ihrem halb verdauten Essen. Das ist so schon unangenehm genug, da müssen Sie mir nicht auch noch von oben frisch durchgekaute Nahrung auf den Kopf schmeißen.«

»Aber Sie könnten dort drin was Essen. Und ich hier. Dann essen wir doch irgendwie zusammen, aber Sie müssen nicht kotzen. Sie sähen mich beim Essen so, wie ich Sie sehe.«

Ich war das Thema leid. »Sam, Sie sind nicht zum Essen hier.«

Er presste seine Lippen zu einem schmalen Strich zusammen, als hätte ich gerade ein romantisches Dinner abgesagt.

»Gut, vergessen Sie's. Aber Sie müssen nicht da drin sitzen.«

»Doch.«

Er öffnete den Mund, zweifellos, um mir erneut zu widersprechen, aber ich schnitt ihm das Wort ab.

»Ja, ich könnte neben Ihnen sitzen. Aber wenn ich Sie ansehe, dann sehe ich nur, was sein wird. Dann höre ich kaum, was Sie sagen, dann bekomme ich nicht mit, was passiert. Ich werde heute erneut Ihre Zukunft schauen, aber wenn wir reden, dann so.«

»Sie könnten hier sitzen und mich nicht ansehen.«

»Sam, lassen Sie es gut sein. Hier mache ich die Regeln, und ich habe die Erfahrung.«

Ich würde nicht mit gesenktem Kopf neben ihm hocken und seinem Blick ausweichen, ganz gewiss nicht. Das machte mich klein und unterlegen, das passte nicht zu der Rolle, die ich hier zu spielen hatte: Einem Kunden den Weg aus seinem Problem zu weisen.

Sam verschränkte nach dieser erneuten Absage die Arme vor der Brust, als wäre er beleidigt. Was war mit ihm los? Ich ahnte, dass er gerade etwas neben der Spur war, aber immerhin hatte er doch jetzt, was er wollte: einen schnellen Termin, eine bevorzugte Behandlung. Ich beschloss, die Zügel straffer anzuziehen, denn ich musste Sam loswerden, und zwar so schnell wie möglich. Und das ging am ehesten, wenn wir uns endlich der Sache zuwandten.

»Wie viel Zeit haben Sie mitgebracht?«, fragte ich, er nahm als Antwort seine Uhr ab und steckte sie in die Tasche. Sein Gesichtsausdruck war immer noch säuerlich.

»Gut, fangen wir an. Erzählen Sie mir von Tobias. Woher kennen Sie beide sich?«

Sam sah mich überrascht an. »Tobias? Wieso Tobias?«

»Irgendwo müssen wir anfangen. Entweder bei Ihnen oder eben bei Ihrem Freund. Und ich würde gern bei Tobias beginnen, weil ich nichts von ihm weiß. Obwohl er verprügelt, erschossen und in meinen Pool geworfen wurde.«

Sam presste die Lippen zusammen, sagte aber nichts.

»Was haben Sie eigentlich mit der Leiche gemacht?«

Die Lippen wurden noch schmaler. »Das möchten Sie nicht wissen.«

Ich überdachte das. Stellte fest, dass Sam recht hatte. Und ließ das Thema fallen.

»Also: Woher kennen Sie beide sich?«

»Das tut nichts zur Sache.«

»Finden Sie Tobias nicht wichtig? Glauben Sie, er ist da nur zufällig reingerutscht, weil Sie ihn nach meiner Telefonnummer haben suchen lassen? Gut, kann sein«, lenkte ich ein. »Dann reden wir stattdessen über Sie. Ihre Feinde. Ihre Familie. Ihre noch lebenden Freunde. Ihre Freundin.«

»Ganz bestimmt nicht. Und ich habe keine Freundin.«

»Wenn Sie nicht darüber sprechen möchten, war das schon eine Information zu viel.«

Sam sah an die Decke, mein Geduldsfaden dröselte sich

allmählich auf und wurde bedenklich dünn. Sam war nicht der erste Kunde, der bei einer 'Wie'-Frage mauerte und glaubte, eine Lösung finden zu können, ohne viel von sich verraten zu müssen. Aber bei den anderen Kunden war es auch nicht um Leben und Tod gegangen.

»Sam, Sie müssen mit mir reden. Von sich erzählen. Irgendwo in Ihrem Leben gibt es den Grund für diese Karte, die Sie zu mir geführt hat. Für die Schüsse, die Sie töten werden. Für den Tod von Tobias. Und ich opfere meinen freien Tag, um Ihnen zu helfen.«

»Ach so. Moment.«

Sam stand auf, griff in seine Hosentasche und holte ein schmales Bündel Papier heraus: Geld. Er ließ es aus der ausgestreckten Hand vor dem Monitor auf den Tisch rieseln, als wäre es Konfetti.

»Bitte. Ihre sogenannte 'Gebühr'. Ich bekäme dann noch einen Euro raus, wenn Sie wechseln können. Oder behalten Sie's. Als Trinkgeld.«

»Sam, lassen Sie das.«

»Was? Sie haben doch jetzt, was Sie wollen. Geld. Motiviert Sie das?«

»Ich bin motiviert. Und scheinbar um einiges mehr als Sie. Ich habe Ihnen anvertraut, dass ich kotzen muss, wenn ich Menschen ansehe – und Sie wollen mir nicht mal erzählen, woher Sie Tobias kennen?«

Sam ließ sich wieder in das Polster sinken, und für ein paar Minuten war es still. Ich ließ ihn schweigen, sah ihn tief ein- und ausatmen. Es schien zu helfen, denn als er sich wieder vorbeugte, hatte er immerhin ein Wort für mich, das als Information durchgehen konnte.

»Uni«, sagte er.

»Okay. Sie haben sich an der Uni kennengelernt. Waren Sie eng befreundet?«

»Geht so.«

»Aber immerhin so gut, dass Sie ihn anrufen und um einen kleinen Gefallen bitten können. Einen illegalen Gefallen.«

»Ja.«

»Haben Sie sich oft mit ihm getroffen?«

»Nein.«

Mein Geduldsfaden riss mit einem scharfen, sirrenden Geräusch, das mir fast Kopfschmerzen machte: Herrgott, war dieser Kerl kompliziert! Verstockt, anstrengend und kompliziert!

»Sam, gehen Sie raus, rauchen Sie eine. Wenn Sie wieder kommen, will ich, dass Sie kooperativ sind. Wenn nicht, war es das.« Sein Gesicht verfinsterte sich. »Und aschen Sie nicht in die Rosen«, fügte ich hinzu, dann schaltete ich den Monitor ab.

***

Er rauchte zwei Zigaretten, wie Frau Berger mir berichtete.

»Tut mir leid«, sagte Sam, als er wieder vor dem Monitor Platz genommen hatte. »Ich ... Das ist ungewohnt.«

»Was ist ungewohnt?«

»Hier zu sitzen.«

»Nein. Sitzen können Sie, schon seit vielen Jahren. Es ist neu für Sie, Angst zu haben.«

Stille, dann nickte er und fuhr sich mit beiden Händen durch die Haare. »Ja.«

»Können wir weiter machen?«, fragte ich, er nickte erneut.

»Ja.«

»Und Sie werden so detailliert und ausführlich antworten, wie Sie können?«, fügte ich hinzu, denn ich hatte mir fest vorgenommen, Sam bei der nächsten frechen oder einsilbigen Antwort dahin zu verfrachten, wo er sich ja offenbar wohler fühlte als auf der Couch in meinem Konsultationszimmer: auf die Straße vor Frau Bergers Haus.

Sam seufzte. »Ja. Aber bevor Sie mehr Fragen stellen ... sollte ich Ihnen was erzählen. Etwas ... Neues.«

»Gut. Gerne.«

»Ich war heute in Tobias Wohnung. Bevor ich zu Ihnen gefahren bin.«

Das war nicht ganz das, was ich mir erwartet hatte, aber trotzdem interessant.

»Woher hatten Sie den Schlüssel?«

»Er steckte in der Hosentasche. Sein ganzer Schlüsselbund. Den kenne ich, er hat einen Anhänger dran, den er sich in New York gekauft hat. Dieses Logo der Polizei, NYPD. Es sind nicht viele Schlüssel dran. Wohnung, Auto, Keller. Briefkasten. Und so ein Chip, wahrscheinlich für die Arbeit.«

Sam machte eine Pause, sah auf das von Frau Berger auf Hochglanz polierte Parkett.

»Jemand hat die Wohnung ... auf den Kopf gestellt«, fuhr er dann fort. »Es sieht aus wie nach einem Tornado. Bücher auf dem Boden, Schubladen stehen auf, Schränke sind ausgeräumt, Klamotten überall verstreut.«

»Sah es aus, als habe da jemand gewütet? Oder eher was gesucht?«

Sam zögerte. »Gesucht. Würde ich sagen. Die Sachen waren nicht kaputt, es war nichts beschmiert. Tobias hatte ziemlich viel Computer-Zeug. Einen Desktop, zwei Laptops, mindestens. Ein iPad – er hat damals in der Schlange gestanden, beim Verkaufsstart. Mehrere Handys. Das war alles weg. Aber auch nur das. Fernseher, Musikanlage und so waren noch da. Ich weiß, dass die Wohnung aufgeräumt war. Tobias war ein ordentlicher Typ.«

Eher ein Typ mit einem ordentlichen Problem, dachte ich, hütete mich aber, das laut auszusprechen: Sam war empfindlich, wenn es um seinen toten Freund ging. Schuldgefühle? Wahrscheinlich, denn es war durchaus möglich, dass er ihn mit einem harmlosen Anruf zum Tode verurteilt hatte.

»Und noch etwas war komisch«, fuhr Sam fort. »Ich habe seinen Briefkasten leer gemacht, weil der total übergequollen ist. Tobias hatte eine Tageszeitung abonniert, und es steckten neun Stück drin. Der Briefträger hat sie schon oben drauf gestapelt.«

»Und Sie schließen daraus, dass Tobias seit neun Tagen nicht mehr zuhause war?«

Sam zuckte mit den Schultern. »Was sonst? Er war nicht im Urlaub, das wüsste ich. Er wollte im September weg, zum

Tauchen. Und er hat nicht so fett verdient, dass er mehrmals im Jahr fahren konnte.«

Ich dachte an Tobias totes, von den Schlägen und dem Wasser gebrochenes Gesicht in meinem Pool: sein letzter Tauchgang. Dann stutzte ich, denn das, was Sam da gesagt hatte, passte nicht ganz zu dem, was ich bislang wusste.

»Aber Sie haben doch mit ihm telefoniert, wegen meiner Handynummer. Lange nach dem ersten Termin.«

»Ja. Nein.« Sam sah mich an. »Ich habe versucht, ihn anzurufen, klar. Aber er hat nicht abgenommen. Beim dritten Mal habe ich ihm einfach was auf die Mailbox gequatscht.«

»Was genau?«

»Wo steckst du denn, du musst mir einen Gefallen tun, ich brauche eine Telefonnummer, sie wurde dann und dann von dieser Nummer angerufen, sag jetzt nicht, dass das nicht geht ... So in der Art. Und ich habe gesagt, er solle sich mal melden, ich müsste ihm was Hammerhartes erzählen.«

Ich brauchte ausnahmsweise kein Hellseher zu sein, um zu wissen, dass er die Story mit mir und der Karte gemeint hatte.

»Und er hat zurückgerufen.«

»Nein. Aber ich habe eine SMS bekommen.«

Eine SMS? Nur eine SMS? In mir dämmerte etwas, die Ahnung der Möglichkeit einer Idee.

»Lesen Sie mir die SMS vor?«, bat ich, während ich auf der Idee herumdachte, sie auf Wahrscheinlichkeit und Möglichkeit abklopfte.

Sam nestelte sein Handy aus der Tasche, drückte ein paar Tasten.

»Hier. 'Du bringst mich in Teufelsküche, hoffe, sie ist das wert. Von dem Telefon wurde immer nur ein Anschluss angerufen.' Dann folgt Ihre Nummer.«

»Ist das sein Stil? Diese SMS?«

Sam bemühte wieder seine schmalen Schultern. »Stil ... Ja. Schon. Diese Anspielung passt, er hat mir dauernd gesagt, ich sollte mir eine Freundin zulegen.«

»Hatte Tobias eine Freundin?«

»Nein.«

»Einen Freund?«

»Nein!«

Eine scharfe Antwort. Ich trank einen Schluck Wasser und wartete, bis Sam wieder ruhiger war. Es dauerte eine gute Minute.

»Warum fragen Sie das? Ob das sein Stil war?«

Aus der Ahnung der Möglichkeit einer Idee war jetzt immerhin schon die Möglichkeit einer Idee geworden. Ich antwortete trotzdem noch nicht, stellte meine nächste Frage.

»Wann haben Sie Tobias das letzte Mal gesehen? Wirklich gesehen? Leibhaftig und lebendig?«

»Vor ... an einem Mittwoch. Da habe ich fast immer Spätdienst, und wir haben uns gleich in einer Bar getroffen. Ist aber schon was her, weil ich ein paar Tage beruflich unterwegs war.« Sam dachte nach. »Knapp drei Wochen, ungefähr.«

»Und zuletzt am Telefon gesprochen?«

»Am gleichen Tag, als wir uns verabredet haben.«

Die Möglichkeit verflüchtigte sich ebenfalls, es blieb die Idee. Eine gute Idee. Ich sprach sie aus, auch wenn ich schon wusste, dass Sam sie in der Luft zerfetzen würde.

»Tobias könnte also schon tot gewesen sein, als Sie ihn wegen meiner Nummer angepiepst haben«, sagte ich, und wie erwartet sah Sam nicht besonders angetan aus.

»Quatsch. Er hat doch geantwortet. Er hat mir Ihre Nummer gegeben.«

»Das kann jemand getan haben, der ebenfalls Zugang zu solchen Daten hat. Denn als Sie versuchten, ihn deswegen zu erreichen, war seine Wohnung schon durchwühlt und verlassen. Das haben Sie selbst an den Zeitungen abgelesen. Wenn Tobias nach Hause gekommen wäre, hätte er aufgeräumt. Die Polizei gerufen. Den Briefkasten leer gemacht.«

»Also wollten Sie wissen, ob das Tobias Stil war, weil Sie glauben, dass er die SMS gar nicht geschrieben hat?«

»Ja.«

»Sie glauben, dass jemand anders sein Handy hat.«

»Richtig. Vielleicht derjenige, der die Wohnung durchsucht

hat. Vielleicht derjenige, der Tobias umgebracht hat. Vielleicht ist beides ein und dieselbe Person.«

Sam runzelte die Stirn. »Okay, gesetzt den Fall, das wäre so. Tobias ist tot. Jemand hat sein Handy und so getan, als wäre er Tobias, als er meine SMS gelesen hat. Warum auch immer. Was schließen Sie daraus?«

»Moment, eins noch. Wann haben Sie die Karte für die Sitzung bei mir gekommen?«

»Äh ... ziemlich kurz vor dem Termin.«

»Der war am Sonntag.«

»Genau. Die Karte kam am Tag davor, Samstag. Letzten Samstag.«

Ich scrollte durch meinen Kalender, zählte die Tage. »Wenn neun Zeitungen in Tobias Briefkasten waren, dann hat er den seit vergangenem Freitag nicht mehr leer gemacht. Einen Tag später erhielten Sie die Karte. Per Post?«

Sam schüttelte den Kopf, sehr sicher. »Nein, es war kein Stempel drauf. Keine Briefmarke. Und es stand nur mein Name drauf, keine Anschrift.«

»Also hat man sie am Samstag in Ihren Briefkasten gesteckt. Nachdem jemand am Tag zuvor Tobias Wohnung durchwühlt hat.« Ich machte eine Pause, sah Sam prüfend an. »Sie wollten wissen, was ich daraus schließe. Folgendes: Es ging ursprünglich gar nicht um Sie, sondern um Tobias. Er ist vor neun Tagen verschwunden, und er war eventuell schon tot, als man Sie zu mir geschickt hat.«

Ich fand diese Schlussfolgerung absolut logisch, aber Sam schüttelte sofort den Kopf.

»Das glaube ich nicht.«

»Warum wehren Sie sich gegen diese Interpretation? Sie hatten Angst, Sie könnten Ihren Freund umgebracht haben. Indirekt. Weil Sie ihn mit in diese Sache hinein gezogen haben, als Sie ihn wegen meiner Nummer kontaktiert haben. Jetzt finden wir heraus, dass er da wahrscheinlich längst tot war. Zumindest aber bis über beide Ohren in der Sache drinsteckte – in der Sache, in die Sie erst am Samstag verwickelt wurden, nämlich durch diese Karte. Erleichtert Sie das nicht?«

Sam sackte in sich zusammen, ich ließ ihn nachdenken.

»Doch«, sagte er schließlich leise. »Wenn es so war, würde mir das sehr helfen. Meinem ... Gewissen. Aber wir wissen nicht, seit wann er tot ist. Er sah übel aus, aber ich weiß nicht, ob das an den Schlägen lag oder daran, dass er ... schon verwest.«

»Richtig«, sagte ich, »das wissen wir nicht. Aber es sieht alles danach aus, dass nicht Sie Schuld an Tobias Tod sind, sondern dass vielmehr er Schuld daran trägt, dass Sie jetzt diesen Ärger haben.«

Sam nickte, wenn auch sichtlich nicht völlig überzeugt. Und mir fiel noch etwas ein. Leider etwas, das mein ganzes schönes Theorem wieder in sich zusammenstürzen ließ.

»Eine Sache passt da nicht hinein«, sagte ich zögernd. »In den Ablauf. Dass man sich erst an Tobias gehalten hat und danach auf Sie zugekommen ist. Wegen was auch immer.«

Sam sah mich fragend an. »Nämlich?«

»Nun, ich habe Ihnen ja schon angedeutet, dass ich auf Monate ausgebucht bin. Es kann also niemand innerhalb von ein paar Tagen einen Termin bekommen. Freitags Tobias killen, hier anrufen und Ihnen einen Termin für Sonntag beschaffen, das ist unmöglich.«

Ich konsultierte meine Kundenliste, denn ich hatte die Daten nicht mehr im Kopf, auch wenn ich sie neulich für Sam schon nachgelesen hatte. »Ihr Termin wurde Anfang März ausgemacht, ein paar Tage später kam das Geld.«

»Also wusste jemand bereits im Frühling, dass er im Sommer Tobias killt und mich dann am 10. August?«

»Nein.«

»Nein?«

»Das glaube ich nicht. Warum im März planen, dass man Ende Juli Tobias Wohnung durchsucht? Und kurz darauf Sie mit einer Morddrohung zu mir schickt? Das ist ein zu langer Zeitraum. Es kann zu viel passieren. Wenn jemand schon im März gewusst hätte, dass er Sie am Sonntag bei mir sehen wollte, dann hätte er Ihnen die Karte viel früher geschickt. Damit Sie sich den Termin wirklich freihalten.«

»Also?«

»Also hat jemand an meinen Kundendaten rumgepfuscht. Und Sie mir untergeschoben.«

***

Es kostete mich einen Anruf, das zu klären.

»Und?«, fragte Sam, nachdem ich mich wieder zugeschaltet hatte. Ich war sauer. Stocksauer. Und versuchte erst gar nicht, das mit einem halbherzigen Kundenlächeln zu kaschieren.

»Sie haben mich in eine unmögliche Lage gebracht«, knurrte ich, aber Sam sah nicht sehr schuldig drein.

»Ich habe gerade mit einem gewissen Herrn Brunner gesprochen«, fuhr ich fort. »Er stammt aus Liechtenstein, ihm gehört das Bankhaus Tobel. In vierter Generation. Sie erinnern sich vielleicht an den Namen der Bank, von dort kam die Überweisung für die Gebühr zu Ihrem Termin.«

»Und? Klingt nicht, als hätte dieser Herr Brunner ein sehr schweres Leben.«

»Herr Brunner macht sich Sorgen um die Entwicklung seines Hauses angesichts der noch immer besorgniserregenden Weltwirtschaftslage. Er hat den Termin im März persönlich ausgemacht, auf Empfehlung einer von mir sehr geschätzten Stammkundin. Seine Stimme passt zu dem, was Frau Berger notiert hat: angenehm, freundlich, mit starkem Schweizer Akzent.«

Sam kratzte sich unbeeindruckt am Hals, was die Wut in mir brodeln ließ. Auf kleiner Flamme, aber dennoch.

»Herr Brunner hat an eben jenem schicksalsträchtigen Freitag einen Anruf erhalten, von einem Herrn, der sich als mein Mitarbeiter ausgegeben hat«, fuhr ich fort. »Dieser Herr hat den Termin abgesagt und das Geld zurück erstattet. Herr Brunner war enttäuscht, sehr enttäuscht. Er hatte seinen Flug schon gebucht, sich ein Hotelzimmer reserviert. Er hat dreimal versucht, mich zu erreichen, um einen anderen Termin auszumachen, aber mein angeblicher Mitarbeiter hat ihn abgewimmelt. Am Ende sogar bedroht. Wissen Sie, was das bedeutet?«

»Dass Sie sich in den nächsten Monaten beim Shoppen ein bisschen einschränken müssen?«

Ich funkelte böse in die Kamera. »Sam, reden Sie keinen Scheiß.«

Es nervte mich, dass er nicht mit dem nötigen Ernst bei der Sache war. Außerdem wusste er, dass die Sitzung bezahlt worden war, das hatte ich ihm gesagt. Ich hätte ihn gar nicht empfangen, wenn das anders gewesen wäre – nein, mein Kontostand machte mir keine Sorgen.

»Das bedeutet, dass jemand in meinem Computer rumgeschnüffelt hat. Im Terminkalender und in der Kundendatenbank«, sagte ich, aber das war noch nicht alles. »Herr Brunner hat die Nummer gewählt, die auf meiner Visitenkarte angegeben wurde, und er hat immer mit diesem ihm unbekannten Herrn gesprochen. Also hat da jemand meine Anrufe gefiltert. Und die von Herrn Brunner umgeleitet. Frau Berger hat in der letzten Woche neue Termine entgegengenommen, das Telefon hat demnach für alle anderen Anrufer absolut korrekt funktioniert.«

»Krass«, warf Sam jetzt fast beeindruckt ein, aber ich war noch nicht fertig.

»Die Gebühr für die abgesagte Sitzung wurde Herrn Brunner zurückerstattet, allerdings nicht von dem Konto, auf das er sie überwiesen hat. Nicht von meinem Konto.«

Ich schwieg, und langsam schien Sam zur geistigen Mitarbeit bereit zu sein, denn sein Gesicht hatte jetzt einen interessierten Ausdruck.

»Von meinem auch nicht«, sagte er, »ich hätte gemerkt, wenn mir zehntausend fehlen würden.«

»Richtig. Nicht von meinem, nicht von Ihrem, sondern vom Konto eines gewissen Tobias Braun. Hieß Ihr toter Freund mit Nachnamen Braun?« Sam nickte, und ich musste mich beherrschen, damit die Wut meine Stimme nicht brechen ließ. »Ich habe mich bei Herrn Brunner entschuldigen müssen. Zum ersten Mal musste ich mich bei einem Kunden entschuldigen. Für eine Sache, für die ich absolut nichts kann.

Und ich habe ihm natürlich einen neuen Termin gegeben. Nächste Woche, obwohl ich da schon drei Kunden habe. Das ist alles Ihre Schuld.«

Sam starrte mich an, aber schuldbewusst sah er nach wie vor nicht aus. Ich hatte seinen Egoismus satt und fand mein Zimmerchen auf einmal viel zu eng und viel zu stickig: Ich schaltete Kamera und Mikrofon aus und ging diesmal selber eine Zigarette rauchen, hinten im Garten. Sam ging vorn raus, was Frau Berger in doppelte Besorgnis um die Rosen und den Rasen brachte.

***

Wir hätten gleich drinnen rauchen können, dachte ich, als Sam und ich uns eine Viertelstunde später wieder über die Monitore anstarrten: Es herrschte ohnehin dicke Luft, und das nicht nur wegen der dreißig Grad Lufttemperatur. Ich kaute darauf herum, wie weit wer auch immer gegangen war, um mich in diese Sache zu verwickeln, was indes Sam so missmutig machte, vermochte ich nicht mal ansatzweise zu erraten. Wahrscheinlich alles und jeder.

»Dann erzählen Sie mir jetzt von Tobias. Von Ihnen und Tobias«, verlangte ich. »Wenn Sie das nicht tun, ist das Gespräch beendet.«

Sam presste die Lippen zu einem schmalen Strich zusammen. Ich hatte keine Lust mehr, darum zu betteln, ihm sein Leben retten zu dürfen, blickte daher nur in die Kamera und wartete, bis Sam seufzte und sich im Sofa zurücklehnte.

»Wie schon gesagt: Wir kennen uns von der Uni. Wir sind im gleichen Semester angefangen, unsere Zimmer im Wohnheim lagen zufällig nebeneinander. Wir haben uns zusammengetan.«

Pause. Eine lange Pause.

»Mehr. Sonst breche ich ab und schaue, ob mein Pool schon leer ist«, sagte ich. Sam verschränkte die Arme vor der Brust, sprach aber weiter – in einem Tonfall, der trotzig war, trotzig und unwillig.

»Im Wohnheim hat's ein Jahr später gebrannt, weil irgendein Idiot den Herd angelassen und ein Handtuch draufgeschmissen hat. Mein Zimmer ist komplett ausgebrannt, das von Tobias war angekokelt. Unbewohnbar. Wir haben uns dann eine Wohnung gesucht, haben eine WG gegründet. Für vier Jahre. Nach dem Abschluss bin ich nach Berlin gegangen, weil ich einen Job bekommen habe, er nach Frankfurt. Dann bin ich vor einem Jahr hierher gezogen, er kam vor drei Monaten nach. Zufall, ein neuer Job. Seitdem sehen wir uns wieder häufiger.« Er stockte. »Sahen. Sahen wir uns häufiger.«

»Okay. Und Tobias arbeitete bei einer Telefonfirma?«

»Ja. Eigentlich immer schon. Erst beim deutschen Ableger einer spanischen Firma. Seitdem er hier ist für eine andere. Die mit dem Frosch und der Fliege in der Werbung, ich habe vergessen, wie sie heißt. 'Schnappen Sie sich die günstigsten Tarife'. Nervig.« Er hielt inne, wieder traf mich sein fragender Blick. »Glauben Sie wirklich, es geht eigentlich um Tobias?«

»Wäre es Ihnen anders lieber? Fühlen Sie sich unwichtig oder zweitrangig, wenn ich das so oft sage?«

»Quatsch.«

»Gut. Entweder geht es um Tobias oder man hat ihn nur umgebracht, um Sie zu warnen. Um Sie von der Dringlichkeit der Sache zu überzeugen. Aber auch das mit den Telefonen halte ich für einen Hinweis: Ihr Freund hat für eine Telefonfirma gearbeitet, jemand hat für Sie meine Nummer herausgefunden und an meiner Leitung rumgepfuscht. Oder sind Sie ebenfalls in dieser Branche tätig?«

»Nein.«

»Und so wie es aussieht, ist das Ganze bei Tobias losgegangen. Siehe Beweisstück A: die Zeitungen im Briefkasten.«

»Nur einen einzigen Tag früher. Freitag bei ihm, Samstag bei mir.«

Ich nickte. »Wir wissen nur von dem einen Tag, richtig. Hat Tobias Ihnen anvertraut, dass er Probleme hat?«

»Nein. Aber er war nicht der Typ, der dauernd erzählt hat, wie es ihm geht.«

»Hatte er besondere Hobbys?«

»Was meinen Sie?«

»Drogen. Glücksspiel.«

»Nein.«

»Und Sie?«

Sam lachte bitter. »Kann ich mir nicht leisten.«

»Sie haben auch keinem Mafia-Boss die Freundin ausgespannt? Sind ehemaliges Mitglied der Triaden?«

»Nein.«

»Und Tobias? War er Aussteiger aus einer dubiosen Sekte? Hat er einer Gang ein paar Kilo Heroin geklaut?«

»Nein. Soweit ich weiß. Ich gebe es Ihnen gern schriftlich, wenn es hilft: Wir waren nicht die dicksten Freunde der Welt, okay? Wir kennen ... wir kannten uns lange. Wir sind mal was trinken gegangen oder so, seitdem er hier war, aber mehr nicht. Er hat jahrelang in Frankfurt gewohnt, er hatte da sicherlich bessere Freunde.«

»Kennen Sie andere Freunde von Tobias?«

Sam dachte nach, schüttelte dann den Kopf. »Nein. Jemand hat ihm beim Umzug geholfen, das hat er mir erzählt. Aber das war ein Arbeitskollege, glaube ich.«

»Wissen Sie den Namen?«

»Wozu?«

»Wir könnten den Kollegen anrufen und schauen, ob er zufällig tot ist. Eine Morddrohung erhalten hat. Oder eine Einladung auf einer hässlichen Grußkarte, die ihn für nächste Woche hier her bestellt.«

Sam grübelte erneut, dann verneinte er. »Ich weiß keinen Namen.«

»Gut, erzählen Sie weiter. Von Sam und Tobias, die nicht so richtig dicke Freunde waren. Haben Sie die gleichen Fächer studiert?«

»Nein. Er hatte Nachrichtentechnik und Informatik, ich Germanistik und Politologie.«

»Und was machen Sie beruflich?«

»Ich schreibe.«

»Bücher?«

»Nein. Zeitungen, Zeitschriften. Internet.«

»Sie sind Journalist?«

Er hörte an meiner Stimme, dass ich das für einen eventuellen Ansatzpunkt hielt, um ihn doch noch zum Dreh- und Angelpunkt der ganzen Geschichte zu machen, und lachte.

»Sie sagen das so, als würden Journalisten jeden Tag im Müll wühlen und Verschwörungen aufdecken.«

»Und? Wühlen Sie im Müll? So tief, dass man Sie selbst darin entsorgen möchte?«

»Nein. Meine einzige wirklich große Story ist schon ein paar Jahre her.«

»Worum ging es?«

»Ob Sie es glauben oder nicht: um eine Firma, die Abfälle entsorgt hat. Sonderabfälle aus Krankenhäusern, Labors. Auch radioaktive Sachen. In der Gemeinde gab es eine ungewöhnlich hohe Krebsrate.«

»Also haben Sie doch im Müll gewühlt. Was kam dabei heraus?«

Sam setzte sich aufrechter hin. »Es gab eine schöne, saubere Seite der Firma, und eine dreckige. Mit Fässern, die einfach in irgendwelche Schuppen geworfen wurden, aus denen ist das Zeug in den Boden gesickert. Leider war das schon Jahre her, Krebs kriegt man ja nicht von heute auf morgen. Die Fässer waren weg, die Leute, die sie da reingeschmissen haben auch. Der Boden war allerdings verseucht bis zur Oberkante der Messinstrumente. Sie mussten Schadenersatz zahlen.«

»Und das war's?«

Ich wollte das nicht so recht glauben, aber Sam zuckte mit den Schultern.

»Ja. Im Grunde schon. Der Seniorchef wurde verurteilt, musste ein paar Jahre in den Knast. Er ist wieder draußen.« Sam bemerkte meinen Zweifel. »Vergessen Sie's, das Thema ist erledigt. Er hat geschlampt und bezahlt. Ich war nicht der Einzige, der daran gearbeitet hat und nicht der, dessen Name nachher dick unter den Artikeln stand. Auch wenn ich die Story ausgegraben habe.«

»Wie sind Sie drauf gekommen?«

»Ein Leserbrief von einem Mann, dessen Frau Krebs hatte. Und sein Kind. Die Familie war der wichtigste Nebenkläger, als die Sache vor Gericht stand.«

Ich blieb skeptisch, ließ das Thema aber ruhen. Weil Sam so sicher klang, und weil Tobias da so gar nicht reinpassen wollte.

»Okay. Und was machen Sie jetzt? Wenn Sie keine chemischen Zeitbomben mehr entschärfen?«

»Politik. Inland. Die meiste Zeit sitze ich in Konferenzen und schaue unserem Chefredakteur bei der Selbstdarstellung zu. Wenn ich Pech habe, muss ich zu irgendwelchen Parteitagen und den Herren und Damen da bei der Selbstdarstellung zuschauen.«

»Und was machte Tobias? Als Informatiker bei einer Telefonfirma?«

»Er hat programmiert. Ich kenne mich damit nicht aus, aber es ging irgendwie um ... Datenerfassung. Er hat Programme geschrieben, mit denen Telefonfirmen ihre Kunden und deren Telefonverhalten analysieren können. Für Benutzerprofile. Für persönlich zugeschnittene Angebote. Werbung.«

»Auch Programme, mit denen man herausfinden kann, mit wem Frau Berger telefoniert hat? Und in welcher Funkzelle mein Handy gerade steckt?«

»Wahrscheinlich, das ist alles dasselbe.«

»Auch Programme, mit denen man einzelne Anrufe umleiten kann? Damit Herr Brunner nicht bei Frau Berger herauskommt, sondern bei jemandem, der ihm sagt, es würde sich für ihn nicht mehr lohnen, einen Wahrsager aufzusuchen? Weil sein jämmerliches Leben in 24 Stunden beendet wäre, wenn er noch einmal diese Nummer wählen würde?«

Das war wohl selbst Sam eine Nummer zu hart, aber er rang sich trotzdem ein halbherziges Nicken ab.

»Kann sein«, sagte er. »Aber so was hat jede Telefonfirma. Zumindest diese Programme, die die Anrufe registrieren. Wer wann und mit wem. Das müssen die speichern, für eine bestimmte Zeit. Die Polizei fragt so was ab, wenn sie's brauchen. Und vielleicht braucht die Polizei auch solche Umleitungen?«

Das mochte ich nicht glauben, aber da weder Sam noch ich uns mit der Arbeit und den Bedürfnissen der Polizei auskannten, brauchten wir das nicht zu diskutieren.

»Ist das nicht illegal? Das Datenspeichern?«, fragte ich, Sam schüttelte den Kopf.

»Ja und nein. Das wird immer wieder diskutiert. Die Politiker sagen heute 'Speichern', weil man damit einen U-Bahn-Bomber hätte schnappen können, morgen ist 'Nicht speichern' wieder in, weil jemand schreit, seine Bürgerrechte blieben auf der Strecke. Wenn sich die Regierung aber mal für 'Speichern' entscheidet, muss schnell gespeichert werden können – und deshalb brauchen die Telefonfirmen diese Software. Müssen sie verfügbar haben. Selbst, wenn sie diese nie einsetzen, weil die Datenspeicherung im großen Stil doch nicht kommt.«

Ich schüttelte den Kopf: Dieses System hatte für meinen Geschmack viel zu viele Hintertüren. Moralische, aber auch ganz Praktische, wie unser aktuelles Problem bewies.

»Glauben Sie, Tobias Firma steckt dahinter?«, fragte Sam, ich musste mit den Achseln zucken.

»Keine Ahnung. Was glauben Sie?«

Sam schwieg, für eine halbe Minute. Eine kostbare halbe Minute, denn sie war bei einem Stundensatz von 9.999 Euro genau 83,325 Euro wert.

»Ich weiß es auch nicht«, ließ er sich wieder vernehmen. »Tobias hat gesagt, das wäre der neue Billig-Ableger einer großen Firma: die Sparte mit Flatrates und so was. Die knallig-bunte Linie für Jugendliche und andere Vielquatscher. Aber mit guter Technik im Hintergrund. Solide finanziert. Er hat besser verdient als in seinem alten Job.«

»Eine deutsche Firma?«

»Nein, skandinavisch. Schwedisch, glaube ich, hervorgegangen aus deren alter Post.«

Das klang nicht nach Mord und Totschlag.

»Eins ist sicher«, sagte ich. »Diese Leute haben Zugriff auf

Telefondaten. Das kann Zufall sein, aber auch nicht.«

»Aber was habe ich mit der Arbeit und der Firma von Tobias zu tun?«, fragte Sam, und zwar zu Recht: Wo war da die Verbindung? Es gab keine, zumindest nach jetzigem Stand der Dinge. Also führte diese Spur nirgendwo hin.

»Okay, machen wir weiter.«

Sam hob die Hand, bevor ich meine nächste Frage stellen konnte.

»Warum kommen Sie nicht mal raus und schauen, was Sie jetzt sehen? Was passieren wird? Ich ... bitte. Ich möchte wissen, ob sich schon was geändert hat.«

»Durch was sollte sich etwas geändert haben?«

»Seitdem ich das alles weiß, benehme ich mich doch anders. Ich habe Urlaub. Ich war in Tobias Wohnung. Ich war gestern bei Ihnen, ich bin heute hier. Das sind alles Dinge, die ich nicht gemacht hätte, wenn Sie mir nicht gesagt hätten, dass ich erschossen werde.«

»Das ist richtig. Aber es ist nicht so, dass Kleinigkeiten viel verändern. Wenn Sie statt Rotwein Weißwein trinken, sind Sie nachher trotzdem betrunken.«

»Bitte.«

Sams Türkisaugen sahen mich beschwörend an – und ich nickte, auch wenn ich ihm ganz sicher noch nichts würde sagen können, was ihm seine Todesangst nehmen konnte.

»Okay, ich komme raus. Aber versprechen Sie sich nicht zu viel.«

Er schüttelte den Kopf, ich trat zu ihm in das Konsultationszimmer. Ich tauchte ein und bemerkte, dass er einen ziemlich leeren Magen hatte. Ich vermutete, dass er seinen Mageninhalt noch gestern Nacht oder heute Morgen der Toilette anvertraut hatte, als Folge der durchzechten Nacht: Ich landete in dem doppelten Espresso, den ich ihm selbst serviert hatte, verdünnt mit Wasser, Aspirin und Magensaft. Stark ätzend, aber nicht sonderlich sumpfig.

»Es haben sich ein paar Dinge geändert«, sagte ich, als ich mich aus ihm befreit und wieder in meinem Zimmerchen Platz genommen hatte. »Ich sehe Sie nicht mehr an Ihrem

Schreibtisch, aber Sie sagten ja schon, dass Sie gerade nicht zur Arbeit gehen. Tobias fehlt, natürlich. Sie waren nicht im Fitnessstudio, nicht einkaufen. Und beim ersten Mal habe ich auch eine Frau gesehen, die Sie am Bahnhof abgeholt haben. Etwa Mitte zwanzig, recht klein und schlank, Ihre Haarfarbe. Diesmal fehlt sie.«

»Das war meine Schwester. Sie wollte mich besuchen, für ein paar Tage. Sie wohnt in einem kleinen Kaff, kommt manchmal zum Shopping her. Ich habe ihr abgesagt.« Er zögerte. »Aber sonst ...?«

Ich wusste, was Sam meinte. »Die Schüsse bleiben. Sie gehen in einen Raum, und Sie werden erschossen.«

»Aber ...«, setzte er an, ich hob die Hand.

»Bitte haben Sie Geduld. Das Ergebnis ist das gleiche, aber der Ablauf ist anders.«

»Weißwein statt Rotwein?«

»Ja.«

Ich schloss die Augen, erinnerte mich an das erste Mal, als ich Sam auf dem Weg zu seiner Ermordung begleitet hatte. Er hatte bislang immer noch nicht nach dem genauen Ablauf gefragt, ich hatte ihm ein wenig aus eigenem Antrieb erzählt – jetzt wurde es Zeit für die komplette Story.

»Beim ersten Mal waren Sie in der Arbeit. Es war früher Abend, Feierabend. Sie sind zu einem Aufzug gegangen, und während Sie gewartet haben, bekamen Sie eine SMS. Sie sind in einer Tiefgarage in Ihr Auto gestiegen, durch die Stadt gefahren, bis zu einem Wohnhaus. Ein Hochhaus, hässlich, wie ein Plattenbau. Heruntergekommen, aber bewohnt. Sie sind mit dem Aufzug in den obersten Stock gefahren, haben bei einer Wohnung geklopft. Die Tür war nur angelehnt und schwang auf. Sie haben gerufen. 'Hallo? Ich bin's, Sam'. Dann sind Sie rein gegangen. Sie haben nach dem Lichtschalter getastet, aber es ging kein Licht an. Jemand hat Sie angesprochen, Sie haben einen der Räume betreten. Zweite Tür rechts. Dann blitzte es, Sie fielen zu Boden, mit einer Kugel in der Brust. Keuchten vor Schmerz. Eine Gestalt ging auf Sie zu und ein weiterer Schuss fiel. Die Kugel traf Sie im

Kopf. Sie starben.«

Sam trank mit zitternder Hand einen Schluck Wasser und ich empfand Mitleid: Ich hatte es so schlicht wie möglich erzählt, aber der eigene Tod konnte wohl niemals schlicht sein, so banal und schnell er auch war.

»Möchten Sie eine Pause?«, fragte ich Sam, der rieb sich über das Gesicht, als wollte er seine Angst abwaschen.

»Nein. Was ist mit der Wohnung? Wem gehört sie? Was für ein Name steht an der Tür?«

»Ich sagte schon einmal, dass es dämmerig ist und ich nicht viel erkennen kann. Die Wohnung sieht unbewohnt aus und ich glaube, Ihr Mörder nutzt sie, weil er weiß, dass sie nicht abgeschlossen ist. Aber das war die alte Version, die erste Version. Was ich jetzt gesehen habe, ist anders.«

»Okay.«

»Sie bekommen die SMS nicht in der Arbeit, sondern sitzen diesmal bereits im Auto. Sie lesen sie. Sie antworten: 'Warum sollte ich das tun?'.«

»Moment. Was steht in der SMS?«

»Das kann ich nicht sehen.«

»Aber ...«

»Sam, ich habe es Ihnen schon einmal gesagt, zu Beginn unseres ersten Termins. Ich kann keine Gedanken erkennen. Ich sehe lediglich, was Sie tun. Sprechen, Schreiben, Tippen, das ist Tun. Wenn Sie stumm lesen, dann passiert das nur in Ihrem Kopf, und da kann ich nicht reinschauen.«

»Sie wühlen in meinem Magen herum, aber in meinen Kopf können Sie nicht schauen?«

»Nein. Und ich wühle nicht, glauben Sie mir. Ich bewege mich so wenig wie möglich.«

»Mist. Aber ...« Er hielt inne, ich lächelte und sah ihm beim Denken zu, bis sich sein Gesicht aufhellte.

»Wenn ich das weiß ...«

»Genau. Ich komme noch einmal raus.«

»Sehr schön«, sagte ich, als ich wieder saß, »Sie haben die SMS vorgelesen, als Sie sie erhalten haben. Sie lautet: 'Komm in die St. Veith-Straße 16, oberster Stock, 3. Tür links. Jetzt'.

Und Sie tippen eine Antwort: 'Warum sollte ich das tun?' Sie haben angehalten, auf einer Busspur am Straßenrand, sitzen im Auto, warten auf eine Antwort. Und als die kommt, lesen Sie sie wieder vor. 'Weil wir uns sonst deine Freundin holen'.«

Sam schüttelte den Kopf. »Ich habe keine Freundin.«

»Egal, so steht es da. Aber Sie antworten genau das, was Sie mir gerade gesagt haben. Und warten erneut. Es piepst mit einer neuen Nachricht.«

»Und die lautet?«, fragte Sam ungeduldig.

»Ein Wort. 'Pythia'. Sie tippen 'ok' und fahren los. Zu diesem Haus, und gehen hinein. Diesmal ist die Szene etwas anders: Sie rufen nicht mehr, sondern gehen ganz gezielt in ein Zimmer.«

»Wie kann das sein?«

»Weil ich Ihnen eben gesagt habe, wo Sie den Mann finden. Der Mann spricht mit Ihnen und Sie wiederholen, was er sagt, damit ich es sehen kann. Wenn Sie ihm antworten. Sie sagen, Sie hätten es nicht dabei. Sie wüssten gar nicht, was 'es' ist. Verlangen, dass er es Ihnen sagt. Sie hätten versucht, es selbst herauszufinden, aber Sie bräuchten einen Tipp. Sie klingen verzweifelt. Sie bekommen keine Antwort, der Mann richtet die Waffe auf Sie. Sie fragen, ob er Tobias umgebracht habe. Warum Tobias habe sterben müssen. Sie versichern, dass Tobias Ihnen nichts gegeben oder erzählt hat. Der Mann lacht. 'Hören Sie auf zu lachen', sagen Sie. Dann werden Sie erschossen. In die Brust, in den Kopf.«

»Beim ersten Mal wusste ich nicht, was mich erwartet. Und jetzt gehe ich hin, weil ich erpresst werde. Man droht mir damit, Ihnen etwas anzutun.«

»Ja.«

»Macht Ihnen das keine Angst?«

Ich dachte nach, fand aber nichts, was Angst nahe käme. Nur ein wenig Unwohlsein, höchstens.

»Nein. Es würde diesem ominösen Mann nichts nützen, mir etwas anzutun, solange Sie nicht wissen, was man von Ihnen will. Man hat Sie ja zu mir geschickt, damit ich Ihnen helfe. Also brauchen die mich.«

»Bis ich tot bin. Vielleicht halten die sich an Sie, wenn ich weg bin?«

»Das glaube ich nicht. Man will Sie nicht wirklich töten.«

Sam erstarrte. »Wie bitte? Ich dachte, deswegen bin ich hier!«

»Ich habe mich falsch ausgedrückt, lassen Sie es mich anders erklären. Ja, man will Sie umbringen. Der Plan steht, das muss er auch, sonst würde ich es ja nicht sehen. Aber der, der diesen Plan gemacht hat, kann sich anders entscheiden. Und das wird er, wenn er hat, was er möchte. Der Termin bei mir, der soll Ihnen sagen, dass Ihnen der Tod droht, wenn Sie nicht tun, was diese Leute wollen. Der Termin ist eine Warnung. Das alles ist so gestrickt, dass Sie eine Heidenangst haben und losrasen, um dieses geheimnisvolle 'es' zu beschaffen. Und es ist Sinn der Sache, dass Sie das hinkriegen. Es abliefern. Und überleben.«

»Sie klingen, als wüssten Sie diesen Plan irgendwie zu schätzen«, sagte Sam ein wenig angewidert.

Ich lächelte. »Durchaus. Er ist raffiniert. Es stört mich, dass man mich da hineingezogen hat, aber der Plan an sich ist originell.«

Sam sah weniger beeindruckt aus. Er stützte den Kopf in die Hände und malträtierte seine Haare, ich ließ ihn nachdenken.

»Es könnte sein, wie Sie es gesagt haben«, erwiderte er dann mit ein wenig Hoffnung in der Stimme. »Dass man mich gar nicht erschießen will. Mir nur Dampf machen will. Dampf und ... Angst.«

»Ja. Aber bedenken Sie, dass ich nichts über diesen Menschen und seine Pläne weiß. Ich kann Ihnen nur meine Meinung sagen. Und diese lautet: Das Erschießen ist eine Motivation. Die ultimative Motivation. Man will dieses 'es', nicht Sie. Finden Sie heraus, was das ist, und ich bin mir sicher, dass Ihre Zukunft anders aussehen wird. Dass Sie nicht sterben.«

»Tobias ist gestorben«, wandte Sam ein.

»Ja. Aber Sie versichern mir die ganze Zeit, dass es in Ihrem

Leben nichts gibt, was gefährlich ist. Sie wissen nichts, haben nichts, tun nichts. Und Sie sind auch nur der Zweite. Tobias war der Erste – der Erste, von dem wir wissen. Er hat nicht geliefert, und jetzt stehen diese Leute bei Ihnen vor der Tür. Wollen von Ihnen, was sie von Tobias nicht bekommen haben.«

»Sie stehen nicht nur vor meiner Tür«, sagte Sam tonlos, »sie waren schon drin.«

Ich merkte auf. »Wie meinen Sie das?«

»Meine Wohnung wurde auch durchsucht. An dem Freitag, bevor ich diese Karte gekriegt habe. Die Tür war aufgebrochen, als ich aus der Arbeit gekommen bin, die Sachen durchwühlt. Ähnlich wie bei Tobias, aber bei mir haben die den Fernseher auch mitgenommen. Und meine Stereo-Anlage.«

Ich schüttelte den Kopf, mehr als erstaunt über das, was Sam da sagte. Empört. Nein: Wütend war ich.

»Herrgott, warum rücken Sie damit erst jetzt raus?«

»Weil ich es für einen Einbruch gehalten habe!«

Ich zwang mich, ruhig zu bleiben. Vernünftig zu bleiben.

»Ja. Sicher haben Sie das. Das ist ja auch ganz normal. Bis Sie die Wohnung von Ihrem brutal ermordeten Freund gesehen haben, die ebenfalls durchwühlt war. Und die haben Sie heute gesehen, Sie haben mir eben erst davon erzählt! War Ihnen der kleine Nebensatz zu viel? Oder haben Sie wirklich nicht verstanden, dass das wichtig sein könnte?«

Sam blitzte mich böse an. »Hören Sie auf, mit mir zu reden, als wäre ich gehirnamputiert!«

»Pause«, sagte ich abrupt und verließ mein Zimmer. Ich stand noch keine Minute hinter dem Haus in Frau Bergers Garten und atmete kontrolliert, als ich Schritte hinter mir hörte. Ich drehte mich nicht um, starrte auf die Hecke, die Frau Bergers Grundstück von meinem trennte.

»Tut mir leid«, sagte Sam, allerdings nicht sonderlich inbrünstig, eher etwas genervt. »Ich habe das am Anfang nicht mit dieser Sache in Verbindung gebracht. Und dann ... Sie haben eben so viele Fragen gestellt, und da habe ich es vergessen. Sie schießen Fragen ab wie ein Maschinengewehr!«

Er hatte es vergessen. Er hatte mir von Tobias durchwühlter Wohnung erzählt und vergessen zu erwähnen, dass das Gleiche mit seiner passiert war. Wie realistisch war das? Nicht sehr. Er rückte nur mit dem raus, was er unbedingt sagen musste, denn er vertraute mir nicht. Er wollte meine Hilfe, er wollte mir einreden, dass ich Angst haben sollte, aber er tat nichts, damit wir eine Lösung fanden, die mich und ihn rettete. Ja, so war es, und ich hatte keine Lust mehr, mit Sam zu kämpfen, keine Lust und keine Geduld mehr.

»Gehen Sie wieder rein«, sagte ich. »Frau Berger? Frau Berger!«

Ihre Schritte eilten heran.

»Seit wann lassen Sie Kunden in Ihren Garten? Führen Sie den Herrn ins Konsultationszimmer. Sollte er sich weigern, zeigen Sie ihm doch bitte den Weg zur Haustür.«

»Verdammt, können Sie nicht einmal normal ...«, setzt Sam an, ich hob die Hand und er verstummte.

»Ich könnte einiges, wenn Sie mal die Karten auf den Tisch legen würden. Sie verschweigen mir wichtige Dinge. Sie glauben, Sie könnten mich benutzen, genau so wie diese Typen, die Sie zu mir geschickt haben. Und deswegen werden Sie jetzt gehen.«

»Die bedrohen auch Sie!«

»Benutzen ja, bedrohen nein. Ich bin nur Ihre Nachhilfelehrerin, und am Ende werden Sie durch die Prüfung fallen, nicht ich. Sie haben es in der Hand. Werden Sie sich darüber klar, was Sie wollen. Leben, sterben. Und kommen Sie wieder, wenn Sie das geschafft haben.«

»Mit mehr Geld, nicht wahr?«

»Nein. Nehmen Sie die paar Scheinchen wieder mit, kaufen Sie Ihrem Auto davon anständige Felgen und ein paar Liter Super.«

Sam schwieg und ich spürte seinen wütenden Blick in meinem Rücken, dann entfernten sich seine weichen Turnschuhschritte durch den Flur. Die Haustür fiel hinter ihm ins Schloss, sein Auto keuchte kurz darauf asthmatisch auf, und er schaffte es tatsächlich, mit quietschenden Reifen loszufahren.

»Sie behandeln ihn nicht gut«, sagte Frau Berger traurig, Kasimir stand neben ihr, sah zu mir hoch und schien mit seinen feuchten Dackelaugen das gleiche bedeuten zu wollen.

Ich straffte mich, als könnte ich den Vorwurf dadurch abschütteln. »Frau Berger, rufen Sie doch bitte den jungen Mann an, der sich um die Computer kümmert. Sagen Sie ihm, sein angeblich absolut wasserdichtes System sei völlig verseucht. Jemand hat meine Kundendaten ausgelesen. Und den Terminkalender. Er bekommt die einmalige Chance, das System zu säubern und zu verhindern, dass so etwas noch einmal vorkommt.«

***

»Leben«, sagte Sam gegen halb elf am selben Abend, ich lächelte in den Telefonhörer.

»Gute Wahl.«

Ich stand in meiner Küche und packte ein Paket mit Büchern aus, die ich geordert hatte.

»Interessiert Sie das wirklich? Ob ich lebe oder sterbe?«, schnappte Sam, ich legte den Hörer weg, holte mir ein Messer aus einer Schublade und ritzte vorsichtig die Folie von einem großformatigen Bildband auf.

»Hallo? Hallo!«

Ich schaltete Sam auf Lautsprecher. »Haben Sie nur darüber nachgedacht, ob Sie sich erschießen lassen möchten?«

»Nein.« Ich hörte ein leises Klingeln: Eiswürfel in einem Glas.

»Sie trinken nicht, oder?«

»Nein. Doch. Keinen Alkohol. Cola. Cola mit Eis, okay? Es ist immer noch schweineheiß. Ich trinke so gut wie nie, gestern das war ... eine Ausnahme.«

»Gut.«

Ich blätterte durch die ersten Seiten des Bildbandes. Affen mit Schneeflocken auf dem Fell in einer heißen Quelle. Der

Fujiyama im Morgenlicht. Ein Zen-Garten. Ich starrte auf den exakt gerechten Kies, die harmonischen Wellen, den in der Mitte ruhenden Stein. Sam trank einen Schluck. Als Geräusch war Trinken okay, fand ich, als das Glucksen in mein Ohr drang. Wenn man wusste, dass das Kohlensäurezeug in Sams sauberen Magen landete.

»Ich habe über das nachgedacht, was dieser Typ mit der Knarre in der Wohnung da zu mir sagen wird. Dass er zu glauben scheint, dass ich etwas habe. Etwas, was Tobias mal gehabt hat. Oder was Tobias mir gegeben hat. Was Tobias mir erzählt hat.«

»Und?«

»Es gibt nichts. Gar nichts.«

»Sie haben gesagt, man hätte Ihren Computer gestohlen. Und CDs.«

»Ja. USB-Sticks auch. Ich hatte einige, weil die praktisch sind. Bescheuerte Formen. Ein kleines Skateboard, einen Totenschädel. Einen Bart Simpson. Ein Schweinchen.«

»Und das Schweinchen ist verschwunden? Seine Freunde auch?«

»Ja. Habe ich bei der Polizei nicht angegeben, weil die Dinger nicht teuer sind und weil nichts drauf war. Nichts Wichtiges. Aber es ist im Grunde alles weg, worauf man Daten speichern kann. Bei mir und bei Tobias.«

»Gut, dann denken Sie weiter über Ihr Leben nach. Ihr digitales Leben. Damit können Sie Ihr Analoges eventuell retten.«

Ich trug den Japan-Bildband behutsam hinüber ins Wohnzimmer, und als ich zurückkam, hatte Sam aufgelegt.

TAG 7 – SAMSTAG, 5. AUGUST

Am nächsten Morgen läutete es gegen acht Uhr an meinem Tor. Das kam höchstens ein- oder zweimal im Jahr vor, wenn ein besonders eifriger Vertreter meine Einfahrt bemerkte, aber ich ahnte schon, wen ich heute dort vorfinden würde. Ich kam gerade aus der Dusche, trug wenig mehr als ein Handtuch und tapste auf bloßen Füßen zur Haustür. Ich warf einen Blick auf den Bildschirm und sah wie erwartet die mir mittlerweile vertraute, schmale Gestalt: Sam stand unter der Kamera an der Klingel, ich drückte den Knopf für die Gegensprechanlage.

»Sie werden lästig«, sagte ich statt einer Begrüßung.

»Kann ich reinkommen?«

»Nein.«

»Kommen Sie dann kurz raus? Ich habe eine Idee.«

Sam wirkte aufgekratzt, auch meine Absage schien seine gute Laune nicht besonders zu trüben.

»Zwei völlig unabhängige Dinge«, sagte ich. »Wo ich bin, hat mit Ihrer Idee nichts zu tun.«

»Sie sind unmöglich.«

Er lachte, als er das sagte, und ich war mir sicher, dass etwas passiert war. Etwas Gutes.

TINA SABALAT

»Und Sie wiederholen sich. Was ist die Idee?«

»Sie haben gefragt, ob Tobias mir etwas gegeben hat. Zum Aufbewahren oder so. Hier nimm, geheime Sachen. Böse Sachen. Sie haben von digital geredet. Und ich habe an Computer gedacht, an Speichermedien.«

»Ja, das wäre eine Möglichkeit. Er könnte Ihnen aber auch etwas erzählt haben.«

»Beides falsch. Er hat mir nichts gegeben - aber er hätte es tun müssen.«

»Sie sprechen in Rätseln. Und das ist wenn schon meine Rolle«, rügte ich ihn milde, er lachte.

»Okay. Also: Er hatte noch etwas von mir. Etwas, das mir gehört.«

Ich tapste ungeduldig mit dem Fuß auf den Boden, Sam griff in seine Hosentasche und wedelte mit etwas Schmalem, metallisch Schimmerndem vor der Kamera herum: Viel zu nah und zu schnell, der Autofokus schaffte es nicht, sich scharf zu stellen.

»Wackeln Sie nicht so«, verlangte ich. Der Gegenstand verschwand daraufhin ganz, wurde wieder abgelöst durch Sams Gesicht.

»Es ist ein Schlüssel.«

Sam klang triumphierend, und ich lächelte nun ebenfalls, auch wenn er das nicht sehen konnte: Er hörte sich erleichtert an. Als hätte sich die seit Tagen auf seinen Kopf gerichtete Waffe als Wasserpistole entpuppt.

»Aha.«

»Ja. Mein Schlüssel von meinem Schließfach. Tobias hatte auch einen.«

»Warum hatte Tobias einen Schlüssel zu Ihrem Schließfach?«

»Ich habe Ihnen von der ausgebrannten Studentenbude erzählt. Ist Ihnen schon mal alles verbrannt, was Sie hatten?«

»Nein.«

»Seien Sie froh. Bei mir war alles weg. Wir mussten mitten in der Nacht in Shorts auf die Straße. Es hat gebrannt wie Zunder, den Rest hat die Feuerwehr mit dem Wasser erledigt.

Nicht nur Klamotten und Bücher sind da drauf gegangen. Abi-Zeugnis. Uni-Unterlagen. Im Computer gespeicherte Arbeiten und Notizen. Personalausweis. Reisepass. Selbst mein Impfpass. Und so was bekommen Sie nicht mal eben wieder, Sie laufen sich die Füße wund. Also habe ich ein Schließfach gemietet, und da meine Unterlagen deponiert. Was man nicht jeden Tag braucht. Tobias hat sein Zeug dazugelegt. Er hatte einen Schlüssel, ich hatte einen. Ich habe seinen nie zurückgefordert, habe meine Sachen da raus genommen, als ich weggezogen bin. Seine waren noch drin, er war zwei Wochen länger in Göttingen.«

»Göttingen?«

»Ja, da haben wir studiert. Ich hatte das Schließfach völlig vergessen, die Rechnung lief auf die Firma meiner Eltern. Scheinbar hat da irgendein Buchhalter jedes Jahr die Gebühr bezahlt, und keinem ist aufgefallen, dass ich gar nicht mehr in Göttingen bin. Egal. Tobias hat mir den Schlüssel nie zurückgegeben, und er war auch nicht an seinem Schlüsselbund. Er hat ihn irgendwo versteckt.«

»Wie kommen Sie darauf?«

»Wenn die Bösen ihn gefunden hätten, würden die nicht so ein Theater machen.«

»Oder sie haben ihn gefunden, aber das Fach war leer.«

»Mag sein.« Sam klang widerspenstig, als er das sagte: Scheinbar war das keine Option.

»Wo hatten Sie den Schlüssel denn liegen?«

In der Wohnung ja wohl nicht, dachte ich, oder die Leute, die sie durchsucht haben, waren echte Stümper.

»In der Redaktion. Ich hatte meinen Schlüssel ewig lange an meinem Schlüsselbund, habe ihn irgendwann mal abgemacht und in eine Schublade geschmissen. Aber dieses Schließfach ist eine gute Chance, und deshalb fahre ich jetzt nach Göttingen.«

»Viel Glück«, sagte ich.

Sam schwieg, seine Augen sahen ruhig in die Kamera, und der Schwarzweißbildschirm machte aus dem Türkis ein langweiliges Mittelgrau.

»Sie klingen, als meinten Sie das ernst«, sagte er schließlich,

ich lächelte erneut.

»Sicher. Ich möchte ebenso wie Sie, dass das hier vorbei ist.«

»Ich würde Sie ja dann gern mal zum Essen einladen, aber irgendwie glaube ich, dass Sie Nein sagen werden.«

Ich lachte. »Fahren Sie nach Göttingen, Sam, das genügt schon.«

»Darf ich vorbei kommen, wenn ich etwas gefunden habe? In dem Schließfach? Mein Zug kommt um sechs an, ich wäre so um sieben hier.«

»Ja, kommen Sie vorbei. Und, Sam ...«

»Ja?«

»Seien Sie vorsichtig.«

Sam lächelte und nickte. »Okay. Ich komme wieder her.«

»Nein, nicht hier her. Hier ist privat.«

Er seufzte, und sein Gesicht verschwand vom Monitor.

***

»Ein trojanisches Pferd«, sagte Frau Berger. »Er denkt, dass es über das Internet gekommen ist.«

»Wahrscheinlich«, antwortete ich. »Wir hatten lange keine Griechen hier. In persona.«

»Jemand hat das Pferd gezielt in Ihren Computer gebracht. Es ist extra für Sie gemacht worden. Es hat ihm gefallen. Er sagte, es wäre elegant. Schlicht und ... effizient.«

»Ich fühle mich geschmeichelt.«

»Es hat Dinge nach außen geschickt. Über die Leitung.«

»Per Post wäre schwierig geworden.«

Frau Berger konsultierte einen Zettel mit Notizen. Wir standen in meinem Arbeitszimmer neben dem Konsultationsraum, in dem es noch nach dem Patchouli-Aftershave des Computer-Hippies roch. Er schien nach Frau Bergers Anruf sehr prompt gekommen zu sein: Scheinbar ging es ihm an seine Hacker-Ehre, wenn andere sein angeblich absolut sicheres System knackten.

»Er hat das Pferd ... isoliert. Und ... extrahiert. Er empfiehlt, die Kundendaten und die Termine auf einem Computer zu speichern, der nicht an dieser Leitung angeschlossen ist.«

Frau Berger zeigte auf ein graues Kabel am Computer.

»Das ist das Stromkabel. Er meinte die Verbindung zum Internet.«

»Er bringt morgen einen zweiten Computer und erledigt das. Er braucht eine Stunde.«

»Das widerspricht dem, was er gesagt hat, als er das System installiert hat.«

»Er will die anderen Computer in Ihrem Haus ebenfalls untersuchen. So schnell wie möglich. Er sagte, dort könnten genau so gut auch noch ... Viren sein. Oder Würmer.«

»Glück gehabt, keine Flöhe«, sagte ich zu Kasimir, der im Türrahmen stand, frisch nach Hundeshampoo duftete und aussah, als wäre er über diese Auskunft sehr erleichtert.

»Wann kommt Herr Sam wieder?«

»Später. Was verlangt er?«

»Er möchte das Pferd behalten, den neuen Computer müssten Sie bezahlen. Die Arbeitszeit nicht. Sie helfen ihm doch, nicht wahr?«

»So gut es geht. Er steht sich selbst im Wege. Ist die Anlage benutzbar?«

»Kameras und Mikrofone ja, der Computer auch. Aber das Kabel nicht. Das andere, nicht das graue«

»Kein Internet.«

»Nein, kein Internet. Bis der andere Computer hier ist. Sie verwirren ihn.«

»Das brauche ich nicht.«

»Das Internet?«

»Sam verwirren. Er hat einen Magnet neben seinem Kompass. Er verwirrt sich selbst.«

***

»Jetzt erzählen Sie schon.«

Sam saß auf der Couch, strahlte – und er hatte noch nicht einmal protestiert, wie er sonst immer protestierte. Weil ich nicht neben ihm saß, weil er kein Sushi bekam.

»Es war etwas drin. In dem Schließfach.«

»Das sehe ich. Sie sind erleichtert.«

»Oh ja!« Sam nickte, so kräftig, dass seine Haare mitwippten. »Sehr erleichtert. Ich habe genug. Ich habe seit Tagen nicht mehr geschlafen. Nicht mehr klar denken können.«

»Und Sie denken, dass das jetzt vorbei ist.«

»Ja!«

»Was haben Sie gefunden?«

»Eine CD.«

»Sonst nichts?«

»Was hätten Sie sich denn noch erwartet?«

Ein Brief mit ein paar erklärenden Worten, dachte ich, schüttelte aber nur den Kopf.

»Nichts, vergessen Sie's. Was ist auf der CD drauf?«

Sam zuckte mit den Schultern. »Woher soll ich das wissen? Ich habe keinen Computer mehr, schon vergessen? Alles geklaut. Ich habe keinen Fernseher, kein Internet. Wenn ich nicht bei einer Zeitung arbeiten würde, könnte es sein, dass ich das Ende der Welt verpasse.«

Ich lächelte. »Wenn Sie mir die CD geben, kann ich nachsehen. Ich habe hier einen Computer.«

Sam zögerte, schüttelte dann den Kopf.

»Nein. Nicht, weil ich Ihnen nicht vertraue. Ich will nicht wissen, was darauf ist, wir sollten es beide nicht wissen. Ich rufe die Nummer von Tobias an und sage wem auch immer, dass ich die CD habe. Dann gebe ich sie denen, und alles ist vorbei.«

Nicht der Plan, den ich gemacht hätte, aber immerhin: ein Plan. Sam schien die CD und damit sein Problem so schnell wie möglich loswerden zu wollen, und dafür hatte ich Verständnis. Mir ging es mit Sam ganz ähnlich.

»Gut«, sagte ich.

»Würden Sie bitte ... nachsehen, ob das Okay ist? Ob das reicht?«

»Ob Sie überleben?«

»Ja.«

»Natürlich.«

Ich ging hinaus, Sam stand auf und ich unterließ es, ihn zurechtzuweisen. Meine Augen flatterten über ihn hinweg, ich registrierte die Ringe unter seinen Augen, die Müdigkeit in seinem Blick, dann landete ich auch schon in seinem mit einem unappetitlichen Bahn-Sandwich gefüllten Magen. Fabrik-Brot, billige Margarine, schlabberiger Salat, eine nicht besonders edle Salami. Der Kaffee, mit dem er diesen ganz sicher teuer bezahlten Snack herunter gespült hatte, roch nach dem Pappbecher, in dem er serviert worden war. Die Sekunden beschleunigten sich, die Minuten rasten an mir vorbei, dann die Stunden und die Tage. Aber aus den Tagen wurde keine Woche. Nein, es waren nur wenige Tage, die ich sah, viel zu wenige. Und noch etwas war falsch: Diese Tage endeten nicht mit einem sich auf dem Boden krümmenden Sam, fanden ihren Abschluss aber trotzdem mit einem grellen Schmerz, der erst nach viel zu langer Zeit zu einem dumpfen, stumpfen Vergessen wurde. Einem ewigen Vergessen, das trotzdem die Kälte und Schärfe des Schmerzes in den Sekunden davor nicht aufwiegen konnte. Ich keuchte vor Schreck, mein Magen revoltierte mit einem scharfen Zusammenkrampfen gegen das, was ich gesehen hatte, dann schloss ich die Augen und das Bild verschwand.

»Was?«, fragte Sam, während ich ein paar Schritte nach hinten taumelte. »Was haben Sie gesehen?«

»Moment«, stieß ich hervor, zu mehr reichte meine Kraft nicht, dann tastete ich nach der Klinke und ging wie in Trance zurück in mein Zimmer, sackte dort auf den Stuhl.

Ich trank mein Glas leer, atmete tief durch, aber es half nichts. Zum ersten Mal. Ich dachte an das kalte, klare Wasser in meinem Pool. Dachte an Berge im kühlen Morgenlicht. An frisch gefallenen Schnee. An den blau schimmernden Eisberg, den ich einmal im Nordmeer gesehen hatte. An alles, was mich abkühlen konnte, was mich wieder auf Kurs brachte, was mich beruhigte. Ich brauchte Minuten, in denen ich nur vor mich hinstarrte und versuchte, das, was ich da gerade gesehen hatte, zu verstehen. Und zu entscheiden, was ich damit tun sollte.

Als ich schließlich wieder auf den Monitor sah, blickte ich in Sams Gesicht. Seine Erleichterung war verschwunden, ich hatte ihm wieder Angst gemacht. Hatte ihm Angst gemacht mit meiner eigenen Angst. Ich versuchte mein Kundenlächeln und ahnte, dass es nur eine schlechte Parodie seines einstigen Glanzes war, aber es war alles, was ich jetzt zustande brachte.

»Es tut mir leid, aber manchmal ist es anstrengender als sonst. Aber Sie haben es geschafft«, sagte ich, so sicher und überzeugend, wie ich konnte. »Es findet eine Übergabe statt, in dieser Wohnung. Sie treffen den Mann, übergeben die CD, er dankt Ihnen für Ihre Mühe.«

»Wirklich?«

Ich lächelte noch immer, und es tat mir gut, diese Worte auszusprechen. Weil es schön war, die Erleichterung in Sams Gesicht zurückkehren zu sehen, weil es schön war, ihn so glücklich zu sehen. Er hatte eine Woche auf diese Absolution gewartet, und wer war ich, dass ich ihm das kaputtmachen würde? Außerdem sagte ich ihm gerade nichts, was nicht stimmte, ich sagte nichts als die reine Wahrheit.

»Ja. Sam, Sie haben es geschafft. Sie werden am 10. August nicht erschossen, Sie werden diesen Tag überleben.«

TAG 8 – SONNTAG, 6. AUGUST

»Er sagt, Sie sollen Ihr Telefon wieder einschalten.«

»Sagen Sie ihm, mein Telefon sei eingeschaltet. Und die Menschen, mit denen ich sprechen möchte, könnten mich auch erreichen. Sie reden ja gerade mit mir.«

»Sie müssen es ihm selbst sagen. Er ruft mittlerweile jede Stunde an.«

»Machen Sie es wie ich, gehen Sie einfach nicht ran.«

Frau Berger schwieg und ich ahnte, dass es nicht nur Sam war, der ihr Sorgen machte. Ich war es, die sich komisch benahm – soweit das denn überhaupt möglich war, denn so richtig normal hatte sie mich noch nie erlebt. Dabei tat ich eigentlich nur, was ich immer tat, aber scheinbar tat ich es anders.

»Reden Sie mit ihm«, bat Frau Berger, »dann ist Ruhe. Er ist nicht zufrieden. Unglücklich geradezu.«

»Er hat bekommen, was er wollte. Sogar umsonst. Mehr kann ich nicht tun.«

»Er sagt, er besucht Sie. Wenn Sie ihn nicht anrufen.«

»Sagen Sie ihm, ich wäre nicht da.«

»Er weiß, dass Sie immer da sind.«

»Er glaubt, er weiß alles. Ich gehe jetzt schwimmen.«

Ich warf das Telefon neben mein Handtuch, sprang in das frisch ausgetauschte, von Tobias totem Körper gereinigte Wasser und kraulte zehn Bahnen hin und her. Als ich mich danach an den Beckenrand hängte, saß Sam auf der Liege, neben meinem Handtuch und meinem Telefon. Dem Telefon mit der neuen Nummer – die jetzt wahrscheinlich schon nicht mehr geheim war, wenn ich Sam richtig einschätzte.

»Das ist Hausfriedensbruch«, sagte ich etwas atemlos, Sam stand auf und brachte mir das Handtuch.

»Sie haben einen kleinen Tick, oder?«

Ich stemmte mich aus dem Becken, nahm das Handtuch und fragte mich, welchen Tick genau er wohl meinte. Ich hatte diverse.

»Weiß«, präzisierte er bereitwillig und ersparte mir die Nachfrage. »Alles ist Weiß. Haus, Möbel. Handtuch, Bikini. Badesandalen. Nur weiße Blumen. Sie selbst sind auch so hell. Ihre Haare. Ihre Haut.«

»Ihr Kaugummi war ebenfalls mal weiß«, ergänzte ich, nachdem ein kurzer Blick auf sein Gesicht mich bis hinter seine Schneidezähne transportiert hatte. »Jetzt ist es gelbgrau und es hängen Stückchen von dem Apfel drin, den Sie davor gegessen haben.«

Sam zog ein Taschentuch aus der Hose und spuckte das Kaugummi hinein.

»Tut mir leid. Ich werde es lernen.«

»Das ist nicht nötig.«

Wozu wollte er lernen, wie er sich in meiner Gegenwart zu verhalten hatte? Unsere Beziehung war eine rein geschäftliche gewesen. Gewesen, denn sie war beendet. Mit dem gestrigen Abend, mit der Lösung seines Problems.

»Ihre Freundin macht sich Sorgen um Sie«, sagte Sam. »Und ich auch.«

»Meine Freundin ist beunruhigt, weil Sie sie belästigen. Sie glaubt, ich hätte ein Problem – aber mein Problem sind Sie. Wenn Sie endlich gehen, geht auch mein Problem.«

Ich trocknete mich ab.

»Frau Berger hat mich zum Kaffee eingeladen. Und sie sagt, Sie wären nicht mehr Sie selbst. Sie wären unkonzentriert. Abwesend.«

»Hat Frau Berger Sie angerufen?«

»Nein.«

»Hat sie Sie hergebeten?«

»Nein.«

»Also haben Sie sich selbst zum Kaffee eingeladen.«

Sam wand sich ein wenig. »Streng genommen ja.«

»Und warum haben Sie das getan? Sind Sie nicht mit dem zufrieden, was Sie erfahren haben?«

»Nein, bin ich nicht.«

»Ich habe Ihnen gesagt, dass Sie leben werden. Und das ist die Wahrheit. Also freuen Sie sich, gehen Sie nach Hause. Lassen Sie mich in Ruhe. Mich und Frau Berger.«

Ich wickelte mir das Handtuch um den Körper, setzte mich auf die Liege, um meine Sandalen anzuziehen und bemerkte grün-braune Kratzer auf meiner Mauer: Scheinbar war Sam durch die Beete draußen getrampelt, bevor er drübergeklettert war.

»Das ist Sachbeschädigung«, sagte ich, aber Sam kreiste wie immer um sein eigenes, kleines Leben.

»Ich will wissen, was Sie wirklich gesehen haben.«

»Ich habe Ihnen gesagt, was ich gesehen habe. Und ich lüge nicht. Niemals.«

Schon gar nicht in einer solchen Situation, wo ich so geschockt gewesen war. Ich konnte normalerweise Wichtiges von Unwichtigem trennen und meine Gefühle neutralisieren, wenn ich erzählte, was ich gesehen hatte – und das war angesichts vieler Leben meiner bescheidenen Meinung nach schon eine Leistung. Gut, bei Sam war das mit dem Erzählen nicht optimal gelaufen, was ich bereute, aber nun nicht mehr ändern konnte. Ich war sogar froh darüber, dass ich so gelähmt gewesen war, denn es hätte auch schlimmer kommen können, schlimmer für Sam. Wenn ich wirklich Angst bekommen hätte, als ich in ihm abgetaucht war, wenn ich dort drinnen panisch geworden wäre. Aber lügen? Absichtlich lügen? Nein. Das würde bedeuten, dass ich über das Gesehene nachdenken, es bewerten und mir dann andere Lebensverläufe ausdenken musste – viel zu kompliziert. Und unglaubwürdig, denn das Leben ist nun mal das Leben, so banal das auch klingt. Und warum hätte ich lügen sollen? Meine Kunden bezahlten gutes Geld dafür, dass sie die Wahrheit erfuhren. Ungeschönt und ungefiltert.

»Sie haben nur bis zum 10. August gesehen«, setzte Sam jetzt neu an. »Was passiert danach?«

»Überlassen Sie das dem Schicksal«, empfahl ich, während ich die Riemchen der Sandalen über meine Fersen streifte. »Das Leben ist sonst so langweilig.«

Sam schüttelte nachdrücklich den Kopf.

»Nein. Diese CD ... Wenn ich sie zurückgebe, bin ich vielleicht weniger gefährlich für diese Leute, aber ich weiß immer noch zu viel. Dass es die CD gibt, dass Tobias umgebracht wurde. Deswegen muss ich wissen, ob ich weiter bedroht werde. Wenn auch nicht am 10. erschossen.«

»Und was tun Sie, wenn man Sie noch immer bedroht?«

»Dann bringe ich die CD zur Polizei. Die werden mich schützen.«

Ich stand auf und wandte mich zum Haus, Sam griff nach meinem Arm, als wolle er mich zurückhalten. Ich drehte mich weg, doch Sam schnappte meine Hand, hielt sie fest.

»Bitte«, flüsterte er, und seine Augen versahen dieses kleine Wort mit Tausenden von Ausrufezeichen, als ich meinen Blick über sie hinwegflattern ließ.

»Nein«, sagte ich, und fand mich dabei selbst abweisend und kaltherzig. »Es tut mir leid«, fuhr ich fort, um meinen Worten die Schärfe zu nehmen, »aber ich werde Sie nicht noch einmal ansehen. Genug ist genug. Sie haben einen Weg gefunden, um Ihr Ziel zu erreichen. Seien Sie dankbar dafür, das ist mehr, als die meisten meiner Kunden hinbekommen. Übergeben Sie diese CD und gut.«

Sam sagte nichts, aber sein Schweigen war voller Zweifel. Ich wusste nicht, was ihn daran hinderte, mir zu glauben, aber scheinbar war ich alles andere als überzeugend. Ich sah auf meine Hand, immer noch umschlossen von seinen schlanken Fingern: Er war seit Jahren der Erste, der sie hielt. Er hielt sie nicht, als wäre er in mich verliebt, hielt sie nicht ehrfürchtig oder verehrend, aber er hielt sie.

Ich zog, Sam gab nicht nach.

»Das ist Nötigung.«

»Verdammte Scheiße, hör auf damit!«

Sam ließ meine Hand fahren, fasste mich an den Oberarmen, schüttelte mich.

»Rede mit mir, rede doch endlich mit mir! Du hast etwas gesehen, und ich weiß, dass es schlimm ist!«

Seine Stimme war voller Angst. Ich sah auf seine Füße hinunter: Er schien ein Faible für diese Sorte Tennisschuhe zu haben, und sie standen ihm. Machten ihn so jung, wie er sich gebärdete. Heute hatte er sich für ein Paar in Rot entschieden.

»Nein, ich habe nichts Schlimmes gesehen«, erwiderte ich so ruhig, wie ich konnte. »Ich habe nur etwas gesehen, was ich noch nie zuvor gesehen habe, deswegen war ich so verunsichert. Aber machen Sie sich keine Sorgen, Sie überleben den 10. August. Und ich sehe keine weitere Bedrohung für Sie.«

Sam zögerte. Sein Griff wurde leichter, dann ließ er mich los und verschränkte die Arme vor der Brust, was aus ihm eine schmale Statue der Skepsis machte.

»Und das soll ich jetzt glauben?«

»Ja. Ich sybilliniere nicht.«

»Du machst was nicht?«

»Sibyllinieren. Sibyllinisch sprechen. In Rätseln.«

»Trotzdem. Du hast so komisch reagiert, als du es mir gesagt hast. Auch, als du es gesehen hast. Du hast dich richtig erschrocken. Du warst noch weißer als sonst, richtig leichenblass.«

Ich seufzte, auch, weil er mich jetzt duzte.

»Ja, und das tut mir leid. Aber das hatte nichts mit Ihnen zu tun. Wirklich nicht. Manchmal ist es so, dann wieder so.«

»Okay ...«

Ich ließ meinen Blick erneut über Sams Gesicht zucken.

Das 'Okay' hatte noch immer widerstrebend geklungen, und auch in seinen Augen fand ich nichts, was nur annähernd Überzeugung gewesen wäre. Aber ich wusste nicht, was ich sonst noch hätte sagen sollen. Wie ich die immer gleiche Aussage anders hätte formulieren sollen, damit er es endlich akzeptierte. Damit er ging.

»Dann ... danke«, sagte er schließlich. »Für deine Geduld.«

Ich nickte, er wandte sich zum Gehen. Ich sah auf seine kastanienbraunen Haare, die in der Sonne glänzten, seine langen Beine, seinen schlanken Körper: Er war eine hübsche Abwechslung gewesen, keine Frage.

Sam ging bis zur Mauer, zog sich hoch – und drehte sich noch einmal um, als er rittlings auf dem Rand saß. Ich schlug die Augen nieder, eben noch rechtzeitig.

»Wenn du dein Geld doch noch haben willst, dann sag Bescheid. Für einen frischen Anstrich der Mauer oder so. Du hast ja meine Nummer. Ruf an, ja?«

Ich nickte und wusste, dass ich das niemals tun würde.

TAG 9 – MONTAG, 7. AUGUST

Einen Tag später war er zurück. Saß neben meinem Pool, diesmal aber schon, als ich im Badeanzug aus dem Haus kam. Hätte ich erneut mit Kasimir gewettet, hätte ich verloren: Ich hatte nicht mehr mit Sam gerechnet, hatte gedacht, dass ich ihn genug beruhigt, genug besänftigt hatte. Dass ich das richtige Lächeln aufgelegt, die richtigen Worte gefunden hatte. Aber scheinbar war mein neuster Stammkunde nicht so leicht zufriedenzustellen.

»Ich überlebe den 10. August«, sagte er, als ich mein Handtuch neben ihm ablegte. »Gut, das glaube ich dir. Und den 11., 12. und 13. August? Dieses Jahr? Du hast nur gesagt, ich würde nicht mehr bedroht. Nichts von Sterben. Oder umgebracht werden.«

Ich sprang in das Becken und kraulte meine Bahnen ab. Während ich schwamm, dachte ich nach, denn ich war unentschieden. Und Sam verdammt hartnäckig.

»Ich kann es Ihnen nicht sagen«, sagte ich, als ich mit milde zitternden Gliedern auf dem Beckenrand hockte.

Sam stutzte, dann nickte er. Langsam und begreifend.

»Weil du es nicht weißt.«

»Richtig.«

»Weil du nur bis zum 10. August gesehen hast.«

»Ja.«

»Aber warum denn nur? Sieh mich doch an, ich bin gleich hier. Ohne Kaugummi. Gegessen habe ich auch nichts, nur für dich. Sieh einfach nach. Bitte.«

Ich lächelte, hob den Blick, versuchte, nur seine türkisfarbenen Augen zu sehen und schaffte es für ein paar kostbare Sekunden, auf der Oberfläche zu bleiben. Alle wollen unter die Haut sehen, dachte ich, alle wollen wissen, wie der Mensch wahrhaft ist – und ich würde so viel dafür geben, einfach nur mal eine Minute dieses Gesicht ansehen zu können!

Ich wandte den Blick ab, bevor Sams Zukunft sich vor mir ausbreiten konnte. Und die meine.

»Es tut mir leid, aber ich kann nicht«, entgegnete ich. »Ich sehe nichts mehr von Ihnen, was nach dem 10. August liegt.«

»Und ... warum nicht?«

Ich rappelte mich auf, wickelte mir mein Handtuch um, wandte mich zum Haus. Sam ließ mich gehen, aber ich spürte seinen Blick in meinem Rücken.

»Weil ich an diesem Tag sterben werde«, sagte ich, als ich die Terrasse erreicht hatte.

»Was? Wie meinst du das?«

Ich hörte, wie er hinter mir herkam und blinzelte über die Schulter: Sein Gesicht war verwirrt. Fassungslos. Er schloss schnell auf, griff wieder nach meinem Arm, ich drehte mich weg.

»Wenn ich in Sie hinein sehe, sehe ich, wie Sie mich in Ihr Auto schleppen. Sterbend. Ich habe zwei Kugeln in der Brust, Blut läuft mir aus dem Mund. In der aktuellen Version Ihres Lebens werde ich am 10. August erschossen, nicht Sie. Jetzt gehen Sie nach Hause und sehen Sie zu, dass Sie die Leute kontaktieren, die diese CD wollen, dann sind wenigstens Sie aus dem Schneider. Wenn Sie das nicht tun, ändern Sie die Zukunft, und die Schüsse treffen vielleicht doch wieder Sie.«

Ich ging an Sam vorbei, ohne ihn noch einmal anzusehen,

ohne wissen zu wollen, was er mit dieser Information anfangen würde. Als er aus seiner fassungslosen Starre erwacht war, hatte ich die Tür bereits hinter mir geschlossen. Ich lehnte mich mit dem Rücken an das kühle Holz, während er von außen dagegen trommelte und nach mir rief, und als er irgendwann erschöpft schwieg, ging ich duschen.

2. BUCH: SIBYLLE

Eine **Sibylle** war in der griechischen, aber ansatzweise auch in der römischen Mythologie eine Prophetin, deren Besonderheit darin lag, dass sie die Zukunft unaufgefordert weissagte. Wie schon bei den Pythien gab es nicht eine Sibylle, vielmehr war Sibylle ein Sammelbegriff für weissagende Frauen. Die antiken Sibyllen waren nicht institutionalisiert wie die Pythien im Tempel von Delphi, sondern freischaffende Seherinnen. Ihre Orakelsprüche bedurften stets der Deutung; der Begriff 'sibyllinisch' bedeutet demzufolge rätselhaft, mehr- oder doppeldeutig.

TAG 9 – MONTAG, 7. AUGUST, SPÄTER

»Kommen Sie her«, sagte ich ins Telefon, Frau Berger erwiderte nichts. »Bitte. Sie müssen ihm sagen, dass er gehen soll. Wenn er nicht geht, rufe ich Oleg an.«

»Herrn Oleg wird es sehr interessieren, dass Sie sterben möchten«, gab Frau Berger zurück.

»Sam hat es Ihnen gesagt?«, fragte ich verdutzt, denn da bildeten sich wohl gerade neue Allianzen. Hinter meinem Rücken. Sam, Frau Berger. Und Kasimir. Hockten die zu dritt in Frau Bergers blitzblanker Küche und redeten über mich? Bei Kaffee, Sahnetorte und Hundekuchen?

»Natürlich. Herr Sam war zum Essen bei mir. Er ist besorgt. Er verehrt Sie.«

»Er hat nur Angst um sich selbst«, sagte ich, sie legte auf.

Ich sah auf den Monitor. Sam saß in einem Sessel auf der Terrasse, seitdem ich ihm die Tür vor der Nase zugeschlagen hatte. Also seit heute Morgen, mit einer kurzen Unterbrechung gegen sieben Uhr am Abend: Er war über die Mauer geklettert, und als er nach einer knappen Stunde zurückgekehrt war, hatte er eine Tasche dabei gehabt. Er hatte nicht geklingelt, nicht geklopft, nicht angerufen: Er war einfach gekommen und geblieben. Und ich ahnte, dass er nicht gehen würde. An diesem Abend saß ich in meinem Wohnzimmer und las, er hockte keine drei Meter von mir entfernt und starrte auf die dunklen Büsche und das unbewegte Wasser des Pools. Als ich um zwölf das Licht ausmachte und nach oben ging, putzte ich mir die Zähne, zog meinen Schlafanzug an und warf dann noch einen Blick auf den Monitor, der nun dazu auserkoren war, meinen Logiergast zu überwachen: Die Tasche war ein Schlafsack gewesen, Sam lag jetzt zugedeckt auf der Terrasse auf dem Sofa, ein Polster als Kissen unter dem Kopf. Ich zoomte an sein Gesicht heran: Er hatte die Augen offen, blickte genau in die Kamera und ich sah, wie seine Lippen mir lautlos 'Gute Nacht' wünschten.

TAG 10 – DIENSTAG, 8. AUGUST

»Machen Sie ihm einen Kaffee«, sagte Frau Berger am nächsten Morgen, »und reden Sie mit ihm.«

»Nein«, antwortete ich und wusste, dass sie nur angerufen hatte, um sich nach Sam zu erkundigen.

»Dann kann er bei mir Frühstück bekommen. Er ist so dünn.«

»Er ist nicht dünn, er ist nur sehr schlank. Das weiß ich ganz genau, weil er sich eben komplett ausgezogen und an der Brause am Pool geduscht hat. Er scheint zu glauben, dass er auf meiner Terrasse wohnen kann, aber das kann er nicht.«

»Er kann«, schoss Frau Berger dazwischen. »Er kann es, und er tut es.«

»Was ich nicht möchte. Wenn Sie ihm schon Frühstück machen, dann geben Sie ihm doch bitte auch das Gästezimmer. Lassen Sie ihn Ihr Bad benutzen. Ich möchte morgens keinen nackten Kerl über meinen Rasen hüpfen sehen.«

»Herr Sam ist am richtigen Platz. Ihm liegt an Ihnen, nicht an mir. Wir haben nur unsere Besorgnis um Sie gemein.«

Ich lachte bitter: Frau Berger vergötterte Sam, eine andere

Erklärung gab es für dieses mütterliche Gebaren nicht.

»Ich bin auch besorgt«, sagte ich und machte meine Stimme jetzt scharf und kalt, weil ich das Thema Sam leid war. »Ich bin darüber besorgt, dass wir in einer halben Stunde einen Kunden haben, und Sie sich nur um Sam kümmern. Ich möchte, dass alles bereit ist. Ich möchte, dass Sie tun, wofür ich Sie bezahle.«

Frau Berger verstummte.

»Natürlich«, sagte sie schließlich und schaffte es, in diese drei Silben mehr Protest zu legen als in eine Großkundgebung mit Megafonen.

Sie war beleidigt – zu Recht, denn ich war gemein gewesen. Dennoch tat sie, worum ich gebeten hatte, bedachte den Kunden mit freundlichen Worten, mich jedoch mit äußerst finsteren Blicken. Der Termin war okay, der Mann ein Stammkunde, der mich zum dritten Mal aufsuchte. Er war ein umsichtiger Mensch, angenehm. Innerlich nicht so sauber wie Sam, denn niemand war so sauber wie Sam, aber erträglich. Der Kunde erzählte mir von seinem Versuch, an seiner Beförderung zu arbeiten, wie wir es besprochen hatten, und er brachte mich zum Lachen, weil er dabei ein gutes Stück über das Ziel hinausgeschossen war. Nach dem Termin haderte ich kurz mit mir, zog mir dann aber trotzig einen Badeanzug an und marschierte an Sam vorbei zum Pool. Ich zog meine Bahnen, kletterte heraus, er reichte mir das Handtuch. Ich sah auf die Fliesen, den Rasen – überall hin, nur nicht in Sams Gesicht.

»Ist es so schlimm, dass du sterben möchtest?«, fragte er. »Dieses ... Sehen?«

»Nein. Nicht mehr.«

»Warum dann? Warum willst du nicht mehr leben, warum willst du dich von diesen Arschlöchern umbringen lassen? Wir müssten uns doch nur noch mal hinsetzen und eine andere Lösung finden. Eine Stunde oder zwei.«

»Was für eine Lösung?«

»Eine, bei der niemand erschossen wird. Oder überhaupt getötet. Es kann ja eine ganz Einfache sein – eine, bei der ich unmöglich am 10. August bei dir wäre.«

»Sam, bitte ...«

»Komm schon«, beharrte er, »so schwer ist das doch nicht. Ich könnte mir zum Beispiel einen Flug buchen. Du hast gesagt, ich bin dabei, wenn du stirbst. Und ich bin ja auch der Grund, oder? Wenn ich Tausende von Kilometern weg bin, bist du in Sicherheit.«

»Nein.«

»Lass es uns versuchen.« Sam zog sein Handy aus der Hosentasche. »Hier ist ein Flug, Sydney, über Dubai. Online buchen.«

Ich trocknete mich ab, Sams Finger huschten über den Bildschirm.

»Okay, bestätigt. Ich fliege morgen nach Australien und komme erst am 15. August zurück. Ich bringe dir einen Koala aus Stoff mit. Oder einen Kiwi aus Plüsch.«

»Sie werden nicht nach Australien fliegen«, sagte ich.

»Oh doch.«

»Nein. Sie werden dieses Flugzeug nicht betreten. Und ich muss kein Seher sein, um das zu wissen: Es gibt einen Pilotenstreik, weltweit, wegen dieser Entführungssache in Algerien. Tut mir leid, dass ich auf meiner Terrasse keinen Fernseher habe und die bösen Buben Ihren geklaut haben, sonst hätten Sie davon gewusst.«

Sam ließ die Hände sinken, sie hingen kraftlos in mein Blickfeld.

»Warum willst du nichts ändern? Warum willst du auf diese Schüsse warten? Sag es mir. Bitte.«

Ich lächelte auf seine bloßen Füße hinunter: Die Turnschuhe hatte er auf der Terrasse gelassen, als wäre er jetzt hier zuhause.

»Ich habe nicht nur meinen Tod gesehen. Ich habe zum ersten Mal etwas Entscheidendes, etwas Wichtiges gesehen, das mich selbst betrifft. Und ich will wissen, ob es wahr ist. Ob ich es wirklich ... kann.«

***

Meine Terrasse war für mich unbenutzbar, denn dort wohnte Sam mittlerweile: Zu dem Schlafsack hatte sich ein Buch gesellt, eine Flasche Wasser, ein paar Äpfel und Schokoriegel, eine Schachtel Zigaretten. Sam sah in den Garten, las, aß, rauchte, verschwand in regelmäßigen Abständen über die Mauer – und ich zweifelte nicht daran, dass er in dieser Zeit von Frau Berger verköstigt wurde. Ich tat mein Bestes, um Sam trotz Glasfront zu ignorieren. Im Wetterbericht kündigten sie für die Nacht einen Sturm an, der die Hitze zumindest für ein paar Stunden beenden sollte, aber ich beschloss, Sam nicht zu warnen: Wenn es zu regnen begann, würde er sich schon verziehen. Als ich das letzte Mal in ihn hinein gesehen hatte, war er während des Sturms nicht auf meiner Terrasse gewesen, sondern in seiner Wohnung, wo der Wind an den Rollläden gerüttelt hatte. Ich hielt es trotzdem für unwahrscheinlich, dass ihm irgendetwas passieren würde – mal abgesehen von feuchten Klamotten.

Der Sturm kam pünktlich. Um elf grollte Donner, Blitze zuckten über den Himmel und es ging ein mit Hagel durchsetzter Monsun nieder, der die Blätter der Büsche und Blumen zerfetzte und meinen Rasen binnen Minuten in einen See verwandelte. Sam zog sich den durchweichten Schlafsack über den Kopf, machte aber keine Anstalten, in sein entstelltes Auto zu steigen und von dannen zu fahren. Ich sah durch die Kamera zu, wie sich die Hagelkörner in den Falten des Schlafsacks sammelten, wie der Wind den Stoff an Sams Körper presste. Als er eine halbe Stunde in diesem Inferno durchgehalten hatte, ging ich hinunter und hinaus auf die Terrasse. Der Sturm peitschte mir scharfe Eiskörnchen, kleine Zweige und nasse Blätter an den Körper, ich musste Sam an der Schulter fassen und schütteln, damit er mich in diesem Lärm überhaupt bemerkte.

Er schälte sich aus dem klatschnassen Stoff, blinzelte zu mir hoch.

»Sie sind ein Idiot«, brüllte ich, um den Sturm zu übertönen, er zuckte mit den Schultern.

Ich starrte auf ihn hinunter, registrierte, dass Frau Berger ihm zum Abendessen einen Fisch gemacht hatte. Mit Blattspinat und Kartoffeln. Ich beschloss, Sam hereinzulassen. Dann wird er morgen nicht bei Frau Berger frühstücken, sondern bei dir, erkannte ich. Und er wird dich küssen. Heute Nacht. Ich stoppte dieses Sehen, mehr wollte ich gar nicht wissen. Ich beschloss, Sam nicht hereinzulassen. Dann wird ihn ein vom Blitz abgerissener Ast von einem Obstbaum im Nachbargarten am Kopf erwischen, er wird eine üble Beule am Kopf haben und du wirst ihn mit Pflastern und Eisbeuteln versorgen. Nachdem du ihn eingelassen hast und bevor er dich küssen wird. Ich beschloss, ihn vor dem Ast zu warnen. Dann zieht er das Sofa ein paar Meter nach links und der Ast zerdeppert dir das Wohnzimmerfenster. Du wirst die halbe Nacht damit zubringen, Glassplitter zusammenzufegen und das Regenwasser im Wohnzimmer wegzuwischen. Er hilft dir dabei, und er wird dich küssen, wenn ihr fertig seid.

Ich seufzte.

»Kommen Sie rein«, brüllte ich, Sam rappelte sich hoch und sah tatsächlich überrascht aus, was mich mal wieder wie ein Miststück dastehen ließ.

»Was hast du da gerade gemacht?«, fragte er, als er zerzaust und tropfend in meiner Küche stand.

Ich bemerkte unsere feuchten Fußspuren auf dem Boden, runzelte die Stirn.

»Ich habe Sie reingeholt, weil da draußen die Welt untergeht.«

»Nein. Davor. Als du mich angesehen hast. Wenn du siehst ... dann blinzelst du nicht. Dann schaust du ganz starr, ohne dich zu regen. Und das hast du gerade ein paar Mal gemacht.«

»Ich habe die Möglichkeiten durchgespielt. Und es ist das kleinere Übel, Sie hier drin warten zu lassen, bis das da draußen sich beruhigt hat.«

Sam strich sich die nassen Haare aus dem Gesicht. »Oh. Danke.«

»Keine Sorge, es war nicht ganz uneigennützig«, antwortete ich in Erinnerung an das zerbrochene Fenster.

Er sah sich in meiner Küche um. »Dann bin ich ja beruhigt.

Und was ist das hier? Die Brücke von Raumschiff Enterprise?«

»Die Küche.«

»Irgendwie … spacig.«

»Sie muss nicht Ihnen gefallen, sondern mir. Kommen Sie mit.«

Ich führte ihn durch die Eingangshalle in ein kleines Bad. 'Gästebad' hatte der Architekt es genannt. Ich hatte gewusst, dass ich keine Gäste haben würde, hatte es aber trotzdem einbauen lassen. Man konnte niemals genug Bäder haben, wenn man seinen Lebensunterhalt damit verdiente, im fauligen Innenleben seiner Mitmenschen zu wühlen. Sam kam nun die Ehre zu, die Dusche einzuweihen: Der Regen hatte ihm eine Gänsehaut beschert, die nassen Klamotten klebten an seinem Körper und ließen ihn noch schmaler aussehen.

»Warten Sie hier«, sagte ich, ging nach oben und holte eine Zahnbürste, Zahnpasta, eine Seife und Handtücher. Ich warf einen Blick in meinen Kleiderschrank und nahm eine karierte Schlafanzughose sowie ein weites, weißes Hemd heraus, beides war mir zu groß und würde Sam daher eventuell passen. Als ich wieder unten war, fand ich ihn im Flur, wo er die Fotografien betrachtete, die dort an der Wand hingen. Natürlich hatte er nicht im Bad gewartet: Er schien grundsätzlich nicht das zu tun, worum man ihn bat.

»Hast du die gemacht?«, fragte er, ich nickte.

»Ja.«

»Du bist ganz schön rumgekommen, oder?«

»In einem früheren Leben.«

Ich hörte den Wehmut, der in meiner Stimme lag, und ich mochte ihn nicht. Nicht außen. In mir war er okay, denn er trieb mich an, mehr an mir zu arbeiten.

»China. Mexiko. Thailand. Schottland. Und wo ist das hier?« Er zeigte das Bild eines Berges.

»Afrika. Kilimandscharo.«

»Warst du oben?«

»Ja.«

»Toll!«

»Das organisiert Ihnen jedes Reisebüro.« Ich legte Sam die

Sachen auf die Arme. »Könnte Ihnen passen.«

Er verzog den Mund, aber wohl nicht wegen der Klamotten.

»Warum duzt du mich eigentlich nicht?«, erkundigte er sich, und brachte mich damit mal wieder aus dem Konzept.

»Weil wir keine Freunde sind.«

»Frau Berger nennst du deine Freundin, aber sie siezt du auch.«

»Das ist kein Argument, was Ihnen nützt«, gab ich zurück, Sam lachte.

»Richtig. Dann sag bitte Du zu mir. Wir sind vielleicht noch keine Freunde, aber wir stecken zusammen in der Scheiße.«

»Tun wir nicht«, sagte ich und machte eine einladende Geste zum Bad, die er ignorierte. Natürlich.

»Das sehe ich anders. Ich will nicht dabei sein, wenn du stirbst. Nicht so. Wenn du mit hundertfünf selig entschwebst, nachdem wir sämtliche Berge dieser Welt bestiegen haben, dann gerne. Dann bin ich wahrscheinlich hundertzehn, und wir würden uns in ein paar Tagen ohnehin wieder sehen. Dritte Wolke links, ich bringe die Harfe mit, du reservierst mir einen Heiligenschein.«

»Wenn du nicht dabei sein willst, wenn ich sterbe, geh einfach«, entgegnete ich. »Setz dich in dieses Ding, das du ein Auto nennst, und fahr. Nach Norden, Süden, Osten oder Westen – so weit, wie du kannst. Du brauchst kein Flugzeug, um dich von mir fernzuhalten.«

Er seufzte, blickte auf seine feuchten Füße. »Ja, ich weiß. Das ist mir nach dieser bescheuerten Flugbuchung auch eingefallen. Aber ich will nicht gehen. Weil ...«

Er hielt inne, und ich registrierte mit einem pfeilschnellen Blick auf sein Gesicht, ob er mich ansah. Tat er, und zwar prüfend. Aber auch sanft.

»Ich will diese Sache beenden, für uns beide. Ich weiß, dass das alles meine Schuld ist. Meinetwegen die von Tobias, weil er mir diese CD untergeschoben hat, aber nicht deine. Du bist da völlig unschuldig reingerutscht. Und jetzt kriegst du es ab. Du wirst sterben.«

Ich lachte auf, was in dem sparsam möblierten Flur zu laut klang.

»Du glaubst also mittlerweile, dass ich das kann? In die Zukunft sehen?«

Nun war Sams Blick erstaunt. »Ja. Natürlich.«

»Aber ich habe bis jetzt nichts gesagt, was tatsächlich eingetreten ist«, konstatierte ich.

Sam zögerte. Und antwortete mit deutlichem Widerwillen in der Stimme.

»Nein.«

»Wir haben nur über Sachen gesprochen, die erst in ein paar Tagen passieren werden. Du hast also keinen einzigen Beweis. Das alles könnte immer noch eine große Verarsche sein. Abzocke. Wie auch immer du es nennen möchtest.«

Sam dachte nach, dann hellte seine Miene sich auf.

»Du hast meine Schwester gesehen. Sie wäre gekommen, wenn ich ihr nicht abgesagt hätte. Das hast du richtig vorhergesagt.«

»Was aber kein Geheimnis war.«

»Nein, das nicht. Aber wie hättest du das rausfinden können?«

Das war offensichtlich, wie ich fand.

»Vielleicht stecke ich mit den Leuten unter einer Decke, die deine Wohnung durchsucht haben«, bot ich an. »Du könntest dir in einem Kalender notiert haben, dass deine Schwester kommt. Und du hast bestimmt ein Foto von ihr, sodass ich auch wüsste, wie sie aussieht.«

Sam legte seine Stirn in Falten, ich musste lächeln, weil diese Situation völlig absurd war: Der Skeptiker suchte nach Gründen, um mir glauben zu müssen, wo er vorher verzweifelt versucht hatte, mir nicht glauben zu können.

»Du hast Tobias erkannt. Als er in deinem Pool lag. Du bist ihm nie begegnet, aber du wusstest, dass er zu mir gehört.«

»Ja. Aber das stimmt nur unter der Bedingung, dass ich die Wahrheit gesagt habe und in diese ganze Sache genauso reingeschlittert bin wie du. Wenn ich mit den Bösen unter einer Decke stecken würde, hätte ich ihn schon vorher sehen können. Als wir ihn verprügelt, erschossen oder seine Wohnung durchsucht haben.«

Sam haderte mit einer Antwort und ich konnte der Versuchung nicht widerstehen, ihn noch ein wenig mehr zu verunsichern.

»Wir beide haben also nur über Dinge gesprochen, die ich angeblich gesehen habe, die dann aber doch nicht eingetreten sind«, bekräftigte ich. »Deine Schwester, die nicht gekommen ist, weil du ihr abgesagt hast. Deine Arbeit, die du nicht machst, weil du Urlaub hast.«

»Ja.« Eine widerwillige Antwort.

»Oder wir haben über Dinge gesprochen, die mit dieser CD zu tun haben.«

»Ja.«

»Okay. Daraus kannst du nun entweder ableiten, dass ich tatsächlich in die Zukunft sehen kann – oder aber, dass ich eine von den Bösen bin.«

Sam kaute auf seiner Unterlippe, die Stirn immer noch gerunzelt, die Haut weiterhin gänsehautig.

»Geh jetzt duschen«, sagte ich, »und denk darüber nach: Du hast keine Beweise dafür, dass stimmt, was ich sage. Damit musst du nicht an meinen Tod glauben. Oder an deinen. Also kannst du gehen und tun, was auch immer du an einem stürmischen Abend gern tun würdest.«

***

»Zwei Sachen als Antwort«, verkündete Sam, als er zurück in die Küche kam, pfefferminzfrisch und scheinbar durch die heiße Dusche auch geistig beflügelt.

»Erstens: Ich muss nicht daran glauben, dass du in die Zukunft sehen kannst. Tobias ist erschossen worden, vorher wurde er gequält. Und er war wahrscheinlich schon tot, als ich zu dir gekommen bin. Sie hätten mir einfach in die Karte schreiben können, dass ich sterbe, und sie hätten Tobias in meinen Hausflur schmeißen können. Haben sie aber nicht. Der, der das geplant hat, glaubt an dich, hat vielleicht schon den Beweis dafür bekommen, dass du wirklich die Zukunft sehen kannst. Weil du ihm etwas geweissagt hast, was dann eingetreten ist. Oder jemandem, den er kennt. Und er hat mich zu dir geschickt, damit du mir hilfst, diese CD zu finden. Das hätte er anders nicht hingekriegt.«

»Und zweitens?«

»Zweitens würdest du dich von diesen Leuten nicht wissentlich so benutzen lassen. Du steckst nicht mit denen unter einer Decke.«

»Und woraus leitest du das ab?«

»Sie haben Tobias in deinen Pool geschmissen«, antwortete Sam, »und das ist echt heftig. Das bringt dich in ganz schöne Schwierigkeiten.«

»Wieso? Du hast ihn doch weggebracht. Und ich habe eine Videoaufzeichnung, die einen Mann zeigt, der ihn zu mir bringt. Gut, ich habe nicht die Polizei gerufen, aber sonst? Ich sehe da kein großes Problem.« Ich verschränkte die Hände vor der Brust. »Und weißt du was?«, fuhr ich fort. »Du könntest dieser Mann gewesen sein, denn er war vermummt. Du könntest Tobias getötet und bei mir abgeladen haben.«

»Habe ich aber nicht«, schnappte Sam, hob dann aber sofort in einer befriedenden Geste die Hände. »Okay, Gleichstand. Du könntest die Böse sein, ich könnte der Böse sein. Bist du es?«

Sam klang mal wieder, als rechnete er mit einer ehrlichen Antwort, die alle Zweifel ausräumen würde. Ich erwiderte ein simples 'Nein', mehr konnte ich nicht für ihn tun – ich hätte gar nicht gewusst wie, wenn ich denn gewollt hätte.

»Ich auch nicht«, sagte er.

»Aber wir wollen trotzdem festhalten, dass das Ganze hauptsächlich dein Problem ist.«

»Die wollen dich abknallen. Wir stecken beide im gleichen Sumpf.«

Ich nickte, allerdings widerstrebend. Öffnete den Kühlschrank, nahm eine Flasche heraus.

»Wein?«

Ich sah Sam über die Hochglanzoberfläche meiner Küche

lächeln.

»Trinken ist okay?«

»Nichts mit Kohlensäure, keine Milch.«

»Dann gerne. Den Wein.«

Ich schenkte zwei Gläser ein. Draußen knallte ein Blitz wie ein Peitschenhieb durch die Luft, aber das Prasseln des Hagels hatte aufgehört. Jetzt regnete es umso stärker, dicke, schwere Tropfen, die vom Wind fast waagrecht durch die Luft geschossen wurden.

Sam schlenderte um meine Kochinsel, fuhr mit dem Finger über die schwarze Arbeitsplatte.

»Materialisiert sich das Essen auf Knopfdruck oder kann man hier drin tatsächlich kochen?«

»Gab's bei Frau Berger nicht genug?«

»Ich wollte nichts essen. Ich wollte Konversation machen.«

»Ah. Geh doch hinüber ins Wohnzimmer, dort gibt es bestimmt noch ein paar Sachen, die ich gekauft habe, weil sie mir gefallen, und die du niedermachen kannst.«

Er lachte, nahm sein Glas und verschwand in dem Durchgang. Meine Schlafanzughose war ihm ein paar Zentimeter zu kurz, die Ärmel der Bluse ebenso. Ich sah ihm hinterher und fühlte ein Kribbeln im Magen, das ich nicht genau einordnen konnte. Es war spannend, ihn hier zu haben. Nicht nur irgendeinen Menschen hier zu haben, sondern Sam. Warum? Ich wusste es nicht, wollte es auch gar nicht ergründen – er war heute noch hier, eine Verlängerung würde es nicht geben. Und damit keinen Grund für mich, groß über meine Gefühle nachzudenken.

Ich stellte den restlichen Wein zurück in den Kühlschrank und folgte Sam. Er blätterte gerade in dem neuen Japan-Bildband, der als Ausdruck meiner Sehnsucht einen Ehrenplatz auf einem Buchständer bekommen hatte.

»Dein nächstes Reiseziel?«

»Nein. Einfach nur ein Buch mit schönen Bildern.«

Sam betrachtete ein Foto der Skyline von Tokio, dann das vom Fujiyama im Morgenlicht.

»Wie wär's? Wir packen und fliegen nach Japan. Für den

Flug nach Australien habe ich von der Fluggesellschaft Meilen bekommen, weil er annulliert wurde. Wir kaufen dir noch ein Ticket und ziehen los.«

Ich schüttelte den Kopf und ließ mich auf dem Sofa nieder.

»Termine, Termine«, sagte ich, Sam zuckte mit den Schultern und umrundete dann die Plexiglassäule, die sich in der Mitte des Wohnzimmers über zwei Etagen in die Höhe schraubte.

»Und was ist das? Beam me up, Scotty?«

»Nein.«

»Die größte Luftpoströhre der Welt?«

»Nein.«

»Ein Fahrstuhl?«

»Nein.«

»Okay, ich kapituliere.«

»Ein Kamin.«

»Dann machen wir Feuer. Draußen ist Sintflut, der Strom könnte ausfallen.«

»Das Holz ist unter der Bodenklappe da links.«

Ich beobachtete über die nachtdunkle Fensterscheibe, wie Sam die Scheite aufstellte, mit den Streichhölzern hantierte. Er neigte dazu, Dinge in Besitz zu nehmen, Menschen in Besitz zu nehmen. Er hatte Frau Berger geknackt, und das nötigte mir Respekt ab, mahnte mich, vorsichtig zu sein. Ich wusste nicht, ob es mir gefiel, die Nächste zu sein, an der er seinen Charme ausprobierte. Ich wusste nicht, ob ich mich wehren sollte. Wehren konnte. Wehren wollte.

»Brennt«, diagnostizierte Sam nach ein paar Minuten, nahm sein Glas und setzte sich neben mich auf das Sofa.

Ich rückte ein Stück zur Seite.

»Du magst mich nicht«, sagte er, ich schüttelte den Kopf.

»Darum geht es nicht.«

»Worum dann?«

Ich starrte auf das Bücherregal, verharrte bei dem Japan-Bildband.

»Du störst meine Kreise.«

»Kreise?«

»Ja. Wie in einem Zen-Garten, sauber geharkte Kreise im Kies. Perfekte Wellen, ruhige Wellen. Ich bin ein Stein, der inmitten dieser wunderschönen Kreise liegt. Und du latscht mit deinen Turnschuhen da durch, ohne Rücksicht. Du störst meine Kreise.«

»Das tut mir leid, aber sonst komme ich nicht zu dir. Ich muss einmal da durch.«

»Warum?«

»Weil ich gerne bei dir bin.«

»Und genau das ist unmöglich. Nicht, weil du es bist. Es kann niemand hier sein. Innerhalb meiner Kreise.«

Sam trank einen Schluck Wein, zog die Beine mit den nackten Füßen aufs Sofa, was sehr entspannt aussah. So, als wäre er hier zuhause und nicht ich.

»Erklär es mir.«

»Was genau?«

»Alles. Warum du allein in einem Haus wohnst, das aussieht wie ein Weltraumbahnhof.«

»Weil es mir genauso gefällt.«

»Mir gefällt das Haus auch. Aber ich meine mehr. Dein Leben. Warum du kannst, was du kannst. Warum du ein Leben führst, in dem dich niemand ansehen soll. Ich kann ja verstehen, dass es dich nervt, wenn ich dauernd in deinem Garten rum stehe, aber hier ist alles so gebaut, dass die Leute draußen bleiben. Keine Fenster zur Straße. Kein Namensschild neben der Klingel. Diese Mauer um den Garten, die Kameras überall. Eine Waffe. Eine Geheimnummer. Frau Berger, die dich abschirmt.«

»Du hast die Alarmanlage vergessen. Und Kasimir, der ungebetene Besucher verbeißt.«

Sam schien das nicht witzig zu finden.

»Hast du Angst, dass mal jemand durchdreht, wenn du ihm was Falsches erzählst?«

»Ich erzähle nie etwas, das falsch ist.«

»Du weißt, was ich meine. Etwas, was den Kunden wütend macht.«

Ich zögerte. Ja, bei Olegs zweitem Besuch hatte ich

schreckliche Angst gehabt. Vor der Waffe, den kalten Augen, der Wut in seiner Stimme und der unverhohlenen Drohung seinen Worten. Ich hatte schreckliche Angst gehabt, und ich schützte mich davor, dass dergleichen erneut passierte. Oder dass es ernste Folgen hatte, für mich oder meinen Kunden. Indem ich mein Haus zu einer kleinen Festung umgebaut hatte und aufpasste, was ich tat, wenn ich im Magen war. Doch Sam hatte etwas anderes gemeint, als er von meinem Leben sprach.

Ich starrte auf das Feuer, Sam wartete.

»Bitte«, sagte er nach einiger Zeit des Schweigens. »Ich habe dir auch von mir erzählt.«

Ich schnaubte. »Du hast mir erzählt, dass du für eine Zeitung schreibst und Politologie in Göttingen studiert hast. Was du von mir wissen willst, ist was ganz anderes. Viel privater. Und ich musste dir diese paar Infos schon aus der Nase ziehen.«

»Mea culpa. Wir können ja eine gegenseitige Fragestunde einlegen.«

»Was ich dich gefragt habe, hatte mit deinem kleinen Problem zu tun. Ich habe dir diese Fragen rein beruflich gestellt.«

»Stimmt. Und jetzt hast du ein kleines Problem: Jemand wird dich erschießen. Also stehst du mir Rede und Antwort.«

Ich lachte nur.

»Komm schon«, drängelte er. »Bitte. Ich will das einfach verstehen. Und es interessiert mich.«

Ich schoss einen Sekundenblick auf Sam ab: Er lümmelte neben mir auf dem Sofa und sah mich an. Natürlich sah er mich an, denn es war selbstverständlich, dass man denjenigen ansah, mit dem man sich unterhielt. In der normalen Welt. Nur ich musste wegschauen, als Einzige. Weswegen ich mich von der normalen Welt fernhielt, soweit es ging.

»Eine Bedingung«, forderte ich. »Starr mich nicht so an.«

»Wo soll ich sonst hingucken?«, fragte er, ich gestikulierte zum Kamin.

»Du hast Feuer gemacht, es flackert schön. Schau es an. Ich kann dich nicht ansehen, also ist es nur gerecht, wenn du auch woanders hinschaust.«

Sam sortierte seine langen Glieder um, wandte den Kopf ab.

»So okay?«

»Ja. Danke.«

»Also. Seit wann kannst du dieses ... Sehen? Schon immer?«

»Nein. Seit dem 15. Dezember vor fünf Jahren.«

»Wow, so genau. Was ist passiert?«

»Das Naheliegende. Ich bin beinahe gestorben.«

»Natürlich.«

»Ich habe als Lektorin in einem Verlag gearbeitet. Schulbücher und so.«

Sam sparte sich diesmal die flapsige Zwischenfrage, also fuhr ich fort.

»Wir hatten jedes Jahr eine Weihnachtsfeier. Wir waren alle relativ jung, deswegen war das eine Party mit viel Alkohol und Musik. Tanzen. In einem Club. Soweit okay, aber leider gab es immer ein Motto. Die Achtziger, die Siebziger. Disco. Hippies. In besagtem Jahr war es Disney. Damit es nicht zehn Mowglis gab, wurden Lose gezogen und ich erwischte Arielle, die Meerjungfrau. Ich habe mir eine rote Perücke besorgt und zwei große Plastikmuscheln auf einen hautfarbenen Body geklebt. Eine Kollegin konnte gut nähen, sie hat mir einen engen, grünen Rock geschneidert. Bodenlang, mit einer Samtflosse unten dran.«

»Keck.«

»Absolut. Gegen zwei Uhr in der Nacht hatte ich genug Prosecco intus und bin gegangen. Ich war nicht wirklich betrunken, aber angesäuselt.«

Die Welt war voller rosaroter Wattewölkchen gewesen, noch ein Glas, und es wären Gewitterwolken aufgezogen. Außerdem war meine schöne Schwanzflosse ziemlich lädiert, auf der Tanzfläche waren die Leute drauf rumgetrampelt.

»Es war nicht kalt und nicht weit, deswegen bin ich zu Fuß gegangen«, fuhr ich fort. »Auf einer Brücke sind mir ein paar Jugendliche begegnet. Fünf oder sechs, alles Jungs. So siebzehn, achtzehn, neunzehn. Einzeln erträglich, in der

Gruppe und angesoffen oder unter Drogen ein Horror. Sie haben dumme Sprüche über meine Perücke gemacht. Dann haben sie mein Kostüm entdeckt und beschlossen, dass ich mit der Schwanzflosse auf der Brücke nicht in meinem rechten Element wäre.«

Sam starrte mich jetzt wieder an und schien nur allmählich zu verstehen, was ich damit hatte andeuten wollen.

»Nein«, sagte er, und seine Stimme klang fassungslos.

Das war genau das, was ich auch gedacht hatte, als die erbarmungslosen Hände mich gepackt hatten. Als ich nach ihnen geschlagen und versucht hatte, mich wegzudrehen. Wegzulaufen. Zu schreien.

Ich nippte an meinem Wein, als müsste ich mir Mut antrinken, um die Geschichte weiter zu erzählen.

»Doch. Sie haben mich über die Brüstung in den Fluss geworfen. Unter viel Gelächter und Geschrei, sie hatten einen Mordsspaß. Und sie haben dabei ein Lied aus dem Film gesungen. Aus 'Arielle'. 'Ich will ein Mensch sein' heißt es, glaube ich.«

»Passend«, kommentierte Sam mit bitterer Stimme. »Was für Arschlöcher.«

»Ich bin vier, fünf Meter gefallen und in den Fluss geknallt«, fuhr ich fort. »Das Wasser war eiskalt. Wie ein Stromschlag, der durch meinen Körper knallt. Mein Herz ist stehen geblieben. Wirklich. Ich habe versucht zu schwimmen, nach oben zu kommen, und ich habe die ganze Zeit auf diesen fehlenden Herzschlag gehorcht. Ich dachte, mein Herz müsste doch eigentlich rasen, weil es so kalt in diesem Wasser war und weil ich solche Angst hatte, aber es war still. Wie tot. Ich habe versucht, mir selbst auf die Brust zu schlagen, um es wieder in Gang zu bringen, dann bin ich bewusstlos geworden.«

Sam sah mich immer noch an, ich blickte auf den Boden und unterließ es, ihn daran zu erinnern, dass er in das Feuer schauen sollte. Ich hatte die Geschichte erst zweimal erzählt: einer Polizeibeamtin und Frau Berger. Sie ging mir nicht flüssig von den Lippen.

»Der Fluss war kräftig, er hat mich mitgezogen. Ich weiß

nicht, ob über Wasser oder unter Wasser. Ich bin wieder zu mir gekommen, als ich mit dem Kopf gegen irgendetwas gestoßen bin. Fest gestoßen. Mein Herz war wieder da, und es hat nicht geschlagen, sondern geflattert: viel zu schnell und viel zu ... leicht. Die Brücke war nicht mehr zu sehen, das Wasser drückte mich gegen ein Wehr. Ich hatte eine Platzwunde am Kopf, Blut im Gesicht. Ich habe um Hilfe gerufen, aber ich war nicht sehr laut und es war mitten in der Nacht. Niemand hat mich gehört, also musste ich selbst sehen, wie ich da wegkam. Ich habe mich an dem Wehr entlang zum Ufer gezogen, und das hat ewig gedauert. An dem Wehr hing Müll. Äste, Plastik. Ich habe mir alles zerkratzt, das Gesicht, die Arme. Meine Klamotten waren völlig zerrissen. Und ich habe so gefroren, meine Glieder waren ganz taub. Das Ufer war nicht sehr steil, ich habe es irgendwie geschafft, mich da drauf zu ziehen. Die Luft war noch kälter als das Wasser, und ich hatte schon so viel dreckige Brühe geschluckt, dass ich das Gefühl hatte, ich würde gleich platzen. Mir tat der Magen weh, mein Hals auch. Ich habe gehustet und gewürgt, habe mich gekrümmt vor Schmerzen. Und gezittert vor Kälte. Ich hätte es niemals weiter geschafft als bis zu diesem Ufer, aber ich habe Glück gehabt. Ein Ehepaar ging spazieren. Mitten in der Nacht. Mit einem Hund. Ich habe sie nicht gehört, aber sie mich. Der Mann hat seinen Mantel ausgezogen und mich darin eingewickelt. Ich habe die Augen aufgemacht und ihn angesehen.«

Ich zögerte, straffte mich dann.

»Er war ganz hager. Ausgezerrt. Er hatte keine Augenbrauen und keine Wimpern. Keine Haare. Von einer Chemotherapie, aber das habe ich damals natürlich nicht gewusst. Für mich sah er aus, als käme er von einem anderen Stern. Dann hat er mich ... gefressen. Ich war erst in seinem Mund, das war noch okay. Erschreckend, aber okay. Der Mund war warm und weich – nicht unangenehm, weil mir immer noch so scheußlich kalt war. Aber auch kein Platz, an den man bei einem fremden Menschen sein möchte.«

Sam nickte, synchronisiert tranken wir von unserem Wein.

»Ich bin von seinem Mund in den Hals gewandert. Am Zäpfchen vorbei. Es wurde eng und enger, als ich durch die Speiseröhre gerutscht bin. Da roch es schon weniger angenehm, ich musste wieder würgen. Der Geruch wurde noch schlimmer, als ich in den Magen fiel. Ein alter, müder Magen. Ich landete mit dem Gesicht in halb verdautem Essen, matschigen Möhren, zersetztem Fleisch, ganz faserig. Ich habe gespürt, wie es mich in meinem eigenen Hals kitzelte, weil das so ... ekelhaft war. Als würde ich in fremder Kotze baden. Innen habe ich versucht, mich zu bewegen, mich aus diesem Schleim zu befreien, außen habe ich versucht, die Augen von dem Gesicht des Mannes zu lösen. Es ging nicht. Ich war zu schwach, habe kaum mehr als ein Zucken zustande gekriegt. Ich wollte schreien, um Hilfe bitten, damit sie mich da raus holen, raus aus diesem Schlamm, aber ich konnte nicht: Wenn ich den Mund geöffnet hätte, wäre mir diese saure Brühe aus dem Magen des Mannes hineingelaufen, und dann hätte ich ihm direkt in den Magen gekotzt. Mir war so schlecht und das Ganze war so surreal - ich habe gedacht, ich halluzinierte. Und dann ... dann wurde das Schwarze, Schleimige plötzlich ganz leicht und weiß.«

Ich seufzte, denn ich konnte das, was dort zum ersten Mal mit mir passiert war, nicht in Worte fassen. Es würde entweder belanglos klingen, was es nicht war – oder übersteigert poetisch. Und: Diesen Teil der Geschichte hatte ich erst einmal erzählt. Frau Berger. Das war nichts, was man einer Polizeibeamtin mit skeptischem Blick und Augenringen von zu vielen Nachtschichten anvertraute.

»Es sah aus, als würde eine Sonne das Schwarze vertreiben, eine helle, warme Sonne. Wie wenn die Dunkelheit geht, wenn der Tag kommt – nur schneller, viel, viel schneller. Ganz plötzlich. Als hätte jemand auf den Lichtschalter gedrückt. Ich war nicht mehr im Magen, aber immer noch in dem Mann. In irgendetwas Leichtem, Sauberem.«

»In seiner Seele?«, fragte Sam fast ehrfürchtig, ich lächelte.

»Vielleicht. Ich wusste es nicht, und ich weiß bis heute noch nicht so genau, was kommt, wenn ich den Magen hinter mir habe. Es ist schön. Bei allen Menschen, ausnahmslos allen. Aber es ist auch bei allen Menschen gleich, und die Seelen der Menschen stelle ich mir dann doch unterschiedlich vor. Ich glaube, was ich da sehe, ist so etwas wie ... das Gefäß, in dem das Leben liegt. Ein weißer Raum, ganz blank und leer, der erst gefüllt werden muss. Mit dem individuellen Leben. Meinetwegen mit der Seele.«

Sam nickte.

»So habe ich mir das jetzt zusammengereimt«, sagte ich. »Damals hat das Weiße mich geblendet, und erst, als meine Augen sich daran gewöhnt hatten, habe ich gesehen, dass es gar nicht so leer war, wie ich zunächst gedacht hatte. Es war bevölkert von Szenen, Szenen mit Menschen, Straßen, Räumen – Szenen aus dem Leben, aus dem Alltag. Ich habe den Mann ohne Haare essen gesehen, ich habe ihn schlafen gesehen. Ich sah ihn seinen Dackel streicheln, eine grauhaarige Frau küssen, spazieren gehen. Sich anziehen, essen, duschen, zur Toilette gehen, einkaufen. Ich sah ihn viele Tabletten nehmen. Ich sah ihn in einer Arztpraxis, ich sah ihn in einem Krankenhaus. Ich sah, wie sein Herz knarrte und zuckte. Wie es schmerzte, grauenhaft schmerzte. Und wie es stillstand. Dann verschwand das Weiße genauso schnell, wie es gekommen war, zurück blieb nur ein kleiner Lichtpunkt über mir. Wie ein einzelner Stern am Himmel. Ich war noch immer unendlich schwach, aber ich wusste irgendwie, dass ich hochspringen muss und an den Punkt dort oben gelangen, um wieder aus diesem Magen hinauszukommen.«

»Dein Licht am Ende des Tunnels?«

»Ja. 'Sie werden in drei Monaten sterben', habe ich gesagt, als das Weiße um mich verschwunden war. Als ich wieder draußen war. Der Mann hat mich nur erstaunt angesehen. 'Drei Monate?' hat er gefragt, und ich habe gesehen, wie er gelächelt hat. 'Das ist eine gute Nachricht, mein Kind, mein Arzt hat mir nur noch einen gegeben.' Ich habe mich umgedreht und literweise Flusswasser ausgekotzt, dann bin ich ohnmächtig geworden.«

Sam schwieg, dann nickte er erneut. »Ich verstehe. Und es

... tut mir leid. Dass dir das passiert ist.«

»Nicht deine Schuld«, erwiderte ich.

Sam wandte den Kopf ab, sein Blick wanderte durch den Raum.

»Deswegen sieht es hier also so aus. Das Weiß überall. Der Pool und so. Du fühlst dich schmutzig, wenn du in Leute reingeschaut hast. Im Magenschleim gebadet.«

»Es ist billig«, gestand ich etwas kleinlaut, »aber es hilft. Am Anfang habe ich dauernd geduscht. Habe meine Hände öfter gewaschen als Pontius Pilatus. Habe Wasser getrunken, bis ich beinahe geplatzt bin. Als müsste ich mich von innen reinigen. Den Fluss aus mir rausspülen. Dann bemerkte ich, dass es mich beruhigt, wenn mich Weißes umgibt. Und Wasser ist auch wichtig. Kaltes, klares Wasser.«

»Wie wäre es mit einem weißen Haus am Meer?«, schlug Sam vor, und ich lächelte. Lächelte meine Scham weg.

»Steht schon auf meiner Wunschliste. Ganz weit oben.«

»Von diesem Ufer am Fluss bis hier in dieses bescheidene Häuschen ist es aber auch ein weiter Weg.«

Ich seufzte, sah auf die Uhr. Es war kurz vor zwölf, und ich war müde.

»Erzähl es mir. Jetzt oder nie«, sagte Sam, und ich wusste, dass er das ernst meinte: Wir sterben sehr wahrscheinlich eh bald. Ich oder du, du oder ich.

»Das Ehepaar, das mich gefunden hat, hat den Notarzt gerufen. Und die Polizei.«

»Haben sie die Jugendlichen aufgespürt?«

Ich schüttelte den Kopf. »Nein. Ich bin erst viel später wieder wach geworden, im Krankenhaus. Da waren die natürlich über alle Berge. Und ich hatte das Gefühl, dass die mir nicht geglaubt haben. Die Polizei. 'Vielleicht sind Sie ja einfach über die Brüstung gefallen', hat eine Beamtin gesagt, 'Sie waren ja nicht mehr ganz nüchtern'. Und ich konnte die Gang auch nicht gut beschreiben. Einer groß, einer klein, einer blond, einer mit Piercings – davon gibt's Tausende. Zeugen gab es dagegen keine. Das Ehepaar hatte das Gegröle gehört, das Lied aus dem Film, das die Jungen da gesungen haben.

Aber es waren ein paar Kneipen in der Nähe und sie mussten zugeben, dass das auch von da hätte kommen können.«

»Sehr engagiert, unsere Freunde und Helfer«, bemerkte Sam sarkastisch.

»Im Krankenhaus war es ... schlimm. Ich war nicht auf der Intensivstation oder so, mir fehlte nicht viel. Körperlich. Die Platzwunde am Kopf haben sie genäht, meine Arme waren mit Salbe eingerieben und verbunden. Ein paar Kratzer hatte ich im Gesicht und am Oberkörper, unterkühlt war ich auch gewesen. In meinem Zimmer lag noch eine Frau, sie hatte sich bei einem Autounfall irgendetwas an der Schulter geholt. Ich bin wach geworden, sie saß auf ihrem Bett und hat gelesen. Sie ist zu mir rüber gekommen, hat 'Hallo' gesagt. 'Na, auch wieder wach'. So was. Nett war sie. Besorgt. Ich habe festgestellt, dass sie Toast zum Frühstück hatte, Joghurt und Tee. Eine Banane. Dass sie ihren Mann verlässt. Dass sie zu ihrem Mann zurückgeht. Dass ihr Mann sie verlässt. Und so weiter. Es endete mit ihrem Tod. Als sie tot war, habe ich mich umgedreht und auf den Boden gekotzt.«

»Was in einem Krankenhaus ja niemanden schocken dürfte«, sagte Sam, ich lächelte.

»Die arme Frau war erst der Anfang. Ich habe gekotzt, wenn eine Schwester kam, wenn ein Arzt kam. Eine Kollegin hat mich besucht, ich habe gekotzt. Eine Freundin hat mir ein paar Sachen zum Anziehen gebracht, ich habe gekotzt. Nach einem Tag haben sie mir einen Tropf gemacht, um mir ein paar Nährstoffe zuzuführen, und sie haben mich in ein Einzelzimmer gelegt. Aus naheliegenden Gründen. Sie haben gedacht, das Kotzen hätte was mit dem Flusswasser zu tun. Eine Infektion, irgendwelche Bakterien. Sie haben mir Blut abgenommen, das Erbrochene untersucht. Sie wussten ja nicht, dass ich immer erst sehe, immer erst in diese Mägen muss, und mich dann deswegen übergebe. Und ich habe geahnt, dass das etwas ist, was man besser nicht erzählt. Wenn man nicht auf eine ganz andere Station verlegt werden will, mit Gittern vor den Fenstern. In dem Einzelzimmer war ich viel allein. Die sind nur noch hereingekommen, wenn es nicht anders ging.

Ich habe nachdenken können. In Ruhe. Und ich habe erst gemerkt, dass ich wirklich nur kotze, wenn Leute da sind. Dann, dass die Leute zwar im Raum sein können, dass ich sie aber nicht ansehen darf.«

Sam nickte, ich seufzte trotz dieser Zustimmung.

»Das klingt logisch, ich weiß. Aber ich war damals total neben der Spur. Das mit der Brücke war schon übel genug, ich habe deswegen viele Nächte nicht schlafen können. Bin aufgewacht, weil ich geträumt habe, dass ich falle. Und dann kam das auch noch dazu. Jemand schmeißt dich ins Wasser, du tauchst wieder auf und bist ein Freak.«

»Du bist kein Freak«, sagte Sam, ich ignorierte den Einwand.

»Ich habe dann einfach immer die Augen zu gemacht und so getan, als würde ich schlafen, wenn jemand kam. Oder ich habe weggeschaut. Nach unten. Ich kam mir dabei blöd vor. Das ist eine Körperhaltung, die ... na ja. Sie sagt 'Ich schäme mich'. 'Ich bin klein und schwach'. Das hat sich nicht gut angefühlt, aber ich habe es getan, damit die mich gehen lassen.« Ich lachte auf. »Und ich habe mich ja auch wirklich geschämt. Ich habe mehrfach alles vollgekotzt, Bett, Boden, was weiß ich. Da kann man sich mit gutem Recht auch mal schämen.«

»Und dann? Haben sie dich irgendwann entlassen.«

»Ja. Nach fünf oder sechs Tagen. Wie gesagt, sie dachten erst, ich hätte eine Infektion. Und sie hatten Angst, ich könne mir eine Lungenentzündung geholt haben, wegen der Kälte. Aber die Untersuchungen haben nichts ergeben, und in dem Einzelzimmer hat das mit dem Kotzen aufgehört.«

»Weil du keinen mehr angesehen hast?«, fragte Sam, ich nickte.

»Genau. Nachdem ich entlassen wurde, war ich noch eine Woche krankgeschrieben. Ich habe gegessen. Geschlafen. Schlecht und mit Albträumen, aber immerhin. Nur wenn ich raus gegangen bin, dann ... na ja.«

»Erzähl«, verlangte Sam. »Warum Rausgehen so in Problem ist.«

Ich seufzte. »Kannst du dir das nicht denken?«

Sam lächelte, ich sah ihm über die Scheibe dabei zu. Der Sturm hatte seinen Tonfall jetzt geändert: Er heulte hoch und schrill, als wolle er die peitschenden Blitze angemessen begleiten.

»Kann ich, ja. Aber vielleicht denke ich falsch.«

»Okay. Stell dir vor, du ... willst Brötchen holen. Weil Sonntag ist, weil du auf dem Balkon frühstücken möchtest.«

»Ich hätte gern noch eine Zeitung«, sagte Sam, ich seufzte.

»Gut, wir kaufen auch eine Zeitung. Du ziehst dir deine Schuhe an, gehst raus. Wen triffst du?«

»Meine Nachbarin«, antwortete Sam prompt. »Immer. Die wohnt im Hausflur, mit ihrem Wischmob. Und sie quatscht jeden voll, den sie sieht.«

»Du musst stehen bleiben, ihr zuhören. Du schaust dabei zu Boden, nickst, antwortest einsilbig. Denn wenn du sie ansehen würdest, dann würdest du ihr sagen müssen, dass ... ihr Sohn kokst und in drei Wochen das erste Mal Heroin probieren wird. Zum Beispiel. Bis zum Aussprechen wäre ich natürlich nicht gekommen.«

»Nein. Du hättest vorher ihren geliebten Hausflur ein bisschen verschmutzt.«

»Genau. Mein erster Ausflug in den Supermarkt hat genauso geendet: drei Meter von der Haustür entfernt. Ich bin nicht mehr schnell genug in meine Wohnung zurückgekommen, weil ich schon abgeschlossen hatte. Und den Schlüssel in die Tasche gesteckt. Aber es geht ums Prinzip: Selbst wenn du diese eine Nachbarin umgehen kannst, triffst du überall Menschen. Und wir sind so erzogen, dass wir andere Leute ansehen. Vor allem die, die wir kennen, die, mit denen wir sprechen. Du siehst die Verkäuferin an, wenn du deine Brötchen kaufst. Man sieht die Leute in der Schlange an. War der vor mir oder hinter mir? Versuch mal, durchs Leben zu gehen, ohne jemals jemanden anzusehen – es geht nicht.« Ich stockte. »Nein, das ist falsch, es geht schon. Aber es erfordert extrem viel Übung. Viel Konzentration.«

»Oder es kommt komisch rüber, wenn du dauernd Blickkontakt meidest?«

»Genau. Du wirkst wie ein geschlagenes Kind. Zusammengekauert, verschreckt. Und es war ja auch nicht nur das Kotzen. Es war dieses Sehen, was für mich viel schlimmer war. Vor allem, was ich gesehen habe. Ich habe eine dicke Frau beim Joggen gesehen, und ich wusste, dass die Abnehmpillen aus dem Internet, die sie da schluckt, ihre Leber schädigen. Schon geschädigt haben. Ich habe sie gesehen, wie sie sich vor Schmerzen gewunden hat, wie sie vor Schmerzen geschrien hat. Ich habe eine Frau gesehen, die stolz ihr Baby herumgeschoben hat. Und ich wusste, dass sie im Altersheim sterben wird, mit über hundert Jahren, schrecklich einsam, weil sie alle ihre Kinder überleben wird. Ich habe eine Frau gesehen, die von ihrem Mann geschlagen wird, und das war, als würde jeder dieser Schläge in ihr Gesicht mich treffen. Es hat wehgetan, richtig weh.« Ich hielt inne. »Das sind nur Passanten, klar, aber das ist einfach ein Wissen, das man nicht möchte. Das hat nichts mehr mit Interesse an seinen Mitmenschen zu tun, das ist Voyeurismus bis ins letzte Detail. Ungewollter Voyeurismus. Ich habe richtig Panik bekommen beim Gedanken daran, ich könnte meine Mutter ansehen – und würde wissen, wann sie stirbt. Oder meinen Vater. Meinen Bruder. Freundinnen. Das hat mir wirklich Angst gemacht. Bei Fremden ist es eine Sache, bei Bekannten und Familie viel, viel schlimmer.«

»Aber du ... kannst es doch nutzen, um sie vor Fettnäpfchen zu warnen. Und vor Falltüren.«

Ich nickte. »Ja. Jetzt. Nach Jahren. Wo ich begriffen habe, wie das funktioniert. Was sich wann verändert. Wo ich weiß, dass ich aufhören kann zu schauen und auch, dass man die Zukunft ändern kann. Damals musste ich zuschauen, bis die Leute starben, ob ich wollte oder nicht. Ich habe jeden Menschen sterben gesehen, dem ich ins Gesicht geblickt habe. Das Leben endet immer mit dem Tod, natürlich, aber der Tod ist auch das, was jeder Mensch erlebt. Nicht jeder hat Kinder, nicht jeder heiratet. Aber sterben müssen wir alle. Ich habe genug Tode gesehen, glaub mir. Und auf dem Weg zum Brötchenholen können es locker fünf, sechs verschiedene sein.

Menschen weinen, Menschen streiten. Menschen haben Schmerzen, Krankheiten. Leute nehmen Drogen. Trinken. Menschen schlagen ihre Kinder, missbrauchen ihre Kinder. Das hält man nicht aus. Ich zumindest, ich habe es nicht ausgehalten.«

»Selbstmordgedanken?«

Das Wort hing schwer in der Luft.

»Ja«, sagte ich schließlich. »Nicht konkret, aber ... ich habe gespürt, dass es so nicht weitergehen kann. Ich wollte leben, aber nicht damit. Als ich wieder hätte arbeiten müssen, habe ich erst meinen kompletten Jahresurlaub genommen. Dann habe ich meinen Job fristlos gekündigt und mich in meiner Wohnung verschanzt, bin gar nicht mehr vor die Tür gegangen. Ich habe mir Essen bestellt, dann auch andere Sachen. Was ich brauchte. Für ein paar Wochen ist das gut gegangen, vielleicht hätte ich so ein paar Monate leben können. Aber auf Dauer nicht. Ich hätte Geld gebraucht – aber ich hätte noch nicht mal zum Amt gehen und Hilfe beantragen können. Ich habe mich gar nicht mehr getraut, die Wohnung zu verlassen.«

»Und dann?«

Ich stellte mein halbleeres Weinglas auf den Tisch.

»Dann kam Frau Berger.«

***

Sam war ein Schnelldenker, und so musste ich ihm gar nicht großartig erklären, dass Berger der Name des Ehepaares gewesen war, das mich nach meinem unfreiwilligen Bad im Fluss am Ufer aufgesammelt hatte.

»Herr Berger ist an genau dem Tag gestorben, den ich genannt hatte. Frau Berger hat ihn begraben, dann hat sie mich gesucht. Sie wusste meinen Namen, damals stand ich ganz normal im Telefonbuch. Sie hat an meiner Wohnungstür geklingelt, ich habe nicht aufgemacht. Sie ist dreimal wieder gekommen, und beim vierten Mal hat sie mir einen Brief unter der Tür durchgeschoben. Sie hat nicht gewusst, dass ich da bin, sie hat gedacht, ich wäre arbeiten. Der Brief war nett. Sie hat mir für die Wochen gedankt, die sie mehr hatte. Mit ihrem Mann. Sie schrieb, das zu hören hätte ihm entgegen aller Logik geholfen, tatsächlich noch so lange zu leben. Ich habe sie schließlich angerufen. Sie hat sich erneut bedankt, wieder und wieder. Bis ich mich verplappert habe. Bis ich ihr gesagt habe, dass ich gesehen hätte, was passieren würde.«

»Und?«

»Ich habe gedacht, sie würde schallend lachen und auflegen, aber das hat sie nicht getan. Sie hat mich gefragt, ob ich mir sicher wäre. Ich habe gesagt 'Ja, leider'. Dann hat sie gefragt, ob ich zuhause wäre. Ich habe aufgelegt, aber sie ist trotzdem rüber marschiert. Sie wohnte gar nicht weit weg.«

Ich hatte damals nicht gewusst, warum ich es ihr erzählt hatte. Es war mir rausgerutscht, ja, aber ich hätte mich danach noch rausreden können. Irgendwie. Das hatte ich nicht getan, und Frau Berger und ich wussten, dass mein Schweigen so etwas wie ein Hilfeschrei gewesen war. Ein Schrei, über den wir nie gesprochen hatten, der aber trotzdem gehört worden war.

»Du hast sie scheinbar eingelassen.«

»Ja. Sie war ganz kühl. Geschäftsmäßig. Hat Fragen gestellt. Wie das funktioniere. Ob ich ihr etwas sagen wolle, damit sie das überprüfen könne. Ich wollte erst nicht, aber ich habe mich überreden lassen. Sie hat das Kotzproblem kennengelernt. Aus nächster Nähe. Sie hat mir einen Tee gemacht, dann ist sie wieder gegangen. Nach ein paar Tagen kam sie zurück. Viele Sachen sind so geschehen, wie ich es gesehen hatte. Ein paar nicht, aber sie hatte schon selbst verstanden, dass sie Dinge getan hatte, die sie nicht getan hätte, wenn ich sie nicht gewarnt hätte. Ich habe gesehen, dass sie Diesel in ihren Benziner tankt, natürlich hat sie wie ein Schießhund aufgepasst, weil ich ihr gesagt habe, dass davon der Motor kaputt gegangen wäre. Das Tanken hat sonst immer ihr Mann erledigt.«

Sam lächelte wissend, ich fuhr fort.

»Sie hat mich dann häufiger besucht. Hat für mich

eingekauft. Und ich habe irgendwann gemerkt, dass sie auch kommt, weil sie selbst Hilfe brauchte. Der Tod ihres Mannes ... Sie waren lange verheiratet, fast vierzig Jahre. Sie hat ihn vermisst. Aber das war nicht das Schlimmste. Am Ende hatte ich das Gefühl, dass sich zwei Leute in meiner Wohnung verstecken, denn sie ist jeden Tag gekommen und immer länger geblieben.«

Ich stockte, suchte mal wieder nach den richtigen Worten.

»Ich habe mich vor der ganzen Welt versteckt und sie vor den Menschen, die sie kannte. Nachbarn, Freunde, Familie. Sie hat das Mitleid nicht ausgehalten. Diese 'Wie geht es dir denn jetzt'-Fragen. Ob es ehrliche Anteilnahme war oder nicht, sie hat das Gefühl gehabt, sie würde reduziert darauf, eine Trauernde zu sein. Die einen Leute wären nur dann zufrieden, wenn sie sagen würde, dass es ihr schlecht ginge. Die anderen Leute wären selbst so geknickt, dass sie das Gefühl hätte, sie müsse sie trösten, müsse fröhlich sein, damit sie nicht so traurig wären. Also haben wir beschlossen, uns zusammen zu tun. Und wegzuziehen.«

»Wie alt bist du?«

»Siebenundzwanzig.«

»Und sie?«

»Achtundsechzig.«

»Und Kasimir?«

»Kasimir IV., um genau zu sein. Kasimir I. war ein Langhaardackel, Kasimir II. ein Rauhaar, Kasimir III. die gleiche Rasse wie Kasimir VI., also glattes Fell und diese Langhaarohren. Aber Kasimir IV. ist ... acht. Glaube ich. Kasimir III. war übrigens ein Mädchen.«

Sam lachte. »Also ein ganz schöner Altersunterschied. Ich habe erst gedacht, ihr wärt irgendwie verwandt. Ihr seht euch nicht besonders ähnlich, aber sie hätte deine Tante sein können oder so was. Ihr versteht euch gut, oder?«

Ich machte mit der Hand eine wage Geste.

»Wir sind häufig aneinander gerasselt. Sie hat ihren eigenen Kopf, ich auch. Wir haben zuerst gemeinsam in einer Wohnung gewohnt, und ich habe viel mit ihr geübt. Das

Sehen. Aber es war nicht gut, wenn wir morgens am gleichen Frühstückstisch gesessen haben, und das nicht nur, weil ich damals unmöglich mit einem Menschen in einem Raum sein konnte, der isst. Allein das Kaugeräusch hat mich wahnsinnig gemacht. Unsere Geschmäcker sind grundverschieden, wir entstammen völlig verschiedenen Generationen. Es war einfach zu eng. Zu nah.«

Sam gab mir mein Weinglas, pflichtschuldig trank ich einen Schluck. Er tat es mir nach, und ich lauschte auf das Schluckgeräusch: Okay, befand ich, es war okay. Es gab Schöneres, aber noch vor ein paar Jahren wäre ich angesichts dieses Glucksens aus dem Zimmer gelaufen, mit den Händen auf den Ohren. Und einer bodenlosen, vor allem aber grundlosen Wut im Herzen, die in keinem Verhältnis zu dem stand, was vorgefallen war.

»Also habt ihr eine Bank überfallen und diese Häuser hier gekauft«, sagte Sam zwischen zwei Schlucken.

»Fast. Erst haben wir die große Wohnung gegen zwei kleinere, getrennte getauscht. Dann haben wir überlegt, wie ich Geld verdienen könnte. Das war ungefähr vier Monate nach dieser Brückensache, und meine Ersparnisse gingen dem Ende zu. Frau Berger war dafür, dass ich als Wahrsagerin arbeiten sollte. Von Anfang an. Ich nicht. Ich wollte keine Tode mehr sehen. Es ist vieles erträglich, aber das nicht. Ich habe gedacht, ich suche mir einen Job, den ich von Zuhause machen kann. Schreiben, Korrekturlesen. So was. Wer nicht ausgeht, braucht auch nicht viel Geld. Das hätte schon irgendwie funktioniert.«

»Aber?«

»Aber ... wieder Frau Berger. Sie sagte, ich könnte etwas, was niemand anderer kann. Dieses Sehen wäre eine Gabe, das hätte sie an ihrem Mann gemerkt. Auch, wenn er ohne mich so lange gelebt hätte, wäre er doch viel glücklicher gewesen. Weil er die Tage als Geschenk verstanden hätte. Das ich ihm gemacht hätte, als ich es ihm gesagt hätte. Also sollte ich mehr Menschen an diesem Glück teilhaben lassen.«

»Klingt vernünftig«, sagte Sam und schwenkte seinen Wein im Glas herum, als wäre es Cognac. Wahrscheinlich war er mittlerweile genauso warm. »Du kannst vielleicht nicht jedem eine tolle Nachricht überbringen, aber du kannst ihnen helfen. Bei den großen und kleinen Fettnäpfchen. Das ist gut.«

Ich schüttelte den Kopf, sehr bestimmt.

»Nein. Es kann nichts Gutes daraus entstehen, dass man beinahe in einem dreckigen Fluss ersäuft wird. Von einer Horde zugedröhnter Vollidioten. Und es hat sich auch nie gut angefühlt. Das Sehen. Es war ... nein: Es ist ekelhaft. Ich habe es jetzt besser im Griff, habe mich dran gewöhnt, aber das macht es nicht angenehmer.«

»Aber du bist ... aktiv.«

Ich lachte. »Ja. Frau Berger hat es dann so gedreht, dass ich das Beste für mich draus machen sollte. Geld verdienen und dabei versuchen, an mir zu arbeiten. Ich solle die Kunden benutzen, um mehr Leute zum Üben zu haben.«

»Zahlende Leute zum Üben?«

»Genau. Sie hat mich einfach so lange bearbeitet, bis ich gesagt habe, dass ich es versuchen werde. Am Ende gab es dann nur noch einen Einwand: Ich wollte keine Tode mehr sehen. Daher habe ich mir diese Sache mit der Frage ausgedacht.«

»Frage?«

»Ja. Jeder Kunde darf eine Frage stellen. Du warst der Erste mit einer Was-Frage. 'Was passiert am ...?'. Dann gibt es noch Wie-Fragen: 'Wie bekomme ich mehr Gehalt?'. Und Wann-Fragen, aber das sind die Dümmsten: 'Wann gewinne ich im Lotto?'. 'Wann treffe ich den Mann meiner Träume?'. Die Antwort lautet fast immer 'nie'.«

Sam lachte.

»Besser sind ob-Fragen«, fuhr ich fort. »Beispiel: 'Können Sie sehen, ob ich im Lotto gewinnen werde?' Wenn die Antwort dann nein ist, kann man sich immer noch einen Job suchen. Dann ist da natürlich auch noch die Frage nach dem Tod: 'Wann sterbe ich, wie sterbe ich?'. Aber die kommt gar nicht so häufig. Die meisten Leute wollen ihr Leben in den Griff bekommen, nicht ihren Tod planen oder überhaupt etwas über ihren Tod wissen. Also muss ich bei den meisten gar nicht so weit schauen. Wenn doch mal jemand vorzeitig dem knochigen Typen mit der Sense begegnet, sage ich das auch.«

»Ich weiß«, warf Sam ein. »Und ich bin dankbar dafür.«

Ich musste lachen.

»Wie seid ihr an die Kunden gekommen?«

»Wir haben Inserate in der Zeitung und im Internet gemacht, der Rest war Mundpropaganda. Ich bin mit 50 Euro für eine Frage gestartet.«

»Da hat die Inflation aber ganz schön zugeschlagen«, bemerkte Sam.

»Ja. Für 50 Euro pro Sitzung musste ich Dutzende von Kunden haben, jede Woche, mehrere am Tag. Einerseits war das gut. Ich konnte üben, viel üben. Aber ich musste natürlich auch kotzen.«

»Viel kotzen.«

»Sehr viel. Als ich drei Hosengrößen dünner war, haben wir damit Schluss gemacht. Das Telefon hat nicht mehr aufgehört zu klingeln, Kunden haben vor meiner Tür gestanden, weil sie 'noch mal eben kurz' was wissen wollten. Aber am Ende hatte ich zwei Sachen gelernt: Was ich da kann, ist begehrt. Sehr sogar. Und da ich niemals allen Menschen helfen kann, kann ich mir das Recht nehmen, diese meine Fähigkeit teuer zu verkaufen. Die Gebühr soll auch so etwas wie eine Hemmschwelle sein. Wenn ich das nicht so machen würde, würden die Leute mich aussaugen. Ich hatte Beine so dünn, wie meine Arme jetzt sind, als wir diese Testphase hinter uns hatten. Aber in dieser Zeit habe ich gelernt, dass ich es beherrschen kann. Dass es nicht so bleiben muss, wie es am Anfang war. Dass es vielleicht nie wieder so wird wie früher, aber erträglich.«

»Du igelst dich trotzdem ein«, sagte Sam, und machte mit der Hand eine Geste, die unpassenderweise vor allem die riesige Glasscheibe meines Wohnzimmers umfasste, gegen die der Wind den Regen presste und vor der die großen, scharfen Blitze jetzt immer öfter aufflackerten.

Ich nickte. »Ja. Aber das kann ich machen, wie ich möchte.

Es schadet niemandem.«

Sam schien das anders zu sehen, wenn ich seine zweifelnde Miene denn richtig interpretierte, sagte aber nichts.

»Wir sind dann noch mal umgezogen, weil wir die alten Kunden hinter uns lassen mussten. Die 50-Euro-Kunden.«

»Aber es kommt doch kein Mensch, wenn er in der Zeitung eine Wahrsagerin findet, die fast zehntausend für eine Stunde kassiert.«

Ich lächelte. »Richtig. Die zehntausend haben wir erst später festgelegt. Wir mussten erst mal wissen, was andere Wahrsager verlangen. Ob die überhaupt können, was sie behaupten, oder ob sie ... na ja. Betrügen. Oder nur glauben, etwas zu können. Wir haben nach Wahrsagern gesucht, nach den Bekannten, den Teuren. Was kosten die, was bieten die. Wir haben zehn Namen zusammengesucht. In Deutschland, Österreich, der Schweiz. Südtirol, Elsass. Italien, Frankreich. Dann sind wir auf Tournee gegangen. Frau Berger ist gefahren, ich habe mit geschwärzter Sonnenbrille auf dem Beifahrersitz gehockt.« Ich erinnerte mich, schüttelte amüsiert den Kopf. »Das war der schlimmste Trip meines Lebens. Frau Berger fährt miserabel Auto – ich hätte ihr oft am liebsten das Bein runter gedrückt, damit wir auch mal hundert fahren. Mal einen LKW überholen. Oder ein Wohnmobil.«

Diese Fahrt war zudem mein letzter Ausflug in die große, weite Welt gewesen, aber das musste ich hier nicht ergänzen. Sam grinste, ich fragte 'Was?', er zuckte mit den Schultern, zeigte aber mehr von seinen Zähnen.

»Ich habe mir gerade vorgestellt, wie es wohl gelaufen wäre, wenn du gefahren und in eine Polizeikontrolle gekommen wärst. Und statt Führerschein und Fahrzeugpapieren noch was anderes übergeben hättest. Im wahrsten Sinne des Wortes. Oder wenn ... Kannst du Leute über einen Spiegel anschauen?«

»Ja. Warum?«

»Sonst müsstest du jedes Mal kotzen, wenn du in den Rückspiegel schaust und dir einer dicht hinten auf der Stoßstange hängt.«

»Sehr witzig. Ich fühle mich hier richtig ernst genommen.«

Sam knuffte mich auf den Oberarm, was wohl eine Entschuldigung sein sollte. Ich trank einen Schluck Wein, draußen grollte ein dumpfer Donner heran, die Druckwelle brach sich mit leichtem Glasklirren am Haus.

»Erzähl weiter«, bat Sam. »Du und Frau Berger on Tour.«

»Wir haben bei den Wahrsagern normale Termine ausgemacht, uns als zahlende Kunden vorgestellt. Es waren Leute mit Kristallkugeln und Pendeln. Kaffeesatzlesen. Tarot. Handlesen.«

»Keine Eingeweide?«

»Nein. Aber einer, der Knochen geworfen hat, der war besonders schräg. Sehr Voodoo. Ich habe mir wahrsagen lassen, habe dann gesagt, ich wolle mich gern revanchieren. Ich habe gesehen, ich habe in neun von zehn Fällen nicht gekotzt« – 'Super!', warf Sam ein – »und ich habe dann das, was ich gesehen habe, aufgeschrieben. Nur, was in der nächsten Woche passieren wird. Den Brief haben wir zugeklebt, und der Wahrsager hat ihn weggelegt. Nach einer Woche sollte er oder sie nachsehen, ob es stimmte.«

»Und? Haben sie angebissen?«

»Neun. Der Zehnte hat sich nie wieder gemeldet. Ich habe mit den neun eine Vereinbarung getroffen: Sie bekommen einen Termin für sich selbst pro Jahr umsonst, müssen mir dafür aber drei zahlungskräftige Kunden pro Jahr schicken. Und jeder neue Kunde darf mich wieder weiter empfehlen, aber nur einem anderen.«

»Und du verdienst gut.«

»Oh ja.«

»Wie viele Termine machst du pro Woche?«

»Drei. Nächste Woche vier, wegen dieses Bankiers. Und ein Monat im Jahr ist frei – zwei Wochen im Sommer und zwei im Winter.«

Sams Lippen bewegten sich, er rechnete. »Knapp 1,5 Millionen pro Jahr.«

»Ja. Aber Frau Berger bekommt tausend für jeden Kunden.«

»Nicht viel.«

»Nicht viel?« Ich schnaubte. »Sie nimmt ein paar Telefonate an, lässt die Kunden ein, serviert ihnen Wasser und bringt sie nachher wieder zur Tür.« Ich hielt inne, denn ich war ungerecht. »Nein, natürlich tut sie mehr. Sie erledigt alles. Handwerker. Die Einkäufe. Wir lassen natürlich liefern, aber das organisiert sie. Dann noch die Bank. Ämter.«

»Hm. Und als ihr genug verdient hattet, habt ihr die Häuser hier gekauft.«

»Gebaut. Und es ist ein Haus. Ein Haus, ein Grundstück.«

Sam sah mich fragend an. »Frau Bergers Haus sieht deinem in keiner Weise ähnlich. Und ihre Einfahrt ist in einer anderen Straße.«

»Ich weiß, deswegen haben wir dieses Grundstück ja auch genommen. Es geht über Eck, und wir haben mit zwei Baustilen gearbeitet. Sie hat eine Hecke, ich habe eine Mauer. Sie hat ein Giebeldach, ich ein Flachdach und so weiter. Ich habe gesagt, was ich will, Frau Berger hat gesagt, was sie will. Und der Architekt hat echt geschwitzt, weil er mein größeres Haus hinter dem von Frau Berger verstecken musste. Die Häuser sind an einer Ecke verbunden, dort gibt es einen Durchgang von einem Haus zum anderen.«

»Warum?«

»Weil das Konsultationszimmer dort vorn sein muss. An der Straße. Wo ich aber nicht wohnen möchte. Und es braucht auch niemand zu sehen, dass ich immer zu Frau Berger gehe, wenn ein Kunde kommt. Sonst kommen die Nachbarn auf die gleichen dummen Gedanken wie du. Was meine Arbeit angeht.«

Sam senkte schuldbewusst den Blick.

»Frau Berger gibt sich als Fußpflegerin aus«, fuhr ich fort. »Als Fußpflegerin in Rente, die nur noch ein paar Stammkunden empfängt und sich so etwas dazu verdient.«

»Offiziell.«

»Genau. In Wirklichkeit hat sie nie einen einzigen Kunden gehabt. Die kommen alle zu mir. Sie ist auch keine Fußpflegerin, allerdings musste sie ein Buch drüber lesen und einen Kurs besuchen, falls eine ihrer neuen Freundinnen fragen sollte.«

»Also weiß keiner, dass du hier wohnst?«

»Nein. Niemand.«

»Aber die Leute sehen dich doch trotzdem mal. Wie der Bengel von gegenüber.«

»Ich versuche, das zu vermeiden.«

»Wer bist du, wenn jemand fragt?«

»Eine Nichte von Frau Berger. Ich schreibe einen weltbewegenden Roman und wohne in ihrer Einliegerwohnung. Als solche ist das Haus hier eingetragen.«

Sam lachte. »Frau Bergers Haus passt in dein Wohnzimmer!«

Ich zuckte mit den Schultern.

»Sie wollte es genauso. Von der Farbe bis zu den Fenstern und Fliesen. Anzahl der Zimmer, Größe des Gartens. Sie wusste sehr genau, was sie wollte.«

»Zahlt sie Miete?«

»Nein. Das Ganze hier gehört mir, aber sie hat lebenslanges Wohnrecht. Sie zahlt ihr Essen, Kleidung, ihr Auto. Ferien.«

»Hundefutter.«

»Genau. Den restlichen Unterhalt bestreite ich. Strom, Heizung, Wasser, Versicherungen und so etwas.«

»Großzügig.«

Sam schien seine Meinung des Öfteren zu ändern: Eben war ich noch knauserig gewesen, jetzt großzügig. Ich fand mich in der Mitte ganz gut untergebracht.

»Sie hat viel für mich getan. Und sie tut noch immer viel.«

»Sie ist dein ... Schild.«

»Ja.« Ich nickte, denn das traf es ziemlich genau.

Sam schwieg, sah wieder in die Flammen seines Feuers.

»Findest du das traurig?«, fragte ich und meinte mein Leben im Großen und Ganzen.

Sam dachte nach, schüttelte dann den Kopf.

»Nein. Du siehst nicht unglücklich aus. Und du hast ganz schön was mitgemacht. Aber ich verstehe nicht, warum du dich so abschottest. Am Anfang war das Kotzen, okay. Aber jetzt? Ich bin schon fast eine Stunde hier, und der Fußboden ist immer noch sauber.«

»Ich sehe immer, wenn ich Menschen anschaue. Ich kann nicht nur auf der Oberfläche bleiben. Ich kann es mittlerweile ganz gut stoppen, aber ich sehe noch Stunden. Und ich will nicht wissen, was die Leute in dieser Zeit tun.«

»Und deswegen gehst du nie aus?«

»Nein.«

»Warum nicht?«

»Wegen der Leute«, sagte ich, fand das aber offensichtlich angesichts des bisherigen Gesprächs.

»Du gehst nicht mal ins Kino?«

»Nein. Menschen essen und trinken im Kino. Hunderte von Menschen. Popcorn, Eis. Cola, Bier. Und die Augen geschlossen halten ist nicht im Sinne des Kino-Erfinders. Ohren zuhalten auch nicht.«

»Also ist Essengehen auch nichts für dich.«

»Nein.«

»Tanzen? Club?«

»Zu viele Leute, die Blickkontakt suchen. Ich kann Männer ertragen, die mir auf die Oberweite starren, aber nicht Typen, die mir ganz aufgeklärt sagen wollen, ich hätte schöne Augen.«

»Du hast aber schöne Augen.«

»Danke.«

»Shoppen?«

»Internet.«

»Was machst du, wenn du zum Zahnarzt musst?«

»Musste ich bisher nicht, ich habe gute Zähne.«

»Und wenn du Urlaub hast? Bleibst du dann auch hier?«

»Ja. Aber ich vermisse es. Das Reisen.« Ich dachte an den Japan-Bildband. »Ich vermisse es ganz schrecklich.«

»Sex?«

Ich schwieg. »Nein. Ich kann niemanden küssen, in dessen Magen ich bin. Und es macht keinen Spaß, wenn ich schon vorher weiß, dass er nach zwei Minuten fertig ist.«

Sam lachte. »Du müsstest nur die Augen zumachen. Oder ihm eine Skimaske überziehen.«

Ich starrte auf das Feuer, Sams Lachen verklang.

»Das ist nicht witzig, oder?«

»Nein.«

»Tut mir leid.«

»Schon okay.«

»Also gehst du nicht aus. Aber warum lebst du hier so allein? Und ich meine nicht dich und Frau Berger. Oder diesen dicken Dackel. Ich meine einen Freund.«

Ich seufzte, weil ich gedacht hatte, dass sich das von selbst erklären würde.

»Zwei Gründe. Erstens: Ich habe eben schon gesagt, dass ich nicht wissen möchte, wann meine Eltern sterben. Genau so wenig möchte ich wissen, wann mein Ehemann stirbt. Und zweitens: Bei Leuten, die ich auf der Straße treffe, sehe ich Leben, die mit meinem nichts zu tun haben. Bei Menschen, mit denen ich mich umgebe, da sehe ich auch, was mit mir passiert.«

»Was du sagen wirst, was du tun wirst. Weil die Leute mit dir ... interagieren. Auf dich reagieren.«

»Genau«

»Und das möchtest du nicht?«

»Würdest du das wollen? Schon wissen, was ich als Nächstes sagen werde?«

Sam schüttelte den Kopf. »Nein. Es wäre langweilig.«

»Einmal das. Und man kann das Leben seines Partners manipulieren, wenn man in die Zukunft sehen kann.«

»Wie?«

»Nun ... Sagen wir, du bist seit zehn Jahren verheiratet. Deine Frau kann in die Zukunft sehen. Du hast es satt, dass sie sich nicht für deine Arbeit interessiert, dass sie nie danach fragt. Du willst ihr das sagen, und es würde Streit geben. Sie sieht das kommen und fragt dich, wie es in der Arbeit war.«

»Nicht, weil es sie interessiert, sondern um den Streit zu vermeiden?«

»Genau.«

»Aber das wäre doch nicht so schlecht, oder? Sie könnte mir jeden Wunsch von den Augen ablesen.«

Ich lachte. »Ja, klar. Oder verhindern, dass du dein Leben so lebst, wie du es willst. Mit einem Menschen, dem wirklich etwas an dir liegt. Wäre das auch gut?«

»Nein.«

Ich trank einen Schluck.

»Manipulierst du gerade? Manipulierst du mich?« Sam klang nicht misstrauisch, eher interessiert.

»Jetzt gerade? Nein. Aber ich habe es eben getan. Zweimal.«

»Wann?«

»Ich habe dich das letzte Mal angesehen, als ich dich aus diesem Inferno da draußen reingeholt habe. Da habe ich mir angeschaut, was mit dir in dieser Nacht passiert, wenn du draußen bleibst.«

»Ja. Du hast gesagt, es wäre das kleinere Übel, wenn du mich reinholst.«

»Es wird ein Ast von dem Baum dort hinten abbrechen und auf das Sofa knallen. Du hättest eine schöne Beule bekommen, wenn du da gelegen hättest. Ich habe dich eingeladen, hereinzukommen, und das war eine Manipulation deiner Zukunft.«

Sam dachte nach. »Erst mal: danke. Aber warum wusstest du das noch nicht? Das von der Beule? Warum musstest du mich dazu da draußen ansehen?«

»Woher hätte ich das wissen sollen?«

»Du weißt doch, wie meine nächsten Tage aussehen. Bis zu deinem Tod.«

»Nein.«

»Nicht?«

»Nein.«

»Erklär's mir.« Er trank sein Glas leer. »Ich glaube, ich habe das immer noch nicht richtig verstanden.«

»Man kann es nicht richtig begreifen. Weil es 'die Zukunft' so nicht gibt. Sie ist in Bewegung.«

»Ich bewege mich auch mal eben und hole noch Wein, ja?«

»Sicher.«

Seine bloßen Füße in der etwas zu kurzen Hose patschten in die Küche.

»Wo war noch mal der Kühlschrank?«, rief er, ich lächelte in mein Glas.

»Rechts. Die äußerste Tür.«

»Ah. Danke.« Es klirrte, dann Stille. »Möchtest du Käse?«

Ich seufzte. Wie oft hatte ich das mit dem Essen jetzt erwähnt? Hundertmal? Tausendmal? Sam interpretierte mein Schweigen richtig.

»Sorry. Dann Weintrauben? Oder schleimen die auch?«

Ich kapitulierte, Essen und Sam schienen untrennbar miteinander verbunden zu sein.

»Nein. Du kannst Weintrauben essen. Ich habe nicht vor, dich anzusehen.«

Sam kam zurück, die Schale mit den Früchten in der einen, eine Weinflasche in der anderen Hand.

Ich blinzelte auf das Etikett. »Das ist Eiswein. Süß. Nachtischwein.«

»Und?«

»Wir hatten Chardonnay.«

»Ups.«

»Hol dir den Käse, dann passt es wieder.«

Als er wieder neben mir saß und eine Handvoll Weintrauben in meinem Blickfeld erschien, hatte ich mir überlegt, wie ich beginnen würde. Wie ich ihm aufzeigen konnte, wie das mit der Zukunft war, und warum es manchmal ganz anders kam.

»Ich erkläre es dir an dir selbst. An dir und mir. Warum die Zukunft niemals in Stein gemeißelt ist.«

»Schieß los.«

»Gut.« Ich aß eine Traube. »Vorneweg zwei Dinge. Erstens: Wenn ich in dich oder einen anderen Menschen hinein sehe, dann betrachte ich so etwas wie ein Foto. Ein Foto ist die Aufnahme eines Moments.« Sam nickte in meinem Augenwinkel, ich bekam ein Stück Käse angereicht. »Die Zukunft, die ich sehe, ist genauso starr. Ich sehe jetzt in einen Menschen, und ich sehe, wie die Zukunft ab genau diesem Moment aussehen wird.«

»Ja. Das habe ich verstanden.«

»Gut. Dann kommt die zweite Sache ins Spiel. Du hast sicher schon mal gehört, dass es so etwas wie objektive Beobachtung nicht gibt. Wenn ich etwa eine Maus in einen Käfig sperre, wird sie sich kaum natürlich bewegen. Weil der Käfig unnatürlich ist.«

»Klingt logisch.«

»Also: Ich schaue dich an, sehe seine Zukunft. Und natürlich ist das schon eine Zukunft, die ohne mich, ohne deinen Besuch bei mir ganz anders verlaufen wäre.«

»Das verstehe ich nicht.«

»Wenn du zu mir kommst, dann steigst du ins Auto. Mindestens. Leute buchen Zugfahrkarten, Flugtickets. Übernachtungen in Hotels. Und das hätten sie nicht getan, wenn es mich nicht gäbe. Ein extremes Beispiel: Ich habe mal in einer Kundin gesehen, dass sie auf dem Nachhauseweg von der Sitzung bei mir einen Autounfall haben wird. Nichts Schlimmes, nur ein arg zerbeulter Kotflügel.«

»Ist sie wieder gekommen?«

Ich lächelte. »Nein. Natürlich hatte sie auch den Unfall nicht, weil ich sie ja gewarnt habe.«

»Ich find's witzig.«

Ich musste grinsen. »Ja, es war witzig. Aber gut, das ist nur eine kleine Sache. Die Leute entscheiden sich, etwas zu tun, und beeinflussen damit schon ihr Leben. Sie kommen zu mir und verändern die Zukunft damit schon, ohne dass ich etwas sage.«

»Verstanden. Was ist das für ein Käse?«

Ich blickte zur Seite. »Bergkäse. Schweizer.«

»Schmeckt. Wir könnten mal wandern gehen, wenn dir der Fujiyama zu weit ist. Ab dreitausend Meter sind meist nur wenige Leute unterwegs. Oder kannst du auch in Murmeltiere sehen?«

Ich lachte. »Noch nie probiert. Wo war ich?«

»Bei der Zukunft. Die sich schon verändert hat, wenn die Leute in deinem Zimmer sitzen.«

»Genau. Ich wollte auf diese Sache mit der Objektivität raus, mit der Objektivität, die es eigentlich gar nicht gibt. Also:

Ich sehe die Zukunft der Leute. Was ich sehe, das stimmt. Zu hundert Prozent. Ab diesem Moment. Aber ich muss es ihnen ja auch noch sagen, nicht wahr?«

»Sicher.«

»Und wie ich es sage, beeinflusst die Zukunft. Verändert sie.«

»Aber die Leute kommen doch, weil sie etwas verändern wollen, oder?«

»Sie wollen wissen. Verändern kommt erst danach, wenn man nicht zufrieden ist mit dem, was man erfahren hat.«

»Ja, Frau Lehrerin.«

Sam gab mir noch ein Bündel Trauben, ich schob mir eine in den Mund, lauschte auf Sams Kaugeräusch und das Schlucken. Leise. Erträglich.

»Aber Veränderung ist okay. Die Leute haben jedes Recht, an ihrer Zukunft zu arbeiten. Ich dagegen nicht. Es ist ihr Leben. Und deshalb muss ich versuchen, absolut objektiv zu sehen und das, was ich gesehen habe, ganz neutral wiederzugeben. Ein Beispiel: Wenn ich einer Frau freudestrahlend von ihrer Hochzeit erzähle, wird sie den Heiratsantrag ihres Freundes sicher annehmen. Wenn ich es ihr weniger enthusiastisch verkaufe, dabei den Mund verziehe oder tadelnd mit dem Kopf schüttele, wird sie vielleicht ablehnen.«

»Richtig. Aber das machst du ja nicht, oder?«

»Ich versuche, es nicht zu tun. Damit sie sich selbst entscheiden können. Meistens gelingt es mir, aber bei dir habe ich versagt.«

»Bei mir?«

»Ja. Ich habe das Zukunftsfoto von dir gemacht und es mir angesehen. Aber in diesem Foto war eines nicht drin: wie ich dir sage, was passieren wird. Denn ich mache ja erst das Foto und erzähle dir erst anschließend, was drauf ist.«

»Ja.«

Ich trank einen Schluck Wein: Sam hatte meinen Chardonnay mit dem Eiswein aufgefüllt, was eigenartig schmeckte.

»Und ich habe es dir nicht neutral genug gesagt. Ich war

geschockt, weil ich mich selbst habe sterben sehen. Ich habe mich holprig rausgeredet, aber du wolltest mir glauben. Du warst so glücklich, etwas in diesem Schließfach gefunden zu haben, dass du dich hast überzeugen lassen. Du hast zwar gemerkt, dass etwas nicht stimmt, aber du bist gegangen. In deinem Zukunftsfoto war dieser Zweifel nicht drin, den habe ich hinzugefügt.«

»Also ...« Sam hatte die Hand gehoben, ich ließ ihn nachdenken. »Also hast du in dem Moment meine Zukunft verändert, als du mir nicht sehr überzeugend gesagt hast, dass alles gut wird?«

»Ja.«

»Aber du hast nicht gelogen.«

»Nein. Was deine Zukunft angeht, habe ich nicht gelogen. Nie.«

»Also hast du aus Versehen manipuliert, weil du so erschrocken warst. Und deswegen stimmte meine Zukunft schon nicht mehr, als du sie mir erzählt hast?«

Ich nickte. »Leider.«

»Aber du hast mich weggeschickt.«

»Ja. Weil ich mir sicher war, dass dein Teil so bleiben würde, wie er ist. Weil ich nicht damit gerechnet habe, dass dein Zweifel so groß ist.«

»Mein Zweifel?« Sam lachte.

»Sicher. Was hat dich sonst hier einbrechen lassen?«

»Ich habe mir Sorgen um dich gemacht.«

»Sorgen. Um mich.«

Ich klang ungläubig. Weil ich nicht glaubte, dass Sam so viel an mir lag.

»Sicher! Du hast ausgesehen, als hättest du ein Gespenst gesehen. Klar, ich habe mir schon gedacht, dass du eventuell ... na ja. Nicht gelogen. Aber etwas verschwiegen hast. Du hast mir gesagt, dass ich den 10. August überlebe, und ich habe mich gefragt, was mit den Tagen danach ist. Aber ich habe mir auch gedacht, dass es dich nicht so schocken würde, wenn ich am 11. oder 12. sterbe. Du hast mich schon einmal sterben sehen, ob das jetzt einen Tag später doch noch passiert, wäre ja

147

nicht so aufregend. Also musste es etwas anderes sein.«

Er vertilgte noch ein paar Trauben.

»Darf ich noch etwas fragen?«

»Bitte.«

»Wie wärst du gestorben? Du hast schon gesagt, dass du erschossen worden wärst.«

»Du hättest mich am 10. August angerufen und angebettelt, mitzukommen. Damit du auf Nummer sicher gehen kannst. Damit nichts schief geht.«

»Das hätte ich niemals getan!«

»Doch. Warum auch nicht? Ich war ja nie in Gefahr. Und dass ich getroffen werde …« Ich stockte, erinnerte mich an diese grauenhafte Zukunftsvision meines Todes. »Es war ein Unfall. Er hat dich provoziert und wütend gemacht, dann bist du auf ihn los. Er hatte die Waffe in der Hand, der Schuss löste sich im Gerangel.«

»Scheiße. Also wäre ich schuld gewesen.«

Ich betrachtete das knisternde Feuer und konnte nicht mit einem Nein antworten. Draußen prasselte der Regen immer noch in dicken Tropfen gegen die Fenster, sirrten Blitze durch die Luft, ließ Donner die Glasscheiben in immer kürzeren Abständen erbeben: Das Gewitter kam näher.

»Aber jetzt? Die Zukunft hat sich doch geändert. Weil ich deinen Schock gesehen habe. Weil ich hergekommen bin. Weil ich Zweifel hatte. Und weil du mir erzählt hast, dass du sterben kannst bei dieser Sache. Jetzt würde ich dich doch nicht mehr mitnehmen. Und schon gar nicht mehr anfangen, mich mit diesem Typen zu prügeln.«

»Ich weiß nicht, wie es jetzt endet. Ich habe dich das letzte Mal bei unserer Sitzung richtig angesehen.«

»Aber du hast doch eben gesagt, dass ich eine Beule bekommen würde. Wenn ich draußen bleiben würde.«

»Ja.«

»Also hast du gesehen, was passiert.«

Ich lächelte in meinen exotischen Weinmix. »Nicht so weit. Ich kann aussteigen, wenn ich eine bestimmte Stelle erreicht habe. Ich kann auch weiter spulen. Sachen nicht wirklich beachten. Eben habe ich mit morgen früh aufgehört.«

»Also weißt du nicht, ob du immer noch stirbst? Oder ob ich jetzt wieder dran bin?«

»Richtig. Und weil ich bei unserer Sitzung nur bis zu meinem eigenen Tod sehen konnte, konnte ich dir auch nicht sagen, wie lange du danach noch leben wirst. Ob sie dich auch schnappen, bedrohen oder Ähnliches. Was du ja wissen wolltest, als du zum ersten Mal hier eingedrungen bist.«

»Und du warst bereit, das Risiko einzugehen? Dass du stirbst, ich vielleicht auch? Nur um zu sehen, ob du was über dein eigenes Leben voraussagen kannst?«

»Ja.«

Sam brach ein Stück Käse ab, kaute nachdenklich darauf herum. Ich erwartete die Bitte, ihn anzusehen, festzustellen, wem jetzt der Tod drohte, aber sie kam nicht.

»Was meintest du eben mit 'Spulen'?«, fragte er stattdessen.

»Ich sehe, was Leute tun. Was mit ihnen passiert.«

»Ja.«

»Auf der Toilette sitzen ist eine Tätigkeit. Am offenen Herzen operiert werden passiert mit einem. Beides möchte ich nicht zu genau sehen. Sex auch nicht.«

»Das kann ich verstehen. Und was geschieht bis morgen mit mir? Jetzt, wo du mich reingelassen hast?«

»Ich weiß es nicht.«

Sam stöhnte. »Du machst mich wahnsinnig. Du hast gerade gesagt, dass du bis morgen früh alles gesehen hast!«

Sam stellte sein Weinglas ab, angelte sich meine Zigaretten vom Tisch und entzündete zwei. Eine gab er mir. Ich nahm sie, obwohl ich wusste, dass er sie schon in seinem Mund gehabt hatte. In dem Mund, mit dem er Käse und Trauben gekaut hatte.

»Für jemanden, der allsehend ist, sagst du verdammt oft 'Ich weiß es nicht'.«

Er klang müde, ich lächelte.

»Ich weiß es nicht, weil ich manipuliert habe. Absichtlich. Nachdem ich gesehen habe, was bis zum Morgen passiert. Das habe ich doch eben gesagt: zwei Manipulationen. Und seitdem ich das getan habe, sehe ich dich nicht mehr an.«

»Warum hast du manipuliert? Hat es dir nicht gefallen, wie es bis morgen weiter gegangen wäre?«

Ich dachte an den Kuss, der Bestandteil jeder Variante gewesen war – aber das brauchte Sam nicht zu wissen.

»Ich habe es getan, damit ich nicht deine Sätze mitsprechen kann. Damit es interessant bleibt.«

»Okay.« Sam nickte, als wäre das ein guter Grund. »Ich verstehe. Wann hast du manipuliert?«

»Du hast dich neben mich gesetzt, als wir aus der Küche herüber gegangen sind. Ich bin weggerückt.«

»Bist du. Warum?«

»Du hättest mir gesagt, dass du magst, wie ich rieche, wenn ich näher gewesen wäre und mir wäre das unangenehm gewesen. Und weil ich uns beide frei lassen wollte, habe ich diese passende Gelegenheit genutzt, um die Zukunft zu verändern.«

Sam erstarrte und wurde zartrot, zuckte dann mit den Schultern.

»Schuldig im Sinne der Anklage. Ich mag, wie du riechst, und ich hätte es vielleicht gesagt. Ich mag auch, wie du aussiehst, wie du gehst. Ich mag sogar, wie du mir die Tür vor der Nase zuknallst.«

»Immer wieder gerne.«

Wir rauchten schweigend. Der Sturm legte zu: ein naher Blitz, dann noch einer. Hinter uns leuchtete es auf, etwas zerbrach mit grausigem Knirschen, dann knallte etwas Großes, Schweres gegen das Sofa auf der Terrasse. Das Möbelstück kippte um und schlitterte über den Boden, Zweige des abgetrennten Astes schlugen gegen die Scheibe und brachten sie zum Schwingen.

»Scheiße!«, rief Sam, sprang auf, lief zum Fenster und blickte auf den Ast, dann auf mich. »Das wäre meine Beule gewesen?«

»Ja.«

»Scheiße!«

Ich lächelte, er starrte hinaus in den Sturm, ließ sich dann wieder neben mich fallen.

»Respekt.«

»Danke. Allerdings ist jetzt das Sofa hin.«

»Ich zahl's dir. Scheiße!«

Er raufte sich die Haare, und als er mich jetzt ansah, ahnte ich, dass gerade in seinem Kopf ein ganz schönes Durcheinander herrschte: Er hatte einen Beweis gewollt, jetzt lag einer auf der Terrasse und qualmte noch etwas vor sich hin.

»Stell dir vor, du wärst ich gewesen. Du hättest auf diesem Sofa gelegen.«

Ich fand es unwahrscheinlich, dass ich im Sturm vor meiner eigenen Tür nächtigen würde, widersprach aber nicht.

»Du hättest den Ast nicht kommen sehen, oder?«

»Nein. Ich sehe meine eigene Zukunft nicht.«

»Doch. Könntest du. Wenn du jemanden ansiehst, der immer bei dir ist. Der bei dir lebt. Wenn jemand bei dir wäre, dann könntest du dich selber vor allem Möglichen schützen. Vor den umherfliegenden Ästen des Lebens.«

Ich antwortete nicht.

»Und du brauchst auch ein anderes Studienobjekt als immer nur Frau Berger. Um zu üben, normal mit Leuten zu reden.«

»Warum sollte ich das tun?«, fragte ich und erblinzelte ein zögerliches Lächeln, das Sams ebenmäßige Zähne nur andeutungsweise zeigte.

»Damit wir zum Fujiyama fahren können.«

Ich sah wieder auf den Bildband.

»Oder ins Kino gehen«, lenkte er ein. »Für den Anfang. Du könntest das. Du kannst das jetzt schon.«

»Nein.«

»Aber ganz sicher. Wenn du mit jemandem zusammen hingehst. Mit mir. Wenn ich die Karten kaufe, brauchst du den Typ hinter dem Schalter nicht anzusehen. Die Popcorn-Mädels auch nicht. Und wenn du in den Saal gehst, schaust du eh auf den Boden, um deine Reihe zu finden. Um den Leuten nicht auf die Füße zu treten. Wenn der Film läuft, starren alle auf die Leinwand. Und der Ton ist so laut, dass du keinen kauen hören kannst. Oder?«

Ich nickte: ja, okay. Theoretisch.

»Du könntest es auch allein. Es laufen da draußen so viele komische Typen rum, und die sind alle hundert Mal seltsamer als du. Es fällt niemandem auf, wenn du Blicken ausweichst. Wenn du länger mit einem Menschen sprichst, dich richtig unterhältst, dann vielleicht. Aber wenn du sagst 'Einmal Avatar um acht Uhr' macht kein Mensch einen Aufstand, wenn du beim Bezahlen auf dein Portemonnaie siehst.«

Ich trank mein Glas aus. Vielleicht hatte er recht und ich versteckte mich. Aber mein Leben funktionierte, und das war die Hauptsache.

»Wie viel musst du von einem Gesicht sehen, um in dem Menschen lesen zu können?«, erkundigte sich Sam.

»Den Mund.«

»Offen oder geschlossen?«

»Egal.«

Er schien nachzudenken, nahm mir dann mein Weinglas aus der Hand.

»Experiment. Mach mal die Augen zu.«

Mein Blick glitt misstrauisch über ihn hinweg.

»Hey, ich mache nichts Schlimmes. Ich möchte nur etwas ausprobieren.«

»Weil du wissen willst, ob sich was verändert hat.«

»Nein. Weil ich möchte, dass du mir gleich sagst, dass du rein gar nichts gesehen hast.«

Im Kamin knackte ein Holzscheit und ließ kleine Funken in der Säule nach oben schweben, ich sah ihnen nach, schloss dann die Augen. Sam fasste mich an den Schultern und drehte mich zu sich um. Er bewegte sich auf dem Sofa, ich spürte, wie das Polster eingedrückt wurde: Er kam näher. Ich rührte mich nicht, und eine Gänsehaut schoss mir den Rücken hoch, als ich Sams Atem auf meiner Wange spürte, dann kitzelte etwas meine Nase.

»Mach die Augen auf, aber beweg den Kopf nicht.«

Ich tat wie mir geheißen und sah aus sechs, sieben Zentimetern in Sams türkisblaue Augen.

»Und?«, flüsterte er, »siehst du was?« Sein Atem roch nach

den Weintrauben, frisch und fruchtig.

»Deine Augen. Ein Stück von deiner Nase. Deine Augenbrauen.«

»Aber nicht, was passieren wird?«

»Nein.«

»Siehst du?« Er schien zu lächeln, denn seine Augen wurden etwas schmaler, etwas schräger. »Geht doch!«

»Ich soll also auf zwei Zentimeter an den Kinokartenverkäufer heranrücken, damit ich seinen Mund nicht sehe«, sagte ich, Sam lachte leise.

»Ich dachte an andere Sachen. Sachen, die du vielleicht auch vermisst, und die man auch eher ... zu zweit macht. Bei denen Nähe unbedingt erforderlich ist.«

Ich ahnte, auf was er hinaus wollte, und nahm jedes kleine Detail auf, das in Reichweite meiner Augen kam: die feinen Wimpern, die kleinen, schwarzen Punkte im satten Türkis seiner Iris.

»Wie ist dein richtiger Name?«, flüsterte Sam.

»Wozu willst du das wissen?«, fragte ich, er antwortete, nachdem ein scheinbar endlos langer Donner die Fenster hatte beben lassen.

»Pythia ist so hart. Das P, das T. Man kann diesen Namen nicht leise sagen. Man kann ihn nicht ... flüstern.«

Aus meiner Gänsehaut wurde ein Ganzkörperprickeln, und als er mich auf den Mund küsste, machte ich die Augen wieder zu, auch wenn das ja erwiesenermaßen gar nicht nötig war. Sam war ganz vorsichtig, als hätte er Angst, ich würde kaputt gehen, als wäre ich aus Glas – ich war ihm dankbar dafür, denn es war Jahre her, und ich war ziemlich aus der Übung. Er legte mir eine Hand auf den Rücken, drückte mich an sich. Ich ließ ihn und wusste noch immer nicht, ob ich das wirklich wollte. Sollte. Dass ich konnte, war erwiesen.

Als er mich losließ, drehte ich mich sofort um und stand auf. Sam hockte auf dem Sofa, ich starrte auf sein Spiegelbild in der großen Glasscheibe.

»Was hast du?«, fragte er.

»Es ist spät«, sagte ich, weil ich nicht wusste, was ich sonst sagen konnte. »Ich sollte schlafen gehen.«

»Kann ich mitkommen?«, fragte er, und zu meinem Erstaunen sah ich mein eigenes Spiegelbild nicken.

TAG 11 – MITTWOCH, 9. AUGUST

»Nehmen Sie die mit«, sagte Frau Berger, als sie am nächsten Morgen einen Kunden zur Tür geleitet hatte und ich gerade mein System herunterfuhr. Sie streckte mir eine Bäcker-Tüte entgegen. Es duftete daraus, warm und butterig und süß. Ich hatte gerade mehrere Blicke in den mit Müsli gefüllten Magen einer mittelalten Dame werfen müssen, die nicht hatte akzeptieren wollen, dass es in ihrem Leben weit und breit keinen Mann gab, der auch nur den leisesten Funken von Interesse für sie aufbrachte – jetzt sorgte allein der Geruch des Gebäcks dafür, dass ich mich angeekelt schütteln musste.

»Nehmen Sie das weg.«

»Nein, Sie nehmen das mit.«

Ich ignorierte die Tüte, atmete durch den Mund, knipste das Licht aus und schloss die Tür zum Konsultationszimmer.

»Sie müssen sie ja nicht essen. Sie sollen sie ihm nur geben.«

»Was ist das?«

»Croissants. Er isst sie sehr gern.«

»Er isst alles gern.«

Ich ging durch den Flur, Frau Berger folgte mir.

»Nein«, entgegnete sie, »er mag keinen Blumenkohl. Den

155

musste er zuhause immer essen.«

Ah, hatte Sam Frau Berger schon aus seiner Kindheit erzählt. Sehr schön. Mir hatte er nicht mal erzählen wollen, was er studiert hatte und wo.

»Es ist gut, dass Sie ihn eingelassen haben«, sagte Frau Berger, als ich die Tür zum Durchgang zwischen unseren Häusern schon geöffnet hatte.

»Woher wissen Sie das?«

Kasimir trippelte aus der Küche heran und positionierte sich zielgenau unter der Bäckertüte, wahrscheinlich in der Hoffnung, sie werde auf wundersame Weise reißen und ihren Inhalt in seine Schnauze entleeren.

»Ich habe ihn angerufen«, sagte Frau Berger. »Eben. Als Sie Ihren Termin hatten. Wegen des Sturms. Er war gerade auf dem Weg zu seiner Wohnung.«

Mein Magen registrierte das mit dem leichten Absacken der Enttäuschung: Sam war also weg. Nachdem er in der Nacht selbstverständlich die eine Hälfte meines Bettes okkupiert hatte, nach ein paar schweigenden Minuten dann die andere Hälfte meines Kissens. Er hatte mich eng an sich gezogen, sodass ich seine in der Dunkelheit glänzenden Augen hatte sehen können, und er hatte mich so oft geküsst, dass ich gar nicht mehr wusste, wann ich eingeschlafen war. Mehr war nicht passiert. Gut oder schlecht? Egal, es war alles so schon kompliziert genug.

'Da leuchtet mir eine Lampe ins Gesicht', hatte er heute Morgen gesagt, als er wach geworden war. 'Das ist ein Lichtwecker. Ich muss arbeiten', hatte ich geantwortet, war aufgestanden und ins Bad gegangen. 'Ich glaube, ich liebe dich', hatte er zu meinem Rücken gesagt, und als ich unter der Dusche gestanden hatte, war ich mehr als nur verwirrt gewesen. 'Wie lange arbeitest du?', hatte er gefragt, als ich fertig gewesen war. Mit Duschen, Zähneputzen, Anziehen. 'Eineinhalb Stunden', sagte ich, und er hatte gefragt, ob er sich in der Küche einen Kaffee materialisieren könne. Ich hatte genickt – unfähig, mir so früh am Morgen über diese Situation Sorgen machen zu können.

Jetzt war er also gegangen. Nach Hause gefahren. Ich sollte erleichtern sein, meine Kreise wieder für mich zu haben. War ich es auch? Keine Ahnung: Die Übelkeit nach dem unerfreulichen Termin gerade vernebelte mein Gehirn, meine Gedanken über meine Gefühle. Ich wusste nur, dass ich heute Morgen kein 'Ich liebe dich auch' hatte antworten können. Es wäre eine Lüge gewesen. Ich hätte aber auch nicht sagen können 'Ich liebe dich nicht', denn das wäre auch nicht wahr gewesen. Zwischen Lieben und nicht Lieben lag viel. Mögen zum Beispiel. Gern haben auch. Es war kompliziert, das war das Einzige, was ich ziemlich genau wusste. Und ich wusste auch, dass Sam zwar meine Kreise wieder verlassen konnte, dass er aber trotzdem seine Spuren darin hinterlassen hatte. Mit seinen kunterbunten Tennisschuhen in meinem sorgfältig gerechten Kies.

»Er holt seine Sachen. Er möchte bei Ihnen bleiben«, sagte Frau Berger zu meinem Rücken, ich drehte mich um.

»Haben Sie ihm gesagt, dass das nicht möglich ist?«

»Ich glaube, das sind Worte, die er nicht kennt«, antwortete sie, und ich musste nicken: Nein, das würde Sam nicht verstehen.

Frau Berger streckte mir die Tüte hin, ich ging die paar Schritte zurück und holte sie.

»Sie sehen besser aus heute Morgen«, sagte sie. »Ein bisschen glücklich. Er tut Ihnen gut.«

***

Als ich die Verbindungstür zwischen Frau Bergers Haus und meinem hinter mir geschlossen hatte, hörte ich Stimmen in meiner Eingangshalle. Eine gehörte Sam, die andere einer Frau. Im Wohnzimmer stand eine geräumige, alt aussehende Reisetasche, gut gefüllt. Die Frauenstimme sagte 'Tschüss', Sam antwortete ebenso, eine Tür wurde geschlossen. Dem Geräusch nach die Haustür. Ich hörte Schritte in die Küche gehen, etwas piepste, dann fluchte Sam und klapperte mit irgendetwas. Es plätscherte. Ich sah um die Ecke. Aus der

Cappuccinomaschine ergoss sich ein stetiger Strom Wasser in eine winzige Espressotasse, über deren Rand, über die Auffangschale, auf den Boden. Sam drückte auf alle verfügbaren Tasten, entlockte der Maschine aber nicht mehr als ein protestierendes Fiepen: Wahrscheinlich war das sein Versuch, sich einen Kaffee zu materialisieren.

Ich schob ihn zur Seite, holte eine kleine Kanne aus einem Schrank und tauschte sie schnell gegen die überlaufende Tasse. Natürlich landete dabei noch mehr Wasser auf dem Boden – hellbraunes Wasser mit Resten von Kaffeepulver.

»Ich wollte nur Kaffee«, sagte Sam, und es klang, als wäre meine Maschine schuld an diesem fundamentalen Missverständnis.

»Das ist das Reinigungsprogramm«, sagte ich nach einem Blick auf das Display. »Es pumpt den ganzen Wassertank einmal durch.«

»Ich habe aber auf Kaffee gedrückt.«

Ich tauschte die volle Kanne gegen eine andere aus, warf einen zweiten, einen deutlicheren Blick auf den feuchten Boden. Sam schnappte sich eine Rolle Küchenpapier.

»Deine Putzfrau hat sich total erschrocken, als ich auf einmal im Wohnzimmer stand. Sie ist nett«, sagte er, während er die Pfütze auf dem Boden beseitigte und ich die leere Kanne für den nächsten Austausch bereithielt.

»Kann sein«, sagte ich und ahnte mehr als das ich sah, dass er erstaunt zu mir hochblickte.

»Hast du noch nie mit ihr geredet?«

»Geredet? Nein. Kommuniziert ja. Sie kommt immer, wenn ich einen Kunden habe.«

Sam wischte, die Maschine röchelte die letzten Tropfen Wasser heraus, schickte eine Wolke brühendheißen Dampf dahinter her. Ich riss meine Hand weg und fluchte.

»Ihr kommuniziert? Schreibt ihr euch Briefe oder was?« Sam schien amüsiert zu sein.

»Nein. Post-its. Pass auf, dass nichts unter den Schrank läuft.«

Sam stopfte Küchenpapier in den schmalen Spalt.

»Schreibst du ihr auf, wo sie putzen soll, oder was?«

Jetzt klang er, als wäre ich Aufseher in einem Arbeitslager.

»Nein.«

Ich füllte den Wassertank der Maschine neu, holte eine saubere Tasse. Sam warf die nassen Lappen in die Spüle, wo sie definitiv nicht hingehörten.

»Schau her«, sagte ich dann, er sah mir über die Schulter.

Er roch nach meiner Seife und ich vermutete, dass er wieder meine Dusche benutzt hatte. Nachdem er aufgestanden war, bevor er nach Hause gefahren war. Um seine Sachen zu holen.

»Siehst du dieses Symbol? Eine Kaffeetasse.« Ich deutete auf einen großen Knopf links.

»Ja.«

»Und das hier? Ein Schraubenschlüssel.« Ich zeigte auf einen weitaus kleineren Knopf rechts.

»Ja.«

»Kaffeetasse macht Kaffee. Schraubenschlüssel ist Wartung. Reinigen. Entkalken. Den Milchkreislauf auskochen. Für einen Kaffee drücke ich auf die Kaffeetasse und suche dann hier die Sorte aus. Espresso?«

»Geht auch was mit Milch?«

Ich seufzte.

»Ich trinke ihn draußen«, sagte Sam schnell. »Aber morgens schmeckt mit Milch besser.«

»Ist schon gut. Cappuccino, Milchkaffee, Latte Macchiato.«

»Cappuccino.«

Ich holte zwei größere Tassen und befahl der Maschine mit einem weiteren Knopfdruck, gleich zwei herauszulassen. Sam lächelte in die Hochglanztür des Kühlschranks und küsste mich dann auf den Nacken.

»Hat was Heimeliges«, sagte er. »Zwei Kaffee.«

***

»Was kommuniziert ihr denn so? Du und Aline?«, fragte Sam ein paar Minuten später, als wir leicht voneinander abgewandt auf der Terrasse saßen und unseren Kaffee tranken. Die Sessel waren abgeputzt, die Polster lehnten zum Trocknen an der Wand, die kleinen Äste und Blätter waren weggefegt worden. Alines Werk, hatte Sam berichtet, den Ast und das Sofa habe er auf die Wiese geschoben. Das Polster war aufgerissen, die Lehne ebenso, ein Fall für den Sperrmüll. Der Rest des Gartens sah gleichfalls nicht besonders gut aus: Die Büsche waren zerrupft, mehr Blätter und unzählige kleine Äste lagen auf dem Rasen oder schwammen auf dem Wasser meines Pools. Ich ärgerte mich, dass sich die Installation der Abdeckung so verzögert hatte: Heute sollte sie kommen, gestern hätte ich sie gebraucht.

»Ich habe gedacht, sie klaut meine Bücher. Ich habe eine Lücke bemerkt, als sie so zwei Wochen hier war. Ich habe nichts gesagt, sie hat gut gearbeitet. Ich hatte vorher eine andere Putzfrau, die war nicht sehr gründlich. Und ich war mir auch nicht sicher, ob ich das Buch nicht doch verlegt hatte. Dann war es wieder da, aber ein anderes fehlte. Das Nächste aus der Reihe. Vier Bücher später habe ich ihr einen Zettel hin geklebt. Welches ihr am besten gefallen habe.«

Sam pustete auf seine Kaffee, ich runzelte die Stirn. Das klingelnde Rühren hatte er auf zwei bis drei Umdrehungen beschränkt, immerhin. Und warum sollte er nicht pusten? Der Kaffee war verdammt heiß. Er pustete noch mal, schlürfte einen Schluck.

»Und?«

»Aline ist gegangen. Hat Frau Berger angerufen und gekündigt. Ich habe ihr ausrichten lassen, sie solle wiederkommen und weiterlesen. Sie ist gekommen. Und sie legt jedes Mal einen Zettel hin, wenn sie ein Buch ausgelesen hat. Wie es ihr gefallen hat. Ich antworte und schreibe ihr, was ich neu herein bekommen habe.«

Sam lachte und verschwand mit seiner leeren Tasse wieder in der Küche. Er hatte von Frau Bergers Croissants zwei Stück gegessen, meines lag noch unberührt neben mir.

»Wir sollten noch mal einen Blick in die Zukunft werfen, bevor wir den Flug buchen«, sagte Sam, als er zurückkam.

»Den Flug?«

»Nach Japan. Zum Fujiyama. Wir sollten beide am Leben sein, mit einer Leiche im Gepäck reist es sich so schlecht.«

»Witzig«, kommentierte ich.

Er sah mich an, ich sah es aus dem Augenwinkel.

»Komm schon, hör auf mit dieser 'Ich will sterben'-Nummer. Das ist Schwachsinn. Und ich werde das verhindern.«

»Wie?«

»Ich werde dich schon mal nicht bitten, mich zu dieser Übergabe zu begleiten.«

»Ich könnte dir folgen.«

»Ja. Aber du würdest dann nicht deine eigene Vision wahr werden sehen. Denn das hast du nicht gesehen. So hast du es nicht gesehen. Wenn du nur sterben willst, kannst du dich gleich hier erschießen.«

Ich sah auf den zerzausten Garten. Nein, natürlich würde ich nicht in diese Wohnung gehen. Ich wusste auch nicht, ob ich es überhaupt getan hätte. In dem Wissen, dass ich dort sterben würde.

»Ich möchte, dass wir eine Lösung finden, bei der wir beide am Leben bleiben«, sagte Sam. »Die die Bedrohung durch diese CD-Leute eliminiert. Für uns und alle, die wir kennen.«

»Wo ist die CD eigentlich?«

»In meiner Tasche«, sagte er und nickte zum Wohnzimmer.

»Du bist so besorgt um mich, dass du das Ding hierher mitbringst?«

Sam zuckte mit den Schultern. »Ich habe mir überlegt, sie in meiner Wohnung zu lassen. Und eine SMS an Tobias Handy zu schreiben, dass die CD dort ist. Dann müsste ich mich mit niemandem treffen. Aber ich würde gerne wissen, ob das eine gute Idee wäre. Und solange ich das nicht weiß, passe ich auf das Ding auf.«

»Ich musste mir heute schon ein trauriges Leben ansehen«, sagte ich. Das klang ziemlich lahm, außerdem war Sams Leben nicht traurig. Sam war nicht traurig. Aber er schien hier einziehen zu wollen, und ich hegte die Befürchtung, dass ich ihn davon nicht würde abhalten können.

»Aber wir haben keine Zeit mehr«, wandte er ein. »Heute ist der 9. August. Morgen ist mein Todestag. Bitte. Ich helfe auch dabei, deine Kreise wieder ordentlich zu machen.«

Ich war überfragt und gönnte Sam einen schnellen Blick, er gestikulierte in den Garten.

»Ich harke und schneide und fege. Du bist der Stein und sitzt so lange in der Mitte. Und du kannst mir kommunizieren, wo ich mehr fegen soll.«

Ich lachte. Und registrierte, dass ich nicht wollte, dass Sam starb. Dass ich auch nicht sterben wollte, was aber nicht unbedingt etwas mit Sam zu tun hatte. Ich nickte also.

»Meinetwegen. Wir exerzieren die verschiedenen Möglichkeiten durch. Wenn wir etwas beschließen, musst du dir fest vornehmen, es genau so zu machen. Sehr, sehr fest. Du musst es quasi in Gedanken schon tun. Sonst kann ich die Auswirkungen nicht sehen. Und es wird Dinge geben, die mit dieser Methode nicht funktionieren.«

»Okay. Können wir hier bleiben? Oder muss ich auf deine Couch?«

»Wir bleiben hier. Und ich schaue erst mal, wie es jetzt aussieht. Wo du die CD hast und mich nicht mitnehmen wirst.«

Sam nickte und ich sah ihn an. Kaffee und Croissants in seinem Magen, zuhause schien er noch Saft getrunken zu haben. Apfelsaft. Denn hatte ich nicht, weil ich davon Kopfschmerzen bekam. Genauso wie von Schwarzem Tee. Auch jetzt, so ich nur den schon getrunkenen Apfelsaft mit den darin herumwabernden Teigstückchen in Sams Magen sah, kroch ein gräulicher, bedrückender Nebel in meinem Kopf heran.

»Du übergibst die CD«, sagte ich, als ich mich aus Sams Magen befreit hatte. »Der Mann sagt Danke, du fährst zu mir.«

»Gut, oder?«

»Ja. Du bleibst über Nacht.«

»Es wird besser!«

»Du fährst zur Arbeit.«

»Das ist weniger gut. Und dann?«

»Rate mal.«

»Ich sterbe also doch?«

»Ja. Der Mann beordert dich noch einmal in die Wohnung. Du gehst hin, er sagt, du habest eine Kleinigkeit vergessen. Und erschießt dich.«

»Fuck.«

Sam kippte seinen zweiten Cappuccino herunter, als wäre es etwas Stärkeres.

»Aber der will doch nur die CD. Warum bringt er mich um, wenn er die hat?«

»Keine Ahnung.«

»Vielleicht meint er ja dich. Mit der Kleinigkeit, die ich vergessen habe.«

»Mich?«

»Ja. Ich bin hier. Die CD ist hier. Du bist jetzt mehr als nur die Nachhilfelehrerin, die mir auf die Sprünge hilft, du bist zur Mitwisserin geworden. Das tut mir leid«, fügte Sam etwas verspätet hinzu, ich sparte mir den Hinweis, dass es nun für derartige Reue zu spät war und dass er es eben noch völlig harmlos gefunden hatte, die CD hierher zu bringen: Er mochte seine Gewissensbisse wegen Tobias Tod abgelegt haben, mich hatte er dagegen immer noch in diese unappetitliche Geschichte hinein gezogen. Mehr als nötig gewesen wäre. Durch seine Anhänglichkeit. Seine Fragen. Durch seine Gefühle? Vielleicht. Aber für mich Sam war ein Kunde, immer noch. Zumindest, solange er hier saß und um Antworten bettelte. Solange er so anstrengend war, solange ich mich in seinem Magen herumtreiben musste.

»Meinst du, die beobachten mich?«, fragte er, ich zuckte als kleine Rache desinteressiert mit den Schultern.

»Vielleicht.«

»Dann wissen die auch, dass ich in der Bank war. Am Schließfach.«

»Vielleicht.«

»Was ist mit meiner Idee, die CD in meiner Wohnung zu lassen und zu warten, bis die sie da abgeholt haben?«

Ich tauchte zum zweiten Mal in sein Inneres ab, aber nur für kurze Zeit.

»Zu unkonkret. Du stellst es dir nicht richtig vor«, rügte ich ihn. »Konzentrier dich darauf, wie du das machst. Geh in Gedanken in deine Wohnung, nimm die CD, platzier sie irgendwo.«

Sam schloss die Augen, ich starrte ihn an und diesmal sah ich, wie er in einer recht großen, hellen und relativ ordentlichen Wohnung herumging. Die CD aus der Tasche nahm, sie auf einem Esstisch ablegte.

»Sehr gut«, lobte ich. »Okay. Du wartest bei mir, nachdem du die CD abgelegt hast. Du bekommst eine SMS. 'Danke, du warst sehr kooperativ'. Du fährst zurück in deine Wohnung, dort wartet jemand auf dich. Und erschießt dich.«

»Also reicht es nicht, wenn ich die CD einfach übergebe. Das reicht denen nicht. Warum nicht?« Sam dachte nach. »Die könnten denken, wir hätten eine Kopie gemacht. Von der CD.«

Mir gefiel das 'wir' nicht, aber ich sagte nichts: Diese CD-Sache war vor allem Sams Problem, ich hatte andere Baustellen. Ein Pool, der eine Abdeckung brauchte. Einen Kunden, der bei mir einziehen wollte. Und der sein Problem zu meinem gemacht hatte.

»Dann sag dem Typen mit der Waffe, dass das nicht so ist.«

»Das glaubt er mir nicht.«

»Sehr wahrscheinlich.«

»Aber ich könnte versuchen, mit dem Mann zu reden.«

»Tu das.«

»Ich überlege mir was«, sagte Sam, ich wartete auf sein 'Los' und katapultierte mich erneut in ihn hinein.

»Du fragst ihn, ob es die CD ist, die er haben will. Er nimmt sie und nickt. Du fragst ihn, ob das Thema damit erledigt wäre. Er sagt nichts. Du sagst, du hättest die CD nicht angesehen, du hättest keine Kopie gemacht. Du würdest gar nicht wissen wollen, worum es geht. Du wolltest nur deine Ruhe haben. Du sagst, ich hätte nichts damit zu tun, sie sollten sich an dich halten, wenn noch etwas wäre.«

»Und?« Sam drückte sich eine Hand auf den Magen und verzog leicht das Gesicht.

»Er sagt, es wäre tatsächlich noch etwas. Dann erschießt er dich.«

»Mist.« Sam wuschelte durch seine Haare. »Hast du Saft? Die Croissants liegen mir wie Blei im Magen.«

»Ja, aber keinen Apfelsaft. Orange, Grapefruit, Multivitamin«, sagte ich, wohl wissend, dass es nicht das Gebäck war, was ihn da gerade etwas stresste: Jedes Wiederauftauchen nach dem Sehen bedeutete einen Knuff in Sams Magen. Kein Wunder, dass auch ihm langsam etwas mulmig wurde.

»Wieso Apfelsaft?«

»Du hast einen halben Liter im Magen.«

Sam holte Orangensaft und zwei Gläser. Er schien ständig zu Essen und zu Trinken, dabei war er doch so schlank. Dünn, wenn es nach Frau Berger ging.

»Okay. Dann versuchen wir eine andere Variante. Ich gehe ohne die CD hin und stelle Bedingungen. Dass ich Garantien haben will. Für unsere Sicherheit. Sonst bekommen sie die CD nicht.«

Ein Blick genügte und ich wusste, dass das auch keine Lösung war.

»Ich sehe dich nicht wieder aus der Wohnung kommen.«

»Weil sie mich erschießen?«

»Ja. Soviel zum Thema Garantien.«

Diesmal verzichtete er auf ein Schimpfwort.

»Was können wir noch versuchen? Du könntest hingehen und dem Typen ins Gesicht sehen. Ihn mit Details aus seiner Zukunft schocken.«

Ich fand es keine gute Idee, einen bewaffneten Mann zu schockieren, aber es gab andere Dinge, die gegen diese Idee sprachen.

»Er hat eine Skimaske auf. Ich würde sein Gesicht nicht sehen können.«

»Du nimmst eine Taschenlampe mit und leuchtest ihn direkt an, dann kannst du seinen Mund bestimmt durchscheinen sehen.«

Das war absurd, aber ich dachte trotzdem darüber nach. Mit negativem Ergebnis.

»Selbst wenn ich in Erfahrung bringen würde, was dieser Mann vorhat, aber das wäre nur von begrenztem Nutzen. Ich würde sein Leben sehen, aber nicht, was mit dir oder mir geschieht. Er bräuchte nur einen Komplizen zu haben, der das Töten übernimmt, während er selbst nicht anwesend ist - dann wäre dein oder mein Tod schon nicht mehr Teil der Zukunft dieses Mannes.«

Sam dachte nach. »Aber ... du könntest doch in mir jetzt sehen, ob es Erfolg hätte. Du könntest dir vornehmen, da hin zu gehen und mir danach alles zu erzählen. Dann kannst du in meiner Zukunft sehen, ob es geklappt hat und was du rausgefunden hast, nämlich über das, was du mir erzählst. Dann müsstest du gar nicht mehr hingehen, weil wir es ja schon wüssten.« Er setzte sich aufrechter hin, dieser Gedanke schien ihn zu elektrisieren. »Du könntest sogar dadurch jetzt schon seinen Namen oder mehr herausbekommen! Damit könnten wir zur Polizei gehen!«

Ich schüttelte den Kopf. »Nein. Das ist zu indirekt. Ich kann deine Handlungen sehen. Aber ich kann nicht erkennen, was ich dir in dem Fall, dass ich nicht erschossen werde, über jemanden erzähle, in den ich vielleicht reinschauen kann. Außerdem werde ich diese Wohnung nicht allein betreten, und das macht diese Möglichkeit von vornherein kaputt. Ich stelle mich nicht in die Schusslinie.«

»Warum nicht?«

»Weil es dein Problem ist.«

»Schon lange nicht mehr.«

Ich sah das immer noch etwas anders, aber Sam grübelte schon wieder.

»Wir gehen zusammen rein.«

»Das hatten wir schon. Und du weißt, wie das geendet ist.«

»Jetzt weiß ich ja, dass ich den Typen nicht angreifen darf. Ich würde dich nicht mehr in Gefahr bringen. Ich würde dich beschützen.«

Ich verkniff mir ein Lachen. »Und wie?«

»Ich stelle mich vor dich. Komm, schau nach.«

»Ich kann dich nicht unendlich oft anschauen. Ich hatte heute schon einen Kunden und bekomme Kopfschmerzen.«

»Möchtest du ein Aspirin?«

Ich winkte ab, sah Sam dann an.

»Okay. Du stellst dich vor mich. Er erschießt dich. Ich sehe, wie du vor mir zusammenbrichst.«

»Schade. Dann gehen wir zusammen, aber ohne die CD. Das hatten wir noch nicht, oder? Wir hatten nur, dass ich ohne die CD allein hingehe.«

Ich schüttelte den Kopf.

»Ich gehe nicht in diese Wohnung. Streich diese Möglichkeit komplett. Ich fahre auch nicht mit und warte im Auto. Ich verlasse dieses Haus, dieses Grundstück nicht. Niemals. Und es wird diesem Typen herzlich egal sein, ob wir beide oder du allein ohne die CD kommen. Er will sie haben, und er wird alles dafür tun, sie zu bekommen.«

Sam akzeptierte das ohne Widerworte und hatte schon die nächste Idee parat.

»Ich leihe mir deine Pistole und erschieße den Typ.«

Diesmal gönnte ich Sam aus eigenem Antrieb einen Blick, schüttelte dann den Kopf.

»Du traust dich nicht. Du holst die Waffe raus, aber du schießt nicht. Er schon.«

»Doch, ich schieße. Ich weiß, dass ich feige bin, aber ich schieße.«

Ich sah ihn wieder an. »Nein. Und das hat mit Feigheit nichts zu tun. Du bist kein Mörder. Da steht ein Mensch vor dir, du kannst ihn nicht töten. Dein Finger zittert, du hast die Waffe noch nicht mal entsichert.«

»Ich denke dran, sie zu entsichern.«

Noch ein Blick. »Es ändert nichts. Du zitterst nur noch mehr, und er schießt früher.«

Sam stöhnte.

»Dann gehe ich zur Polizei. Erzähle alles. Gebe denen die CD.«

Ich sah ihn an, länger, interessiert. Stellte fest, dass Apfelsaft mit Orange gemischt okay war. Trotzdem machte mir das wiederkehrende Bad in Sams Magen mittlerweile zu schaffen: Hinter meinen Schläfen piekte es, und mein Magen signalisierte mir, dass er mein Croissant auf gar keinen Fall haben wollte.

»Du sitzt in einem Verhörraum«, sagte ich. »Zwei Männer reden mit dir, fragen, wo Tobias ist. Sie legen eine Pistole in einer Plastiktüte auf den Tisch. Die war nicht in meiner Wohnung, sagst du. Ich habe ihn nicht erschossen. Du fragst, ob sie die CD angeschaut haben. Was drauf war. Sie sagen, sie würde ausgewertet, das dauere seine Zeit. Du bekommst ein Dokument. Du liest 'Haftbefehl'. Und 'Mord'. Du bist in einer Zelle. Dann redest du mit einem Anwalt, mit der Polizei, einem Staatsanwalt. Sie nehmen dir die Fingerabdrücke ab, suchen nach Schmauchspuren. Verhören dich. Verhaften dich.«

»Dann ... bestelle ich die Polizei zu diesem Haus. In dem die Übergabe stattfinden soll. Erzähle irgendwas von einem bewaffneten Mann. Er wird mich doch wohl kaum erschießen, wenn draußen drei Polizeiwagen vor der Tür stehen!«

Ich sparte es mir, Sam anzusehen, denn diese Idee war nicht besonders praktikabel.

»Und was soll das nützen? Der Typ wird abhauen, wenn er die Polizei sieht, also wirst du die CD nicht übergeben können.«

»Ich könnte die CD auch gar nicht persönlich dort vorbei bringen, sondern einen Kurier schicken.«

»Und noch jemanden da mit rein ziehen?«

»Hm. Nein. Lieber nicht. Und wenn ich ... die CD wieder in ein Schließfach lege? Eins, wo wirklich nur ich Zugang habe? Dann kommt er nicht dran, und er kann mich auch nicht umbringen.«

»Richtig.« Ich sah Sam an und schluckte gegen die immer drängender werdende Übelkeit an. »Sie entführen Frau Berger. Du findest einen Brief in deinem Briefkasten. Holst die CD wieder aus einem Schließfach ...«

»Schon gut«, unterbrach mich Sam, »den Rest kenne ich

wahrscheinlich schon.«

»Ja. Du stirbst.«

»Dann warten wir einfach ab. Tun nichts mehr.«

Ich sah ihn an, trank in kleinen Schlucken Saft gegen den Drang, meinen Mageninhalt auf die Terrasse zu kippen.

»Sie schmeißen Kasimir über meine Mauer auf den Rasen. Mit aufgeschnittenem Bauch. Danach fängst du wieder an, nach Lösungen zu suchen und versuchst, Frau Berger zu trösten.«

»Wir zerstören die CD.«

Wieder ein Blick, aus dem Pieken in meinem Kopf war jetzt ein fieses Dröhnen geworden, und ich presste mir die Hand gegen den Mund, als könne ich meinen Magen so zu ein wenig Rücksicht motivieren.

»Erst brennt dein Auto. Vor meinem Tor. Dann wieder Kasimir. Nicht mit aufgeschnittenem Bauch, sondern einem Loch im Kopf. Und diesmal bist du verzweifelt, weil du nichts mehr hast, mit dem du dich freikaufen kannst. Und du tröstest wieder Frau Berger.«

Stille.

»Hast du eine Idee?«, fragte Sam schließlich, ich schloss die Augen und atmete tief ein und lange aus.

»Nein. Und ich brauche eine Pause. Oder einen Eimer.«

»Trink«, sagte Sam und schob mir sein Glas Orangensaft hin. »Bei mir hat's geholfen.«

Ich leerte es, spürte jedoch keine Linderung.

»Wir schauen nach, was auf der CD ist«, sagte Sam dann. »Das Ding klebt an uns wie eine Klette, und ich will jetzt wissen, was drauf ist. Und es interessiert mich auch nicht, was passiert, wenn ich mir die CD ansehe.« Er stand auf. »Wo ist dein Computer? Oder kann ich die CD einfach in die Kaffeemaschine schieben?«

***

Ich ging ins Haus, um einen Laptop zu holen, verschwand jedoch zuerst im Gästebad. Ich kotzte den Kaffee und den Saft aus, weil die Übelkeit nicht weggehen wollte, und als ich mir mit beiden Händen Wasser ins erhitzte Gesicht schaufelte, klopfte Sam gegen die Tür.

»He, alles in Ordnung?«

Ich spülte mir den Mund, betrachtete mich im Spiegel: Meine Haut war käsig, meine Haare feucht vom Wasser.

Sam drückte die Klinke herunter, aber ich hatte abgeschlossen.

»Geht's dir nicht gut?«

Ich spülte die Toilette zum zweiten Mal, öffnete das Fenster.

»Mach auf«, verlangte Sam, das Rütteln an der Türklinke wurde heftiger.

Ich drückte mir aus der Zahnpasta-Tube etwas raus und rubbelte mir mit dem Finger über die Zähne. Sam hatte die Tube bislang erst ein- oder zweimal benutzt, und sie war trotzdem total zerknautscht.

»Sag was oder ich trete die Tür ein.«

Ich bezweifelte, dass der schmale Sam das schaffte, hatte aber auch keinen Zweifel daran, dass er es versuchen und dabei meine Tür ramponieren würde. Ich griff hinter mich und entriegelte das Schloss, Sam stieß die Tür so schnell auf, als er vermute er mich mit aufgeschnittenen Pulsadern in der Badewanne.

»Was ist los?«

»Ich habe gekotzt«, sagte ich.

»Warum?«

»Weil ich eben bestimmt zehn Mal in deinen Magen musste. Und davor schon einen Kunden hatte. Ich habe doch gesagt, dass mir davon schlecht wird. Wir haben gestern Abend stundenlang über das Kotzen geredet.«

Sams Miene wurde reuig und er drückte mich bestimmt auf den Rand der Badewanne, als wäre ich zu schwach zum Stehen.

»Es geht mir gut«, sagte ich, Sam nahm mir dennoch das Handtuch aus der Hand, befeuchtete es und tupfte damit auf meiner Stirn herum.

»Soll ich dir was bringen? Für den Magen?«

»Nein.«

»Dann legst du dich ein bisschen hin.«

»Nein. Mir geht's gut. Ich bin das gewohnt.«

Sam strich mir die Haare zurück.

»Egal. Du siehst ziemlich übel aus. Komm, nur eine halbe Stunde. Und ich mache dir was zu essen.«

»Nein.«

»Doch.«

Sam schlang mir einen Arm um die Taille und zog mich hoch.

»Ich kann laufen«, protestierte ich, aber er hörte nicht auf mich. Stützte mich, als wäre ich schwach oder benommen, führte mich die Treppe rauf ins Schlafzimmer. Sam schlug die Decke zur Seite, ich setzte mich auf den Rand der Matratze. Was ihm nicht genügte: Er legte meine Beine hoch und drückte mich nachdrücklich in die Kissen.

»Wie kriegt man die Jalousien runter?«, fragte er, ich zeigte auf die Fernbedienung, die auf dem Nachttisch lag. Sam drückte zweimal falsch, dann sirrten die Rollläden herunter, bis die grelle Sommersonne auf eine fast abendliche Dämmerung reduziert war. Dann lief Sam ins Bad, kam mit einem weiteren feuchten Handtuch wieder, das er auf meiner Stirn platzierte: kühl, angenehm.

»Mach die Augen zu. Entspann dich. Ich hole dir Tee und noch was. Brauchst du einen Eimer?«

Ich schüttelte den Kopf, Sam lief die Treppe wieder herunter und rumorte dann gute zehn Minuten in der Küche herum. Er öffnete Türen und Schubladen, kramte und klirrte – wäre ich wirklich kränklich gewesen, wäre mir das unendlich auf den Nerv gegangen. 'Tee und noch was', hatte Sam mir versprochen, und das 'noch was' entpuppte sich als ein Stapel gebutterter Toastscheiben, die er im Tiefkühlfach gefunden haben musste. Sam stellte mir den Teller auf den Schoß und drückte mir die Tasse in die Hand. Ein Tee-Ei schwamm darin, so vollgestopft mit Teeblättern, dass es kurz vor dem Bersten war.

»Das ist grüner Tee. Schwarzen habe ich nicht gefunden.«

»Ich habe keinen«, sagte ich.

Sam beobachtete mit wohlwollendem Gesichtsausdruck, wie ich an der Tasse nippte.

»Warum nicht?«

»Weil ich ihn nicht mag«, sagte ich etwas sehr Naheliegendes.

»Ich schon«, sagte er. »Habe welchen auf den Einkaufszettel geschrieben.«

Ich schnaubte, was er scheinbar als Pusten auf den Tee ansah und nicht weiter zur Kenntnis nahm. Pusten wäre indes notwendig gewesen, sehr notwendig sogar, denn die Flüssigkeit war kochend heiß.

»Grünen Tee macht man nicht mit kochendem Wasser«, sagte ich. »Achtzig Grad, mehr sollte es nicht haben.«

»Dann lass ihn abkühlen«, sagte Sam, ich lachte, weil das eine mit dem anderen nichts zu tun hatte: Wenn man die Blätter verkocht hatte, hatte man sie verkocht. Irreversibel.

Sam nahm mir die glühende Tasse aus der Hand, legte stattdessen eine Toastscheibe hinein.

»Iss.«

Ich biss in den Toast und war erstaunt, dass er weder gefroren noch verbrannt war: Er war essbar. Viel zu stark gebuttert, aber essbar. Ich kaute, Sam starrte auf den Teller. Es lagen bestimmt noch fünf Scheiben darauf.

»Bedien dich«, sagte ich, Sam sah mich etwas irritiert an.

»Was?«

»Bedien dich, ich esse sicher nicht mehr als zwei Scheiben.«

Sam lachte, schüttelte den Kopf.

»Ich habe nicht den Toast angesehen.«

»Was dann?«

Er fuhr mit dem Zeigefinger langsam über die bloße Haut an meinem Oberschenkel. Eine Gänsehaut folgte der Berührung, und Sam hob die Augenbrauen.

»Interessant. Entweder habe ich eiskalte Hände, oder dir hat das gefallen.«

»Oder ich fand es so schlimm, dass ich vor Grauen

Gänsehaut bekommen habe.«

»Hast du?«

Ich zögerte, biss noch ein Stückchen von dem Toast ab. »Nein.«

»Habe ich kalte Hände?«

»Nein.«

Sam nahm den Toast-Teller und schob ihn neben die Tasse auf den Nachtisch. Dann streifte er seine Sandalen ab und legte sich neben mich auf das Bett, den Kopf in den Arm gestützt. Ich sah auf das Stückchen Toast herunter, das von meiner Scheibe noch übrig war.

»Iss es auf«, sagte Sam. »Du bist viel zu dünn.«

»Berufsbedingt«, sagte ich, Sam schwieg, bis ich das Brot in meinen Mund gesteckt, gekaut und herunter geschluckt hatte.

»Hör auf mit diesem Job. Dann geht's dir besser.«

Ich schüttelte den Kopf. »Nein, noch nicht. Ich habe ein Haus, jetzt brauche ich noch ein bisschen Geld auf dem Sparbuch. Drei Jahre, vielleicht vier. Dann setzte ich mich zur Ruhe.«

Sams Hand legte sich erneut auf meinen Oberschenkel.

»Frau Berger sagte, du hörst nicht auf sie. Wegen des Essens. Würdest du auf mich hören?«

»Das hat mit Hören nichts zu tun. Ich weiß, dass ich mehr essen muss, aber ich kann nicht. Und mein BMI ist total okay.«

Sam runzelte die Stirn, ich relativierte meine Aussage.

»Fast okay. Das Schwimmen hilft auch, denn es macht Hunger.«

Ich rechtfertigte mich, merkte ich, also verstummte ich. Sam nahm seine Hand von meinem Oberschenkel und strich mir über die Wange. Als sich seine Lippen den meinen näherten, drehte ich den Kopf weg.

»Was hast du?«, fragte er, und ich verzog den Mund.

»Gekotzt habe ich, vor nicht mal zehn Minuten«, erwiderte ich. »Keine gute Idee, mich jetzt zu küssen.«

»Man riecht nichts«, sagte Sam, und ließ seine Lippen stattdessen an meinem Hals herunter wandern. Was sich nicht schlecht anfühlte.

***

Ich brachte einen Laptop hinaus auf die Terrasse, Sam holte die CD aus seiner Reisetasche. Das Laufwerk sirrte los, er klickte zwei oder drei Mal.

»Eine Datei nur.«

Ich war versucht ihm zu sagen, dass ich nicht mehr wissen wollte, was da drauf war, aber ich schwieg. Er würde sich nicht aufhalten lassen, er würde weiter reden. Er war wie eine Naturgewalt: Er verschlang scheinbar nicht nur jedwedes Lebensmittel, das sich ihm in den Weg stellte, sondern auch Menschen.

»Sie heißt '037584522652.mp3'. Ein Lied? Oder irgendeine andere Audio-Datei.«

Ich glaubte nicht an ein Lied. Für ein Lied wurde man nicht umgebracht.

Sam machte einen Doppelklick. Wartete. Hob den Laptop hoch, als suche er etwas.

»Hat der keine Lautsprecher?«

Ich beugte mich zur Seite und deutete auf ein kleines Rädchen an der Seite. Sam drehte am Rad und eine Stimme erklang. Die Stimme eines Mannes, die in einer fremden Sprache redete. Der Mann schwieg, eine andere Stimme antwortete, ganz kurz nur. Dann der erste Mann wieder. Er redete länger, und als er fertig war, war der Zweite erneut dran. Es ging hin und her, gefolgt von ein paar Sekunden Pause. Dann der erste Mann, der Zweite noch mal. Ende.

Ich ließ meine Augen über Sam hinweg flattern und sah pure Ratlosigkeit.

»Hast du das verstanden?«, erkundigte er sich, ich schüttelte den Kopf.

»Klang wie Russisch. Tschechisch. Polnisch? Nein, nicht polnisch. Vielleicht Rumänisch, Bulgarisch. Albanisch.«

»Keine Ahnung«, sagte ich.

»Ich will's noch mal hören.«

Die Stimmen erklangen wieder.

»Russisch«, sagte Sam danach sicherer. »Der eine Typ sagt zweimal 'Da', das heißt 'Ja'.«

Konnte sein, ich wusste es nicht. Ich war mittelmäßig sprachbegabt, empfing Kunden, die Deutsch, Englisch oder Französisch sprachen. Dolmetscher akzeptierte ich nicht, weil ich keine dritte Person im Raum duldete, neben mir und dem Kunden.

»Wenn der erste Mann länger spricht, hört man ein paar Namen«, rätselte Sam weiter. »Ich meine, ich habe 'Dimitri' verstanden.«

»Hatte Tobias irgend eine Verbindung zu Russland?«, fragte ich, Sam nickte gedankenverloren.

»Ja. Na ja, fast. Seine Eltern waren aus Russland. Nein, Weißrussland. Tobias ist in Deutschland geboren worden, die Familie ist irgendwann Anfang der siebziger Jahre rüber gekommen.« Ich spürte, dass Sam mich anstarrte. Nachdenklich, selbstvergessen. »Ich habe das erst nicht gewusst. Woher auch? Er heißt Tobias Braun, und er hatte nicht den leisesten Anflug von einem Akzent. Ich habe seine Eltern erst kurz vor dem Examen kennengelernt. Ich habe Tobias zuhause abgesetzt, die Mutter hat mich zum Abendessen eingeladen. Der Vater war Drucker, sie hat in einem Kindergarten gearbeitet, glaube ich. Nette Leute. Sie hatten ein Reihenhaus. Den Eltern hat man schon angehört, dass sie früher viel Russisch sprechen mussten. Und der Vater hat mir ein bisschen was erzählt. Von der Familie, wie sie nach Russland gekommen ist. Im 18. Jahrhundert, glaube ich. Und wie sie es geschafft haben, wieder raus zu kommen. Sie durften nichts mitnehmen. Kein Geld, keine Wertsachen. Sie haben von null wieder anfangen müssen.«

»Und sie wissen noch nicht, dass ihr Sohn tot ist«, sagte ich.

»Ja. Scheiße.« Sam sah mich an. »Wir müssen das zu Ende bringen. Bitte. Auch wenn Tobias Mist gebaut hat.«

»Ich glaube nicht, dass er Mist gebaut hat«, sagte ich und sah, wie Sam aufmerkte. »Wenn in dem Schließfach ein Haufen Geld gewesen wäre, ein Kilo Koks oder die Beute von einem Juwelenraub, dann ja. Aber das da« – ich wies wage auf den

Laptop – »das ist etwas anderes. Es klingt wie ein Telefongespräch. Er hat vielleicht Mist gebaut in dem Sinne, dass er das nicht hätte hören dürfen. Und speichern schon gar nicht.«

»Also denkst du, dass diese beiden Männer da irgendwas Kriminelles besprechen?«

»Ja. Etwas so Kriminelles, dass man Tobias dafür umgebracht hat.«

»Also ... Tobias konnte Russisch. Seine Eltern haben ihm das beigebracht, weil es nicht schaden kann, noch eine Fremdsprache zu können. Der Vater hat gelacht, als er mir das erzählt hat: Sie durften ewig lange nur zuhause Deutsch sprechen, hat er gesagt, und jetzt bringe er seinem Sohn Russisch bei.«

»Also hätte Tobias das Gespräch verstanden. Wenn das Russisch ist, was die da reden.«

»Was denn sonst? Das ist Russisch. Und er hätte das verstanden. Wir hatten mal einen Film, da gab es russische Untertitel. Irgendeine illegale Kopie. Tobias hat mir das übersetzt. Etwas langsam, aber er hat es übersetzt. Woher kommt Aline?«

»Rumänien.«

»Kann sie Russisch?«

»Warum sollte sie? Sie spricht Rumänisch, Englisch und verbessert ihr Deutsch mit Böll, Kafka und Thomas Mann.«

»Vielleicht musste sie's in der Schule lernen. Wir haben Englisch gelernt, die Schüler im Ostblock Russisch. Wir brauchen jemanden, der uns das da übersetzt.«

»Sie ist gerade mal zweiundzwanzig. Als sie geboren wurde, war der Ostblock schon in Auflösung begriffen. Und sie spricht Englisch, weil sie es in der Schule gelernt hat. Was ich aber bereits erwähnt habe.«

»Komm, einen Versuch ist es wert. Kannst du sie anrufen?«

»Nein.«

»Dann soll Frau Berger das machen.«

»Nein.«

»Warum nicht?«

»Ich kann auf einen Kunden verzichten, aber nicht auf meine Putzfrau.«

Sam schwieg, und ich wusste, dass ich zu weit gegangen war.

»Sie hat zwei kleine Kinder. Lass sie da raus.«

Das war keine Entschuldigung, aber Sam akzeptierte die Absage mit dieser Begründung. Wahrscheinlich teilte er gerade meine Vision davon, wie jemand Alines Kinder über meine Mauer warf. Mit aufgeschlitztem Bauch oder einer Kugel im Kopf, wie ich Kasimir gesehen hatte.

»Ich kenne keine Leute, die Russisch sprechen«, sagte Sam. »Die Eltern von Tobias kann ich ja wohl nicht fragen.«

»Nein.«

»Kennst du Russen?«

Ich seufzte.

»Ja. Einen. Einen Kunden. Aber lass uns den bitte als allerletzte Option nehmen. Er ist sehr ... speziell.«

Sam war aufgestanden und tigerte auf der Terrasse auf und ab.

»Russisch. Russisch. Es gibt das Konsulat, oder? Nein, lieber nicht, wer weiß, was die damit machen. Ein Konsulat ist quasi eine Behörde. Einen Übersetzer für Russisch? Wahrscheinlich muss man da einen Termin machen und bekommt erst mal einen Kostenvoranschlag. Es gibt ... russische Restaurants.«

»Die Pizzeria die Straße runter betreibt ein Grieche«, sagte ich, Sam marschierte.

»Es gibt russische Kirchen. Orthodox.« Er verfolgte das nicht weiter. »Ein Kollege von mir heißt Michal. Aber der kommt aus Tschechien. Ich habe auch seine Nummer nicht.«

»Frag Tobias Handy, dann bekommst du jede Nummer.«

»Dimitri ... Fallen dir noch andere russische Namen ein?«

»Kasimir. 'Mir' bedeutet Frieden.«

»Haha. Komm, hilf mir.« Er hörte auf zu laufen. »Oder kürz das Ganze ab. Sieh mich an und sag, was in dem Telefonat besprochen wird. Irgendwann kriegen wir es eh raus, aber du kannst es doch ein bisschen beschleunigen.«

»Nein. Ich habe schon einmal gekotzt. Und momentan hast du keinen Ansatzpunkt, also kann ich auch keine Übersetzung sehen.«

»Dann ruf deinen Russen an.«

»Nein.«

»Scheiße. Bin gleich wieder da.«

Sam verschwand im Haus, und als er zurückkam, waren seine Haare zerwühlt und auf seinem Hemd Tropfen: Er schien den Kopf unter den Wasserhahn gehalten zu haben. Scheinbar hatte ihm das beim Denken geholfen, denn er hielt sein Handy in der Hand, klickte darauf herum.

»Wir rufen an der Uni an und zahlen einem Studenten ein paar Euro, damit er sich das anhört.«

Er telefonierte erst mit einer gewissen Doro, die scheinbar an der Uni hängen geblieben war, an der Sam studiert hatte, und seit viel zu langer Zeit an ihrer Doktorarbeit bastelte. Sam machte ein paar Minuten Small Talk und fragte dann, ob sie jemand aus dem Bereich Slawistik kennen würde. Sie kannte niemanden, aber ihre Freundin war wohl mal mit einem gegangen, und der ...

Ich stand auf und holte meine Zigaretten. Diesmal gab ich Sam eine angezündete, der tippte eine neue Nummer ein und stellte sich kurz darauf einer gewissen Melanie vor. Er sagte, was er wollte, versprach ihr, den Ex recht unfreundlich zu grüßen und notierte eine neue Nummer.

»Okay. Hier. Alex. Alex ist Doktorand für russische Lyrik, er spricht fließend russisch. Und ist trotzdem ein Arschloch, wenn ich diese Melanie richtig verstanden habe: Sie liebt die Sprache, aber wegen ihm hat sie stattdessen Chinesisch belegt.«

Sam klemmte sich seine Zigarette in den Mundwinkel und sah damit sehr verwegen aus. Er trug ein kariertes Flanellhemd, seitdem er aus seiner Wohnung zurück war, dazu eine Jeans und offene Sandalen. Er hatte ein paar Sommersprossen auf den Füßen. Was mir gefiel. Er war ein Kunde, der zu diesem Termin seine Reisetasche mitgebracht hatte. Was mir nicht gefiel. Und er hatte die Mittagspause in meinem Bett verbracht. Was mir an sich gefallen hatte, aber das Ganze unsäglich kompliziert machte.

»Okay. Wir müssen diesem Alex das vorspielen.«

Sam zog seinen Stuhl näher an den Tisch, ich rückte etwas weg, damit ich ihn nicht aus Versehen ansah. Die Zigarette bekämpfte zwar meine Restübelkeit, aber sicher war sicher.

»Bereit?«

Ich nickte, Sam wählte.

»Hallo Alex, hier ist Sam. Du kennst mich nicht, aber ich war auch in Göttingen an der Uni. Ich habe eben ein paar alte Bekannte bei euch da oben angerufen, weil ich jemanden brauche, der mir etwas übersetzt. Ich glaube, dass es Russisch ist. So was wie ein Telefonat.«

»Lautsprecher«, sagte ich, Sam sah auf sein Handy und klickte, kurz darauf tönte Alex Stimme über den Rasen.

»Wenn's Russisch ist, kann ich helfen.«

»Das Gespräch dauert so drei, vier Minuten. Was ist denn dein Stundensatz?«

Alex lachte. »Vier Minuten? Vier Bier.«

»Im Ernst«, sagte Sam.

»Lass erst mal hören, was du da hast.«

»Okay. Ich lasse es laufen und halte das Handy an den Lautsprecher.«

Sam ließ die Datei abspielen, danach schwieg das Handy.

»Alex? Noch da?«

»Ja. Und ich denke, dass ich dir nicht helfen kann.«

»Mist. Was ist das denn? Bulgarisch? Rumänisch?«

»Nein. Es ist weißrussisch.«

»Ist das ein russischer Dialekt? Oder eine eigene Sprache?«

»Eine eigene Sprache. Eine ostslawische Sprache. Davon gibt es drei: Russisch, weißrussisch und Ukrainisch. Alle drei entstanden im Mittelalter aus einer Ursprungssprache, die nennt man 'Rus'. Weißrussisch wird heute in kyrillischer Schrift geschrieben, und weil Weißrussland lange zur UDSSR gehörte, gab es viele Einflüsse des Russischen. Die Grammatik ist ohnehin ähnlich, auch der Wortschatz hat sich angeglichen.«

»Also hast du nicht wirklich was verstanden und wir müssen nach jemandem suchen, der weißrussisch spricht.«

Alex schwieg. »Das habe ich so nicht gesagt«, ließ er sich dann wieder vernehmen. »Ich habe das schon verstanden. Ich sage es anders: Ich möchte dir nicht helfen. Lösch das. Vergiss das. Und geh selber ein paar Bier trinken, um das zu vergessen.«

»Spinnst du? Komm, lass mich nicht hängen. Du hast es verstanden. Sag mir schnell, was die da reden, dann kannst du wieder zu deinem Tolstoi zurückkehren.«

»Puschkin. Ich dissertiere über Puschkin.«

»Super. Dann weißt du ja schon, mit welchem Wodka du auf deinen hochverdienten Titel anstoßen kannst.«

Ich streckte meine Hand in Sams Blickfeld, rieb Daumen und Zeigefinger aneinander.

»Und weißt du was? Ich zahle dir die Party. Was brauchst du? Fünfhundert?«

Schweigen aus dem Hörer.

»Alex, sag mir einfach, was die da reden, ich verstehe nur Bahnhof.«

Noch mehr Schweigen, dann seufzte Alex. »Lass es mich noch mal hören.«

Sam ließ die Datei ein weiteres Mal ablaufen.

»Okay. Der erste Mann sagt 'Hallo, ich bin es'. Der andere sagt nur 'Ja'. Der erste Mann sagt, die Liste sei komplett, er werde sie jetzt durchgeben. Der andere Mann sagt ihm, er solle loslegen. Sehr umgangssprachlich, grob. Der erste Mann liest Namen vor. Dann sagt er, die Reihenfolge sei sehr wichtig. Der zweite Mann sagt 'natürlich'. Der Erste sagt, es muss innerhalb von zwei Jahren erledigt sein. Der Zweite sagt, das wäre kein Problem. Der Erste sagt, es soll variiert werden. Der Zweite sagt, das wäre ein Problem. Der Erste sagt, das wisse er. Der Zweite fordert eine Million. Der Erste sagt Okay. Der Zweite sagt Euro, nicht Dollar. Der Erste sagt nichts, dann nochmal 'okay'. Der Zweite sagt 'gut', dann ist Ende.«

Ich sah auf eine abgerissene Rose, die mit welken Blütenblättern vor der Terrasse lag.

»Super, Alex, danke. Diese Namen, die er da vorliest, kannst du mir die noch mal sagen?«

»Tausend.«

»Was?«

»Ich will tausend.«

»Dollar?«

Alex lachte freudlos. »Wäre immer noch besser als Rubel. Nein, Euro. Und ich muss es noch mal hören. Verstehst du nicht mal die Namen?«

»Doch, aber ich weiß nicht, wie man sie schreibt. Hilf mir beim Buchstabieren, dann kriegst du die Tausend und damit ist das Thema erledigt.«

Alex war nach einer weiteren Schweigeminute einverstanden, ich zog den Laptop zu mir heran, öffnete eine Textverarbeitung. Wir spielten die Aufnahme noch zweimal ab, dann hatten wir eine Liste von fünf Namen. Sam notierte sich Alex Adresse und versprach, das Geld heute noch in bar zu schicken.

»Das will ich auch hoffen«, sagte Alex. »Und lass es mich noch einmal sagen: Lösch dieses Gespräch. Lösch es und vergiss das alles.«

Es tutete aus dem Handy, Sam legte das Gerät langsam auf dem Tisch ab.

»Gut, was wissen wir? Es ist nicht russisch, sondern weißrussisch. Und es ist übel. Fünf Namen auf einer Liste. Und eine Million Euro.«

Ich nickte und fragte mich, ob ich Sam löschen würde, wenn es eine Löschfunktion für das Leben gäbe.

3. BUCH: KASSANDRA

Kassandra, Tochter des trojanischen Königs Priamos, war in der Lage, Unglücke vorauszusehen, fand aber niemals Gehör – so warnte sie etwa die Trojaner vor der List der Griechen und dem Trojanischen Pferd. Kassandra empfing ihre Zukunftsvisionen in Trance, galt deshalb als hysterisch und verrückt. Sie wurde beim Fall Trojas vergewaltigt, von Agamemnon als Sklavin nach Mykene verschleppt und dort von Agamemnons Frau Klytämnestra erdolcht – was Kassandra gewusst haben muss, da ihr auch die eigene Zukunft nicht verborgen blieb.

TAG 11 – MITTWOCH, 9. AUGUST, SPÄTER

»Dmitrij Worobjow. Sergej Peretjagin. Darja Zichan. Viktor Schirjajew. Stepan Braun.«

Aus Sams Mund klangen die fremden Silben hölzern und ungewohnt, er brachte nur einen der Namen halbwegs glatt über die Lippen: Stepan Braun.

»Wer ist Stepan Braun?«, fragte er, ich wusste es nicht. Tobias hieß Braun, dieser Stepan hieß Braun. Ich drehte den Laptop so, dass ich die Liste wieder sehen und Sams Gesicht über den spiegelnden Bildschirm beobachten konnte. Ich las die Namen, einmal, zweimal, dreimal. Sam tat es mir nach, aber laut, langsam und nachdenklich.

»Worob-jow. Wo-robjow. Alex hat das anders ausgesprochen.« Sam knete seine Haare. »Wo-rob-jow. Dmitrij. Fehlt da nicht ein i? D-i-mitrij? Es klingt ... falsch.«

»Falsch?«

»Ja. Aber nicht nur wegen dem i. Wie wenn du ... statt Bill Clinton William Clinton sagst.«

»Google ihn. Diesen Dmitrij.«

Sam tippte, klickte. Klickte wieder. Ich sah die Konzentration in seinen Augen.

»Es gibt jede Menge Dmitrij Worobjows, und alle sind bei Facebook.«

»Dann schau, wie man Dmitrij abkürzt. Wenn jeder William sich Bill nennt, dann nennt sich vielleicht jeder Dmitrij ...«

»Mischa«, sagte Sam kurz darauf. »Mischa Worobjow. Ja. Das sagt mir was. Hier.«

Ich beugte mich näher heran, blickte auf das Foto eines ernst aussehenden Mannes von etwa fünfzig Jahren mit eckiger Brille und dünnen Haaren. Das Bild prangte auf einer Webseite, deren Buchstaben leider komplett Kyrillisch waren.

»Er scheint tot zu sein. Autounfall.« Sam tippte auf das Bild eines umgedrehten, ausgebrannten Wagens. »Ein Datum. 24. Februar.«

»Such eine andere Webseite. Die wir lesen können.«

Sam tippte und wurde nach einiger Zeit immerhin englischsprachig fündig.

»Sie schreiben, es müsse ein anderes Auto beteiligt gewesen sein. Er sei stocknüchtern gewesen, die Straße gerade und trocken. Es gab Lackkratzer, als hätte jemand das Auto gerammt. Und er war Journalist.«

»Ein weißrussischer Journalist?«

»Ja. Deswegen erinnere ich mich auch. Nicht wegen Weißrussland, sondern weil er Journalist war. Es gibt immer wieder Übergriffe auf Journalisten. In der ganzen Welt. Die beiden Deutschen, die sie im Irak verhaftet haben. Der Amerikaner, der im Jemen entführt worden ist. Chinesische Journalisten unter Hausarrest. Ich lese so was. Das sind quasi Kollegen. Ich schlage mich nur mit dem aufgeblasenen Ego meines Chefs herum, die kämpfen um ihr Leben.« Sam dachte nach, nickte dann. »Wir hatten die Meldung im Ticker liegen, haben sie aber nicht gebracht, weil er zu unbekannt war.«

»Und du meinst, dieser Dmitrij wurde umgebracht?«

»Diese Webseite scheint davon auszugehen. Allerdings gibt es wohl keine große Hoffnung, dass sich das ohne Zeugen beweisen lässt.«

»Worüber hat er geschrieben, steht das da?«

Sam überflog den Artikel noch einmal, und der war nicht

sehr lang.

»Das Verhältnis von Weißrussland zu Russland.«

»Ist das schlecht? Das Verhältnis?«

Sam sah mich an, ich empfand seinen Blick als vorwurfsvoll.

»Was?«

»Erinnerst du dich nicht an das Theater wegen der Öllieferungen? Russland hat Weißrussland den Hahn abgedreht, und die anderen Staaten hatten Angst, dass bei ihnen auch nichts mehr ankommt. Seitdem mögen die sich nicht mehr so wirklich. Nett ausgedrückt.«

»Und Dmitrij Worobjow fand, dass ...?«

Wenn Sam mir schon Nachhilfe geben wollte, dann bitte auch richtig.

»Er fand, dass Weißrussland ein gefährliches Spiel spiele. Viele Staaten seien in ihren Energiebedürfnissen von Importen abhängig, eine totale Autarkie könne es nicht geben. Man müsse Partnerschaften eingehen.«

»Klingt doch vernünftig.«

»Sicher. Aber scheinbar will Weißrussland ein neues Atomkraftwerk bauen, und er hat ein paar Artikel geschrieben, in denen sehr häufig das Wort 'Tschernobyl' vorkam.«

»Ist das ein Grund, um jemanden umzubringen?«

»Wenn du vorhast, ein paar lausige Millionen auszugeben, auf die Gesundheit deiner Bevölkerung zu pfeifen und Milliarden zu verdienen, indem du den Strom ins Ausland verkaufst, dann vielleicht schon.«

»Okay. Check den nächsten Namen. Sergej Peretjagin.«

Sam suchte und wurde fündig. Sergej war ebenfalls Weißrusse. Und ebenfalls tot, allerdings hatte man ihn erstochen. Er schien bekannter zu sein als der Erste, als Dmitrij, denn zu seinem Tod waren auch in Deutschland einige Artikel erschienen. Er hatte die Sozialpolitik seines Landes kritisiert, besser gesagt die seiner Meinung nach nicht vorhandene Sozialpolitik. War im Fernsehen aufgetreten. Und er hatte zwei Bücher geschrieben, die im Ausland gedruckt worden waren: 'Die Verwaltung der Armut' und 'Der Schrei der Kinder'. Sam gestand, diesen Fall nicht verfolgt zu haben und gab den nächsten Namen ein: Darja Zichan. Darja war eine Frauenrechtlerin, die mit der Aufdeckung illegaler Adoptionen von angeblich verwaisten weißrussischen Kindern durch reiche Westeuropäer Schlagzeilen gemacht hatte, davor waren Polizeischikane und Korruption ihre Lieblingsthemen gewesen. Sie war noch am Leben, hatte aber dafür ein anderes Problem: Sie saß in Minsk im Gefängnis. Bilder zeigten sie bei Demonstrationen, zeigten auch ihre Verhaftung vor nunmehr drei Monaten. Man hatte ihr den Prozess gemacht und sie weggeschlossen, zehn Monate wegen Landfriedensbruch.

»Zehn Monate? Sie hat auf einer Demo ein Plakat geschwenkt, das war alles!«

Sam war entsetzt. Darja war eine rehäugige, kleine Frau, und wir starrten auf ein Bild, auf dem sie von vier Polizisten in schwarzer Kampfausrüstung weggeschleppt wurde, ein Bettlaken in der Hand, auf dem ein kulleräugiger Smiley mit zugepflastertem Mund zu sehen war: Es war unverhältnismäßig und brutal.

Sam schwieg, ich sah auf den geborstenen Baum.

»Wer ist der Nächste?«, fragte er dann.

»Viktor Schirjajew.«

»Hm ... Ein Journalist, aber mit politischen Ambitionen. In seinen letzten Artikeln ging es um den in Weißrussland noch immer sehr aktiven KGB, den er mit der Gestapo vergleicht. Wahrscheinlich zu Recht. Und er fand, dass die letzte Wahl dort keine Wahl gewesen ist. Er hat es geschafft, beim Abgeben seiner Stimme einen Aufkleber auf der Urne zu platzieren, wurde dafür verhaftet, allerdings auf internationalen Druck hin wieder frei gelassen.«

»Was für ein Aufkleber?«

Sam las weiter, lachte dann bitter auf.

»Ein Recycling-Symbol, daneben stand 'Papiermüll'.«

»Treffend.«

»Drecksland«, sagte Sam finster, »was für ein verdammtes Drecksland. Ich wusste ja, dass die nicht wirklich demokratisch sind, aber das? So schlimm war's ja zu Stalins Zeiten nicht. Die haben wahrscheinlich die alten Gulags übernommen, als die in Sibirien dichtgemacht wurden.«

»War das alles zu Viktor? Du sagtest etwas von politischen Ambitionen.«

»Ja, er war selber zur Wahl aufgestellt, für einen 'Woblast'. Das scheint ein Wahlbezirk oder so was zu sein. Er ist nicht in der Regierungspartei, wie du dir sicher denken kannst.«

»Und er hat die Wahl verloren.«

»Aber ja. Haushoch.«

»Weil eine Wahl dort keine Wahl ist.«

»Natürlich nicht, wo kämen wir denn da hin«, spöttelte Sam. »Hier, das ist hübsch: Der Geheimdienst hat vor der Wahl gesagt, gegen Regierungsgegner werde die Todesstrafe verhängt. Da macht man sein Kreuzchen doch gern. Drecksland.«

»Das sagtest du schon.«

»Na und? Scheißland.«

»Dann bleibt nur noch Stepan Braun«, sagte ich.

»Stepan Braun ... Hier. Auch ein Autor. Mehrere Bücher. Nicht übersetzt, nur russische Titel. Meinetwegen Weißrussische. Schon ein älterer Herr, oder?«

Sam zeigte auf ein Foto: weiße Haare, Altersflecken, Falten, dicke Brille. Sam klickte weiter.

»Die Cover sehen wissenschaftlich aus. Keine reißerischen Sachen über arme Kinder oder so.« Er surfte weiter. »Hier steht er auf einer Rednerliste bei einer Tagung, aber das ist schon zehn Jahre her. Stepan ist Professor Doktor Phil. der Literaturwissenschaften. Bis 2006 war er an der Uni in Minsk, zuletzt Vorsitzender des Fachbereichs. Dann drei Jahre in Nawapolazk. Nicht an der Uni, sondern an einer Schule, als Lehrer. Klingt nicht wie eine Beförderung, oder? Von Minsk nach Nawairgendwas? Jetzt ist er ... arbeitslos.« Sam vertiefte sich in einen englischen Artikel, ich wartete. »Er ist versetzt worden, weil er die Vergabe von Studienplätzen und Stipendien kritisiert hat. Und in die Vergabe von Diplomen. Es gäbe Studenten, die nicht einen Hörsaal von innen gesehen hätten und summa cum laude gehen würden. Wenn die Eltern zahlen. Und die normalen Studenten bekämen keine Jobs, weil die reichen Eltern weiter schmieren, damit der summa cum laude-Nachwuchs beste Startchancen hat. Er hat erst in Minsk Theater gemacht, man hat ihn nach Nawapolazk abgeschoben, da hat er weiter gemacht. Scheinbar konnte oder wollte man keine Beweise finden und hat ihn rausgesetzt. Jetzt schreibt er über die Bildungspolitik, wenn ihn denn einer druckt, hat sich außerdem auf das Thema Willkür in der Justiz gestürzt, da scheint Geld wohl bei der Urteilsfindung auch eine größere Rolle zu spielen. Und er ist Gründungsmitglied einer neuen Partei.«

»Einer oppositionellen Partei.«

»Natürlich.«

»Und er könnte sehr bald einen plötzlichen, tragischen Tod finden.«

»Versteht sich.«

»Wie vier andere Regierungskritiker.«

»Ja.«

»Er könnte mit Tobias verwandt sein. Oder Tobias hat nur den Namen bemerkt und deswegen recherchiert.«

»Oder er hat den Namen bemerkt, recherchiert und dann herausgefunden, dass er mit Stepan verwandt ist.«

Richtig, dachte ich, ohne das auszusprechen.

Sam stand auf und streckte sich, als säßen wir schon Stunden vor dem Computer.

»Wie ist Tobias bloß da dran gekommen? An dieses Gespräch?«, fragte Sam, ich fand das ziemlich offensichtlich.

»Er hat für eine Telefonfirma gearbeitet, und das da ist ein Telefongespräch. Du hast selbst gesagt, dass er Sachen programmiert hat, die halblegal sind.«

»Du findest sie halblegal«, warf Sam ein, ich zuckte mit den Schultern.

»Leute abhören ist auf jeden Fall komplett illegal, vielleicht können wir uns darauf einigen. Tobias hat's getan. Entweder aus eigenem Antrieb oder im Auftrag seiner Firma. Vielleicht hat er auch nur seine Software an ein paar echten Gesprächen getestet und ist zufällig über das da gestolpert. Vielleicht ist er in Wirklichkeit beim Geheimdienst und hat dir nur was von einer Telefonfirma vorgeschwindelt.«

Sam schnaubte, ich fand das ebenfalls nicht besonders realistisch. Ich hatte damit nur sagen wollen, dass es viele verschiedene Wege gab, wie Tobias zu diesem Dialog gekommen sein konnte – und dass es letztendlich auch egal war, welcher nun der richtige war.

»Tobias hat das Gespräch mitgehört, und er hat es aufgezeichnet«, fuhr ich fort. »Das ist am wahrscheinlichsten. Vielleicht hat es ihm auch eine dritte Person gegeben, das können wir nicht ausschließen. Aber da wir darauf keinen Hinweis haben, hilft uns das nicht weiter.«

Sam nickte, ich sprach weiter.

»Du hast gesagt, er habe Russisch oder Weißrussisch gekonnt. Deswegen hat er wahrscheinlich sofort begriffen, worum es da geht: um Morde an Regierungskritikern. Vielleicht hat er aber auch nur den Namen Braun gehört und hat sich deswegen damit beschäftigt. Das ist ja schon komisch: Wildfremde Menschen unterhalten sich am Telefon, und dein Nachname fällt. Da horcht man auf.«

Sam nickte wieder, wanderte vor meinem Sessel auf und ab.

»Okay«, sagte er, als ich schwieg. »Was würdest du tun, wenn du als ganz normaler Mensch zufällig entdeckst, dass es eine weißrussische Todesliste gibt, die scheinbar gerade abgearbeitet wird? Mischa und Sergeij sind schon abgehakt. Das haben wir durch ein bisschen googeln rausbekommen, Tobias also auch. Darja sitzt noch ein paar Monate im Gefängnis, dann ist sie die Nächste. Und jemand mit deinem Nachnamen ist die Nummer fünf. Wodurch diese Liste irgendwie ... persönlich wird.«

»Die Frage ist doch, was Tobias getan hat, oder etwa nicht? Und alles, was wir wissen ist, dass er das Gespräch auf CD gebrannt und in einem Bankfach gesichert hat. Und dass er dann getötet wurde. Vorher wahrscheinlich entführt, ganz sicher verprügelt.«

»Weil diese Leute die CD haben wollten.«

»Ja. Wollen sie immer noch. Weil diese CD ein Beweis ist.

Oder meinetwegen auch nur ein Indiz, ein Hinweis darauf, dass diese Leute geplant ermordet werden. Ein Ansatzpunkt für die Polizei.«

»Unsere Polizei?«

»Nein«, sagte ich nach kurzem Nachdenken. »Warum sollten die wegen fragwürdiger Todesfälle in Weißrussland ermitteln? Wir haben keinen Hinweis darauf, dass jemand aus Deutschland darin verwickelt ist.«

»Doch«, sagte Sam. »Tobias.«

Ich schüttelte den Kopf.

»Das stimmt nur für uns. Denk nicht an jetzt. Stell dir vor, du wärst Tobias, der gerade das Gespräch gehört hat. Jetzt, wo Tobias tot ist, würde unsere Polizei was tun. Den Mörder suchen. Aber damals hat Tobias gelebt. Und es gab keine Spur nach Deutschland.«

»Stimmt«

»Ich denke, die Polizei hätte die CD entgegen genommen und sie dann weiter geleitet.«

»An die Polizei eines Landes, wo jemand auf der Todesliste steht, weil er Polizeischikane anprangert«, erwiderte Sam ein wenig zweifelnd. »Und Willkürjustiz.«

»Nein. An die Polizei eines souveränen Staates, dessen Bürger von einem Unbekannten bedroht werden.«

»Souverän? Ich lach mich tot.«

»Sam, beruhige dich. Ich sage nicht, dass das so okay ist. Aber Weißrussland ist ein eigener Staat, und unsere Polizei würde nichts anderes tun, als die CD diesem Staat auszuhändigen. Vielleicht mit ein paar ermahnenden Worten von irgendeinem Diplomaten oder Politiker, aber das war's auch.«

Sam atmete tief ein.

»Okay. Gut. Du hast Recht. Aber ich verstehe noch nicht, warum diese CD ein Ansatzpunkt sein soll. Für die Polizei. Warum diese CD so wichtig ist, dass man dafür tötet. Den Verdacht, dass da Regimegegner schikaniert werden, gibt's doch schon lange.«

»Aber schikanieren und umbringen sind zwei sehr

verschiedene Dinge«, wandte ich ein. »Außerdem steht die Telefonnummer im Dateinamen. Anrufer oder Angerufener. Das ist sehr wohl ein Ansatzpunkt.«

»Bist du sicher?«

Ich nickte. »Ja. Was sollte diese Nummer sonst sein? Such mal nach den ersten drei oder vier Ziffern.«

Sam hockte sich wieder vor den Computer. »Richtig. 0375 ist die internationale Vorwahl von Weißrussland.« Sam suchte nach der ganzen Nummer, fand aber nichts. »Wenn die Vorwahl gewählt wurde, muss einer der beiden ja von außerhalb Weißrusslands gekommen sein. Oder ... oder es werden bei den Telefonfirmen immer die kompletten Nummern gespeichert. Land, Stadt, Durchwahl.«

Ich zuckte mit den Schultern: Da kannte ich mich nicht aus.

»Also hatte Tobias diese CD, die er unserer Polizei nicht geben wollte. Weil er Angst hatte, sie würde dann nach Weißrussland geschickt und dort verschwinden.« Sam sah mich an. »Das ist verständlich. Aber ich frage mich trotzdem, warum Tobias die CD nur weggeschlossen hat. Vielleicht ...«

Sam nahm sich eine Zigarette, ich winkte ab, als er mir die Packung hinhielt.

»Der Anrufer hat gesagt, die Reihenfolge wäre wichtig«, sagte er nach zwei Zügen. »Also liegt das Morden auf Eis, bis Darja wieder aus dem Knast kommt. Solange hatte Tobias Zeit, um sich was zu überlegen.«

»Es liegt nur vielleicht auf Eis«, wandte ich ein. »Wenn die Zustände dort so schlimm sind, könnte man Darja auch im Gefängnis töten. Auf der Flucht erschießen, zum Beispiel.«

»Stimmt.«

»Aber du hast recht«, sagte ich, weil Sam wieder so niedergeschlagen aussah. »Tobias hat die CD weggeschlossen, weil er nicht wusste, was er tun sollte. Er brauchte einen Plan. Eine Idee. Meinetwegen einen vertrauenswürdigen Ansprechpartner in Weißrussland. Bei der Polizei oder sonst wo. Bis er den hatte, hat er die CD gesichert.«

»Und leider haben sie ihn erwischt, bevor er seinen Plan fertig hatte?«

»Ja.«

»Scheiße.«

Sam stand auf, begann wieder zu tigern. Hin und her und her und hin – ich sah seinen bloßen, sommersprossigen Füßen dabei zu.

»Wir haben auch keinen Plan«, sagte er dann, »nur diese verdammte CD. Und sie sind uns auf der Spur. Zusammengefasst: Wir sind am Arsch.«

***

»Ich rufe Oleg an«, sagte ich, nachdem Sam sich erschöpft in den Sessel hatte fallen lassen und seine Haare derart raufte, dass ich dachte, er würde sie sich gleich büschelweise ausreißen.

Er sah nicht hoch. »Wer ist Oleg?«

»Mein Russe.«

»Weißrussland und Russland haben nichts mehr miteinander zu tun«, wandte Sam ein, was mich wunderte: Wer griff hier sonst nach jedem Strohhalm, er oder ich?

»Ich weiß. Aber Alex sagte, Russisch werde nach wie vor in beiden Ländern gesprochen. Schau: Derjenige, der hinter der CD her ist, hat dich gezielt zu mir geschickt. Oleg ist mein einziger Kunde aus diesem Gebiet. Ich habe keinen Weißrussen, keinen Ukrainer, keinen Letten, keinen ... Kasachen, Kirgisen, Georgier. Nur Oleg. Irgendjemand hat meinen Namen ins Spiel gebracht, und da wäre Oleg eine Möglichkeit.«

»Wenn du meinst.« Sam klang alles andere als überzeugt.

»Ja, meine ich. Aber es gibt noch einen anderen Grund. Oleg ist ... nun ja. Etwas Halbseiden. Irgendeiner meiner Kunden hat mich in dieses Spiel geworfen, entweder selbst, oder er hat mich jemandem weiter empfohlen, der dann beschlossen hat, mich auf diese Art und Weise zu benutzen. Und wenn du mich fragst, welcher Kunde da am ehesten in Frage kommt, dann sage ich: auch Oleg.«

»Und was sollte dein Oleg für uns tun können?«

»Wenn er in diese Sache verwickelt ist, kann er uns sagen, wer da die Fäden zieht. Wem er meinen Namen gegeben hat.«

»Warum sollte er dir das verraten?«

»Ich kann ihm drohen, das muss dir genügen.« Womit, würde ich ganz sicher nicht verraten.

»Willst du ihn aus deiner Stammkundenkartei schmeißen?«, fragte Sam, ich lächelte, was alles und nichts sagte, Sam aber zu genügen schien.

»Okay. Erzähl mir von deinem Oleg.«

»Warum? Ich würde ihn lieber erst anrufen.«

»Schweigepflicht, oder was?«

»Ja.«

»Du bist weder Arzt noch Priester.«

»Stimmt. Ich weiß mehr über die Leute als ihre Ärzte und Priester.«

Sam stöhnte frustriert, ich gab nach.

»Du erzählst es niemandem weiter. Er hat wahrscheinlich gar nichts damit zu tun. Und Oleg ist sowieso nicht sein richtiger Name.«

»Ja, ich schwöre. Bei dem kurzen Leben, das mir noch bleibt. Isst du das Croissant nicht?«

»Nimm.«

Sam brauchte keine zweite Einladung, und als nur noch Krümel übrig waren, hatte ich das wenige zusammengekratzt, das in meinem Gehirn über Olegs Leben existierte.

»Du kennst Abramowitsch, oder? Diesen Milliardär mit den riesigen Yachten? Und den Fußball-Vereinen?«

»Nicht persönlich. Aber ich habe von ihm gehört.«

»Abramowitsch macht in Öl, Oleg in Gas. Er ist so reich wie Abramowitsch, aber bei weitem nicht so bekannt. Oleg stammt aus Sibirien. Er hat nach der Schule in einer Förderanlage für Erdöl gearbeitet. Als es mit der Privatisierung der russischen Wirtschaft losging, hat er ein paar zehntausend Dollar auf den Tisch irgendeines Beamten geblättert, und man hat ihm diese Anlage überlassen. Mit den Rechten, das Gas zu fördern und zu verkaufen. Ich weiß nicht, wo er das Geld herhatte. Das war damals für russische Verhältnisse ein

Vermögen.«

»Ein Sechser im sibirischen Lotto«, sagte Sam, ich dachte eher an einen Treffer im russischen Roulette, fuhr aber ungerührt fort.

»Er hat weitere Anlagen gekauft und eine Firma gegründet, die sich um den Verkauf kümmert. Er hat nicht mehr in Russland verkauft, zu russischen Preisen, sondern auf dem Weltmarkt, zu Weltmarktpreisen. Jetzt besitzt er eine eigene Pipeline und Milliarden. In der Wirtschaftskrise hat er viel davon verloren, aber nicht so viel wie andere.«

»Dank dir.«

»Ja. Oleg kommt dreimal im Jahr, ich konnte ihn warnen. Er konnte nicht mehr alles umschichten, aber er hat nur ein Viertel verloren. Andere wären froh gewesen, wenn sie ein Viertel hätten retten können.«

Ich hatte Oleg gesehen, wie er auf Kurse gestarrt hatte, tagelang. Hatte ihn Männer und Frauen in feinen Anzügen und schicken Kostümen anschreien sehen. Hatte ihn eine vergoldete Pistole anstarren sehen. Ich hatte ihm gesagt, er solle aufhören, so zu leben, als wäre er der Bösewicht aus dem nächsten James Bond und seine Anlagestrategien überdenken.

»Er dürfte dir dankbar sein.«

»Oh ja.«

»Und inwiefern hat er Dreck am Stecken?«

Ich zuckte mit den Schultern, denn es war schwer in Worte zu fassen.

»Ich habe ihn nie bei Dingen gesehen, die wirklich ein Verbrechen gewesen wären. Er schreit Leute an, ich habe auch mal gesehen, dass er einen jungen Mann geohrfeigt hat. Er hat eine Ehefrau und eine Ex-Frau, sieben Kinder. Wechselnde Freundinnen. Aber das ist es nicht. Er trifft sich mit Leuten, die ich nicht mag. Meist schwirren Anwälte und Buchhalter um ihn herum, er sitzt in Büros und Konferenzräumen. Aber manchmal trifft er sich mit einzelnen Herren. Entweder sehen sie aus wie er. Älter. Anzüge, Goldknöpfe. Oder sie sind jünger. Tragen Lederjacken und Waffen. Mit diesen Leuten redet er nicht von oben herab, die brüllt er nicht an. Ich verstehe kein Russisch, deswegen weiß ich nicht, was auf diesen Treffen besprochen wird. Aber das sind die wirklich wichtigen Treffen. In Hotelzimmern oder Hinterzimmern, mit Bodyguards vor der Tür. Ich muss Oleg immer beschreiben, wie die Männer aussahen. In welchen Autos sie vorfuhren. Wer welchen Gesichtsausdruck hatte. Bei einem Mann hat er mich sogar mal gefragt, welche Waffe der dabei gehabt hätte. Meine Beschreibung passte wohl auf Zwillingsbrüder, aber der eine pflegte diese Art Waffe zu tragen, der andere eine andere.«

»Klingt verdammt nach Mafia. Treffen der Paten und ihrer Handlanger.«

»Was sonst noch?«, fragte ich und dachte kurz nach. »Ah, ja. Ich weiß, dass Oleg sich um ein politisches Amt bewerben will. Oder besser: Es kaufen will. Nichts großes, so was wie ein Gouverneur in einer Provinz. Er wird es bekommen, denn er zahlt gut.«

»Woblast«, warf Sam ein, scheinbar hatte es ihm das Wort angetan. »Aber warum ist es ein Zeichen dafür, dass er Dreck am Stecken hat, wenn er sich für so ein Amt bewirbt? Ich finde unsere Politiker ja auch durch die Bank unerträglich, aber dass die alle von der Mafia sind, glaube selbst ich nicht. Und in Weißrussland sind Leute, die sich zur Wahl stellen, Helden.«

»Ja, wenn sie für die Opposition antreten. Oleg tritt für die Regierungspartei an. Das Amt verschafft ihm juristische Immunität. Man kann nicht gegen ihn ermitteln.«

»Ah.« Sam merkte auf. »Wenn er das braucht, dann scheint es ein paar Dinge zu geben, wegen denen man ihn einbuchten könnte.«

»Richtig. Er sagte, kleine Sachen könne man mit Geld aus der Welt schaffen, aber für wirklich große Vorhaben brauche er diesen Posten.«

Sam nickte. »Hast du keine Angst?«, fragte er dann. »Immerhin machst du quasi Geschäfte mit einem Gangster.«

Ich schüttelte den Kopf. »Wir kommen gut miteinander aus. Mittlerweile.«

Dieser Zusatz ließ Sam fragend dreinblicken, aber ich erklärte ihn nicht näher. Das kleine Vorkommnis ganz am

Anfang von Olegs und meiner Geschäftsbeziehung, welches den Zusatz 'mittlerweile' nötig gemacht hatte, war auch für mich noch immer mit zahllosen Fragezeichen versehen. Und ich hatte es bislang niemandem erzählt, nicht einmal Frau Berger. Weil es rein physikalisch unmöglich war, unmöglicher gar als das Sehen - wenn man dieses Adjektiv überhaupt steigern konnte.

Oleg hatte sich zu seinem zweiten Termin bei mir eingefunden. Ich hatte etwas gesehen, was ihm nicht gefallen hatte, einen Misserfolg. Er hatte widersprochen, als könne man die Zukunft wegdiskutieren, hatte verlangt, dass ich ein weiteres Mal in ihn hinein schaute. Ich hatte versucht, ihn zu überzeugen, dass das sinnlos wäre, aber er war hartnäckig geblieben. Als ich wieder vor ihm gestanden hatte, zog er eine Waffe. 'Diesmal siehst du besser was, das mir gefällt', hatte er gesagt, mit einer Stimme, die klang, als würde er nicht zum ersten Mal einen Menschen bedrohen, so kalt war sie. Ich hatte schreckliche Angst, hatte nie zuvor eine echte Pistole gesehen. Und ich hatte auch nicht gewusst, was ich ihm anderes hätte sagen können, als noch einmal das, was ihn so wütend gemacht hatte. Und mir war auch keine Zeit geblieben, um mir eine Geschichte zu auszudenken: Ich hatte die Waffe gesehen, dann war ich auch schon in seinen Magen gestürzt. Seine Zukunft hatte sich vor mir ausgebreitet, unerwartet anders als die vorherige Version, denn diesmal war ich selbst ein Teil dieser Zukunft gewesen: Ich hatte gesehen, wie ich Oleg das Gleiche erzählte wie zuvor, mit jämmerlich zittriger Stimme, und wie die Wut daraufhin sein Gesicht verzerrte. Dann, wie er mich schlug, mit der Waffe ins Gesicht. Wie ich zusammenbrach, wie Blut über mein Gesicht strömte.

Was danach passiert war - nur wirre Bilder. Ich hatte weg gewollt, hinaus aus diesem Magen, aber auch fort von dieser Waffe, die dort draußen im echten Leben auf mich wartete, die mit einem schaurigen Knirschen meinen Schädel treffen sollte. War es Panik gewesen? Oder ein dumpfes Wissen um etwas, was ich vermochte, selbst wenn ich es noch nie zuvor versucht hatte? Ich wusste bis heute nicht, warum ich es getan hatte, unzweifelhaft war nur, dass ich es getan hatte - nämlich um mich zu schlagen, wie von Sinnen, und noch immer gefangen in Olegs Magen. Als wäre es dieses Organ, das mich bedrohte, gegen das ich mich zur Wehr setzen musste. Meine geballten Fäuste waren mit einem satten Geräusch auf die Magenwand getroffen, mit all meiner Kraft, potenziert durch die Angst - Oleg hatte es gefällt wie einen Baum, und ich hatte mich unvermittelt wieder in meinem Konsultationszimmer befunden, mit schmerzenden Knöcheln, rasendem Herz und keuchendem Atem. Oleg hatte vor mir auf dem Boden gelegen, die Waffe war aus seiner Hand gefallen und vor meine Füße geschlittert. Ich hatte sie aufgehoben, während er sich vor mir krümmte, mit schmerzverzerrtem Gesicht und unverständlichen, russischen Flüchen auf den Lippen. Ich hatte die Waffe nicht auf ihn gerichtet, aber Oleg hatte registriert, dass ich sie hatte. Dass die Machtverhältnisse verändert waren. Als er wieder Luft bekam, als er erst gekniet, dann schwankend gestanden hatte - und schließlich zur Tür getaumelt war. Ohne ein weiteres Wort, bleich wie der Tod.

Ich schüttelte abwesend den Kopf und bemerkte Sams fragenden Blick.

»Diese Waffe, die du gesehen hast, die habe ich von Oleg«, sagte ich, was im Grunde richtig war: Nur hatte er sie mir nicht gegeben, ich hatte sie einfach behalten.

»Und er hat mir Leute empfohlen, die die Kameras und die Alarmanlage installiert haben. Er ist sehr um meine Sicherheit besorgt.«

Das entsprach der Wahrheit. Ich wusste bis heute nicht, wie Oleg sich dieses Vorkommnis erklärt hatte, denn wir hatten es nie wieder thematisiert. Er hatte sich entschuldigt, hatte gesagt, dass es andere geben könnte wie ihn, dass ich besser auf mich aufpassen müsse. Und er hatte eine Anspielung gemacht auf Mächte, die die Auserwählten schützten, was altertümlich und abergläubisch geklungen hatte. Nach dem Python und der Pythia.

»Ich besitze eine Telefonnummer, die ich nutzen soll, wenn ich Hilfe brauche.«

Sam zögerte, dann nickte er.

»Okay. Ruf ihn an. Klingt, als wäre dein Oleg der Mann, der bei Problemen von jenseits des Urals helfen kann.«

***

»Meine Liebe, wie schön, von Ihnen zu hören«, dröhnte Oleg in das Telefon, und er hörte sich trotzdem an, als wäre er Lichtjahre entfernt: rauschig, mit Unterbrechungen. Ich hatte diese Notfall-Telefonnummer noch nie zuvor gewählt, aber er klang nicht überrascht. Sollte mir das etwas sagen?

»Haben Sie ein paar Minuten Zeit?«, fragte ich und hörte, wie Oleg mit der Hand das Mikrofon des Telefons zuhielt. Er sagte etwas zu jemand anderem, dann meldete er sich wieder.

»Natürlich. Ich habe nur einen Mitarbeiter gebeten, uns allein zu lassen. Was kann ich für Sie tun?«

Ich hatte mir vorher nicht wirklich überlegt, was ich sagen wollte. Und ich war mir auch nicht ganz sicher, wie viele Informationen ich preisgeben sollte.

»Oleg, ich habe ein Problem. Sie können mir vielleicht helfen.«

»Ich fühle mich geehrt.«

»Jemand scheint ... mich zu benutzen. Meine besonderen Fähigkeiten. Um in den Besitz von einem bestimmten Gegenstand zu kommen.«

»Werden Sie bedroht?«

»Indirekt. Ein möglicher Verlauf meiner nahen Zukunft beinhaltet den Tod.«

»Brauchen Sie eine Leibgarde? In einer Stunde könnte ich Ihnen ein Dutzend Männer zur Verfügung stellen. Gute Leute.«

Sam sah aus, als fände er das Angebot äußerst verlockend, ich hatte indes keine Lust darauf, dass auch noch ein paar Testosteron-Gorillas auf meiner Terrasse herumhockten und meinen Kühlschrank plünderten. Oder Anspruch auf mein Bett erhoben.

»Das ist sehr freundlich, doch ich hoffe, dass ich das nicht brauchen werde«, sagte ich. »Ich würde diese Sache gern regeln, bevor es zu ernsteren Vorfällen kommt.«

Bei denen ich direkt involviert bin. Oder Sam. Oder Frau Berger. Oder Kasimir. Das hätte ich hinzufügen können, aber ich unterließ es. Für Tobias war es eh zu spät.

»Wie kann ich dann helfen?«

»Mit Informationen. Es führen Spuren in Ihre geographische Richtung.«

»Russland? Russen sind heute überall. Früher war das Land groß, aber die Leute kamen nicht raus. Heute ist das Land klein, doch die Russen sind überall.«

»Nein, ich meine nicht Russland. Weißrussland.« Oleg schwieg, ich hörte wieder einmal Eiswürfel in einem Glas klingeln und wusste, dass ich ihn nicht zu fragen brauchte, ob er etwas Alkoholisches trank: Ich hatte ihn morgens vor dem Frühstück trinken sehen, wenn ich in ihn hinein gesehen hatte, aber er war nicht einmal betrunken gewesen.

»Weißrussland. Nun, das ist etwas anderes.«

»Jenseits Ihres Einflussbereichs?«

»Nicht unbedingt, nicht unbedingt.« Er trank. »Wo man mich versteht, da rede ich.«

Ich seufzte. »Oleg, spielen Sie schon wieder den geheimnisvollen, poetischen Russen?«

Er lachte, denn das war ein übliches Geplänkel zwischen uns. Ich fuhr fort.

»Was ich von Ihnen wissen möchte, ist Folgendes: Haben Sie mich jemandem empfohlen, der aus Weißrussland kommt? Oder jemandem, der fließend weißrussisch spricht? Oder meinetwegen auch jemandem, der in Weißrussland besondere Interessen verfolgt?«

»Und wenn?«

»Dann würde ich gerne wissen, wer das ist. Die Bedrohung ist noch sehr unpersönlich, ich hätte gern einen Namen dazu. Ein Gesicht. Damit ich zielgerichtet aktiv werden kann.«

Oleg trank einen Schluck.

»Mein Fräulein, Sie wissen, dass ich Ihnen vertraue«, sagte er dann.

»Weil ich Ihnen nütze«, erwiderte ich.

»Natürlich. Vielleicht sollten Sie jetzt auch etwas Vertrauen beweisen und mir mehr über Ihr Problem erzählen. Damit ich Ihnen nützen kann.«

Ich warf Sam einen fragenden Blick zu. Das Telefon war auf Lautsprechen geschaltet, und mein Mithörer machte als Antwort eine wage Geste mir der Hand. Ich runzelte die Stirn. Was sollte das heißen? Sag ein bisschen was? Ich weiß nicht, ob du mehr sagen solltest? Ich fasste aus eigenem Antrieb den Entschluss, deutlicher zu werden.

»Es befindet sich ein Gegenstand in meiner Reichweite, der die gesuchten Personen sehr zu interessieren scheint. Es handelt sich um eine Audio-Datei auf einer CD, und die Datei beinhaltet eine Todesliste. Jemand gibt einem anderen Mann den Auftrag, bestimmte Personen zu töten, wahrscheinlich am Telefon. Die beiden verhandeln den Zeitraum, den Preis, die Methode. Die genannten Personen sind Schriftsteller, Journalisten, Politiker, Bürgerrechtler. Personen, die gegen gewisse Missstände in Weißrussland vorgehen.«

Oleg hatte jetzt aufgehört zu trinken. Ich lauschte in den Hörer – und als er sich wieder meldete, hatte ich fast das Gefühl, ich hätte statt des allmächtigen russischen Milliardärs Oleg wieder den Russisch-Studenten Alex am Telefon: die gleiche Angst in der Stimme, die gleiche Aussage, wenn auch andere Worte.

»Nun, wenn es um solche Dinge geht, kann ich Ihnen leider nicht helfen. Was fremde Länder tun, geht mich nichts an. Und Sie sollten sich dort auch tunlichst nicht einmischen.«

»Oleg, ich habe mich da nicht eingemischt. Jemand hat mich da ganz konkret eingeplant. Wie ein Navigationssystem, das den Weg zum Ziel weisen soll. Und ich möchte wissen, ob Sie jemandem meinen Namen weiter gegeben haben. Wenn ja, wem. Ich komme aus dieser Sache nicht raus, wenn ich nicht weiß, wer dahinter steckt.«

»Das kann ich Ihnen leider nicht sagen.«

»Aber Sie haben die Empfehlung ausgesprochen.«

Stille. »Nein. Das habe ich nicht.«

»Soll ich Ihnen das glauben?«

»Es wird Ihnen nichts anderes übrig bleiben.«

Leider. Und Oleg hatte überzeugend geklungen. So überzeugend, wie er über eine knarrende Telefonverbindung klingen konnte.

»Besitzen Sie Verbindungen nach Weißrussland?«, fragte ich.

»Ja, gewiss. Allerdings ein schwieriges Land, vor allem für meine Branche.«

»Sie meinen wegen des Streits um die Preise für Gas und Öl?«

»Richtig. Aber ich bin nach wie vor im Geschäft.«

»Und Sie haben nicht zufällig meinen Namen ins Spiel gebracht, damit Ihr Geschäft auch lukrativ bleibt?«

»Nein. Diese kostbare Karte, die Sie mir gegeben haben, liegt in einem meiner Tresore, und dort wird sie auch bleiben«, sagte er, und er sagte es mit Gewissheit. »Ich kenne niemand, mit dem ich Sie teilen würde. Vielleicht mit demjenigen meiner Kinder, dass mein Erbe antreten wird. Aber zurzeit sehe ich keine Notwendigkeit, Ihre Existenz gegenüber wem auch immer zu erwähnen.«

Die Verbindung setzte kurz aus, dann war Oleg wieder da.

»... verkaufe nicht in Weißrussland«, sagte er gerade. »Habe ich auch noch nie. Schlechte Preise. Unzuverlässige Abnehmer. Ein wankelmütiges Regime, das heute Schwarz Weiß nennt und morgen Weiß wieder Schwarz. Ich interessiere mich für Weißrussland, weil es eine mögliche Route für meine neue Pipeline ist. Ich bin schon am Schwarzen und am Kaspischen Meer, aber ich möchte auch gern an die Ostsee. Waren Sie schon einmal an der Ostsee?«

»Ja. Aber ich ziehe die Nordsee vor. Ich mag mein Meer lieber mit Wellen.«

Oleg lachte, und seine Stimme war wieder sicher, sehr selbstsicher. »Immer untergraben Sie meine Versuche, ein wenig zu plaudern! Aber gut. Schauen Sie: Ich kann über Estland gehen, nach Tallinn. Über Lettland, nach Riga. Über Weißrussland nach Polen oder Litauen. Über die Ukraine nach

Polen. Es gibt viele Wege. Und bitte glauben Sie mir: Ich würde eher den Umweg über Rumänien und Moldawien nehmen, bevor ich all das opfere, was Sie mir bieten. Den Wettbewerbsvorteil.« Er trank. »Würden Sie mich noch als Kunden empfangen, wenn ich Ihnen solche Leute schicken würde?«

»Nein«, sagte ich. »Und Sie würden auch nicht mehr kommen, wenn Sie Ihre Finger bei dieser Sache im Spiel hätten.«

Oleg lachte, dunkel und voll. »Nein, das würde ich nicht wagen. Ich hege größten Respekt vor Ihnen und Ihren Künsten, das wissen Sie.«

»Respekt in allen Ehren, aber der nützt mir leider in dieser Angelegenheit gar nichts. Ich muss herausfinden, wer dahinter steckt.«

Ich hörte es am anderen Ende wieder klingeln: Oleg füllte seinen Drink auf.

»Mein Fräulein, das wissen Sie schon.«

»Nein.«

»Aber sicher. Denken Sie nach. Wem schaden all diese mutigen Männer und Frauen, die auf dieser besonderen, dieser ach so wertvolle Liste stehen?«

»Dem Staat«, soufflierte mir Sam, bedeutete ihm, er solle still sein.

»Wer ist da bei Ihnen?«, fragte Oleg mit Misstrauen, ich seufzte und bedachte Sam mit einem bösen Blick.

»Ein Kunde. Derjenige, dem ich als Navigationssystem dienen soll.«

»Der Besitzer der Datei.«

»Nicht ganz. Auch er wird benutzt. Die Datei gehörte einem Freund meines Kunden.«

»Völlig egal. Werfen Sie ihn raus, dann sind Sie aus dem Schneider.«

»Nein, leider nicht. Wir haben diverse Möglichkeiten durchgespielt, und bislang waren alle ... letal.«

»Für Sie?«

»Meist für meinen Kunden.«

»Dann wählen Sie eine der Möglichkeiten, die Sie überleben lässt.«

Sam machte eine sehr rüde Finger-Geste in Richtung des Telefons, ich schwieg, bis Olegs Stimme wieder erklang, diesmal angespannt.

»Wie soll ich Ihr Schweigen deuten? Bedroht Sie dieser Kunde in irgendeiner Art und Weise?«

Sam bedrohte mein Alleinsein, aber das war schon alles. Ich mochte mein Alleinsein, aber Sam auch. Und damit musste ich ein simples 'Nein' auf Olegs Frage antworten.

Mein russischer Freund schwieg für einen Moment. »Dann liegt Ihnen etwas an diesem Herrn?«

Jetzt schwieg ich, geduldig belauscht von Oleg, aufmerksam beobachtet von Sam.

»Ja«, antwortete ich dann.

»Nun gut«, sagte Oleg, während Sams Gesicht von einem strahlenden Lächeln aufgehellt wurde.

»Das ist das Netteste, was du jemals gesagt hast«, sagte Sam, ich hielt das Mikrofon des Telefons zu.

»Ich habe nur 'Ja' gesagt«, erwiderte ich, Sam winkte ab.

»Auf bestimmte Fragen ist das die einzige richtige Antwort«, sagte er, ich wandte mich wieder Oleg zu.

»Tut mir leid, da bin ich wieder. Dieser Kunde ist etwas anstrengend. Wo waren wir?«

»Wem schadet die Datei«, half mir Oleg, ich nickte.

»Genau. Sie schadet dem Auftraggeber. Demjenigen, der die Morde anordnet. Den ich nicht kenne.« Ich zögerte. »Und es ist wahrscheinlich, dass es sich bei diesem Auftraggeber um das Regime in Weißrussland handelt. Um einen Diktator oder einen seiner Apparatschiks.«

»Ganz richtig«, sagte Oleg. »Und wie froh bin ich, dass es diese Spezies bei uns nur noch in ganz dunklen, moderigen Ecken gibt. Hier ist zwar auch noch nicht alles Gold, was glänzt, aber immerhin glänzt es schon hier und da.«

»Was nützt mir dieses Wissen? Ich kann ja wohl kaum zum weißrussischen Präsidenten gehen und ihm sagen, er und seine Killer sollen mich in Ruhe lassen.«

»Nein. Wahrscheinlich nicht.«

»Können Sie das für mich tun?«

»Nun ... ja, ich könnte für Sie vorsprechen. Nicht ganz oben, aber weit genug oben. Aber ich glaube nicht, dass das von Erfolg gekrönt wäre. Bei solchen Dingen geht es um Geben und Nehmen. Wenn ich Schulden einzutreiben hätte – ja, dann gewiss. Glauben Sie mir, ich würde nicht zögern. Aber ich habe keine. Und wenn ich welche machen muss und später nicht zurückzahlen kann, bringt mich das in Schwierigkeiten, gegen die Ihre Probleme lächerlich sind. Verzeihen Sie diesen Ausdruck.«

»Ich soll umgebracht werden, das ist nicht lächerlich.«

»Und noch einmal: doch, das ist es. Im Vergleich zu dem, was die mir antun würden, ist es lächerlich. Ich werde Ihnen erklären warum. Schauen Sie ... Es gibt Männer wie mich. Frauen auch, gewiss, aber mehr Männer. Wir sind reich. Wir sind hart. Wir haben Beziehungen. Aber eins haben wir nicht.«

»Nämlich?«

»Polizei. Gerichte. Richter. Gefängnisse.«

»Oleg, Sie haben die Polizei. Das habe ich gesehen.«

Ich hörte ihn leise lachen. »Ja, sicher. Hier. Aber die hundert Kilometer weiter, die gehört jemand anderem. Und sie alle gehören am Ende immer noch dem, der sie erschaffen hat. Und der kann etwas tun, was ich nicht kann. Noch nicht. Er kann mich fertig machen und sagen, dass das alles so seine Richtigkeit hat. Und wenn er das tut, dann bin ich tot. Ich habe einen Fernsehsender, er hat ein Dutzend. Ich habe eine Zeitung, er hat zwei Dutzend. Er sitzt am längeren Hebel. Er gewinnt.«

»Sie meinen wieder den Staat«, sagte ich.

»Ja. Sie enteignen mich. Ich lande im Gefängnis, wo ich nicht alt werden würde. Meine Frau ebenso. Meine Kinder würden in alle Winde verstreut. Ich habe eine Mutter, eine Tante. Sippenhaft ist in unseren Teil der Welt noch nicht unüblich.«

»Und Ihre Geliebten müssten sich Ihre Zobelmäntelchen besser einteilen und die dritte Nasen-OP verschieben?«

»Auch das wäre tragisch. Aber Sie verstehen, was ich sagen will. Ja, ich könnte für Sie in Weißrussland intervenieren. Aber ich würde mich bei einem höchst kapriziösen Regime verschulden. Sehr hoch verschulden. Und wenn ich zahlen muss, aber nicht kann, dann bin ich nicht nur tot. Dann schneiden die mich in Stücke und jeden, der mich jemals gekannt hat.«

»Aber Oleg, wie sollte Weißrussland Ihnen etwas antun können? Sie sind russischer Staatsbürger. Weißrussland hat in Russland doch keine Staatsgewalt.«

»Staatsgrenzen sind längst nicht mehr so trennend. Unsere neuen Nationalitäten heißen Euro und Dollar, wir alle singen ihre Hymne.«

»Schief, wenn ich das anmerken dürfte. So schief, dass es weh tut.«

Er lachte erneut.

»Ich dachte, Sie sind so gut wie immun«, sagte ich. »Was macht Ihr Wahlkampf?«

»Er läuft großartig. Ich werde Ihnen ein paar Buttons mit meinem Wahlspruch schicken. Für besonders gute Freunde haben wir welche mit Swarowski-Kristallen auf Gold. Bildhübsch. Die Damen lieben sie.«

»Oleg, bleiben Sie bitte beim Thema. Warum würde Sie Ihre Immunität nicht gegen eine Bedrohung aus Weißrussland schützen?«

»Weil sie keinen Pfifferling mehr wert ist, wenn es um solche Dimensionen geht. Wenn mein geliebtes Vaterland eine Entspannung der Wirtschaftsbeziehungen zu einem Nachbarland vor Augen hätte und einen Zehnjahresauftrag für die staatliche Energiewirtschaft, dann bin ich nur ein Bauernopfer.«

Ich stöhnte. Wenn, aber, vielleicht ...

»Oleg, das ist alles nichts Halbes und nichts Ganzes. Ich habe eine Todesliste im Haus, und ich habe Killer im Nacken. Ich möchte keine Leibwächter, und ich möchte auch Ihr kleines Königreich nicht in Gefahr bringen, wenn Sie mir glaubhaft versichern, dass Sie mich nicht in dieses Spiel gebracht haben.«

»Ich schwöre es Ihnen. Beim Leben meiner Mutter. Und Sie wissen, dass ich meine Mutter liebe.«

Das stimmte: Die weißhaarige Dame lebte wie die Königsmutter inmitten von unzähligen Rassekatzen und trank den ganzen Tag englischen Tee aus edelstem Porzellan.

»Ich glaube Ihnen«, sagte ich, und auch wenn ich enttäuscht war, meinte ich es ehrlich. »Dann bitte ich Sie nur um einen Rat. Was würden Sie an meiner Stelle tun?«

»Bringen Sie sich auf die sichere Seite.«

»Die gibt es nicht. Ich kann alle Seiten sehen, das wissen Sie. Hier gibt es keine.«

»Es gibt immer eine.«

Ich bezweifelte das, sagte aber nichts.

»Ich habe in meinem Leben etwas gelernt, was Ihnen vielleicht nützen könnte«, ließ Oleg sich wieder vernehmen. »Man muss das Spiel nicht mitspielen, was andere mit einem veranstalten. Man muss die Regeln nicht akzeptieren, die andere aufgestellt haben. Und wenn jemand Spielchen mit Ihnen spielt, haben Sie dennoch das Recht, um alles zu tun, um dieses Spiel auch zu gewinnen.« Er trank noch einen Schluck, dann wurde das Glas weggestellt. »Schauen Sie: Sie fühlen sich, als wären Sie in eine Falle gegangen. Ich glaube Ihnen, dass Sie alle Möglichkeiten durchgespielt haben – aber sehr wahrscheinlich sind das nur die Möglichkeiten innerhalb der Spielregeln. Der fremden Spielregeln. Lösen Sie sich von diesen Regeln, akzeptieren Sie sie nicht, denken Sie anders. Und wenn ich sage, dass Sie sich auf die sichere Seite bringen sollen, dann heißt das nicht, dass diese Seite auf den ersten Blick die sichere ist. Die sichere Seite kann manchmal auch die sein, die zunächst am gefährlichsten erscheint. Stehen bleiben, wenn verlangt wird, dass Sie laufen. Nein sagen, wenn verlangt wird, dass Sie Ja sagen.« Oleg seufzte. »Ich weiß schon, dass Sie mich gleich wieder bremsen werden, weil ich mich in Allgemeinplätzen verliere, mein Fräulein, aber ich würde nur ungern deutlicher werden wollen. Aus nahe liegenden Gründen. Sie halten ja den Beweis dafür in Händen, dass man auch am Telefon niemals sicher sein kann. Grüßen Sie mir die liebe Frau Berger«, fügte er dann mit seiner warmen, dunklen Stimme hinzu, »und passen Sie gut auf sich auf. Denken Sie anders, dann werden Sie Erfolg haben. Ich bin mir sicher, dass wir uns bald wieder sehen.«

***

»Ich mag nicht mehr«, verkündete Sam, nachdem wir eine Viertelstunde schweigend verbracht hatten, und er klang wie ein trotziges Kind, das vom Spielplatz wieder nach Hause möchte.

»Ich mag nicht mehr, und ich will das jetzt beenden. Dein Oleg hat recht, wir müssen es nach unseren Regeln zu Ende bringen, und nicht nach deren.«

»Wie?«, fragte ich ihn, er nickte zu seinem Handy, das auf dem Tisch lag.

»Wir fahren zu dieser Wohnung. Dort schreibe ich eine SMS an Tobias, dass ich die CD habe und sie übergeben werde. Nicht morgen, sondern heute. Jetzt sofort. Dann warten wir auf diesen Typ.«

»Ich sagte schon, dass ich nicht mitkommen werde. In die Wohnung«, erinnerte ich Sam, er lächelte spitzfindig.

»Richtig. Aber wir werden dieses Mal nicht zu zweit sein, sondern zu dritt. Und wir werden diejenigen sein, die dort im Dunklen lauern. Diese Möglichkeit hatten wir noch nicht.«

»Und wer ist die Nummer Drei?«, erkundigte ich mich, Sams Lächeln wurde breiter.

»Dein Mr. Colt. Oder Mr. 9 Millimeter. Deine Knarre, halt«, präzisierte er, als ich angesichts dieser bemüht cool klingenden Bezeichnungen die Stirn gerunzelt hatte.

»Du willst eine Waffe mitnehmen?«

Ich war etwas fassungslos, und das hörte man meiner Stimme durchaus an.

»Ja. Wir zeigen diesem Typen, dass nicht unbedingt wir die Opfer sein müssen. Dass wir wissen, was er vorhat. Dank dir. Und dass das nicht klappen wird.«

»Und du glaubst, das wird funktionieren.«

»Ich hoffe es.«

Ich drehte mich zu ihm um, um aus diesem Glauben durch ein weiteres Abtauchen in seinen Magen Gewissheit zu machen, aber Sam stand blitzschnell auf und wandte mir seinen Rücken zu.

»Nicht. Schau nicht nach, ob es klappt. Lass uns einfach fahren. Bitte.«

»Ich verlasse dieses Haus nicht«, wiederholte ich etwas, was ich letzte Nacht schon einmal gesagt hatte, aber Sam ging gar nicht weiter darauf ein.

»Du weißt, wo die Wohnung ist. Du kannst sie finden. Das kannst du doch, oder? Du hast gesehen, wie ich dort hinfahre. Und du hast mir doch sogar schon die Adresse vorgelesen, aus einer SMS!«

»Ja, ich weiß, wo die Wohnung ist.«

»Also: Ich fahre, du spielst Navi. Ganz einfach. Hier rechts, in dreihundert Metern links. Komm.«

Er streckte eine Hand nach hinten, ich starrte auf seine kurz geschnittenen Fingernägel und fragte mich ganz ernsthaft, ob er jetzt komplett durchgedreht war.

»Das ist Selbstmord.«

»Quatsch!«

Er klang aufgebracht, seine Stimme war plötzlich laut. Doch das machte sie nicht überzeugender, ließ ihn nicht entschlossener wirken: Eher verzweifelt darum bemüht, sich selbst Mut zu machen. Sich stärker zu machen.

»Sam«, sagte ich, leise und eindringlich. »Das ist der wahnwitzigste Plan von allen. Und es gibt noch andere, die wir noch nicht durchexerziert haben. Die vielleicht einen Versuch wert wären.«

»Vielleicht«, wiederholte er tonlos. »Vielleicht machen wir dies, vielleicht machen wir das. Vielleicht leben wir, vielleicht sterben wir.«

Er seufzte.

»Ich kann nicht mehr«, fuhr er dann fort, und seine Stimme klang, als wäre ihm das ernst. »Ich kann nicht mehr, und ich

210

will nicht mehr. Mein Freund ist tot. Ich habe Angst. Um dich und um mich. Eine Scheißangst. Und ich will kein 'Was wäre wenn'. Ich will nicht hüpfen, weil die wollen, dass ich hüpfe. Ich will nicht nach einer Möglichkeit suchen, wie ich die so glücklich machen kann, dass sie mich nicht erschießen. Es ist mir scheißegal, was die wollen und ob sie am Ende dieses Tages glücklich sind. Und das werde ich denen jetzt sagen.«

»Mit einer Waffe in der Hand.«

»Ja.«

»Und dann? Wenn du es ihnen gesagt hast?«

»Dann fahren wir ins Reisebüro. Und buchen Flüge nach Japan.«

Ich schüttelte den Kopf, was er nicht sehen konnte. Dann sah ich auf seine Hand, die auf mich wartete, und dachte an die Waffe in meinem Tresor, schwarz und schwer. Und ich stellte fest, dass ich mich weder vor der Hand fürchtete noch vor der Waffe. Ich fürchtete mich vor dem Mann, dessen Gesicht stets im Dunkel geblieben war, ja – und davor, diese schützenden Mauern zu verlassen, die mich in den letzten Jahren so vortrefflich beschützt hatten.

»Du weißt nicht, was du da von mir verlangst«, sagte ich. »Ich war seit Jahren nicht mehr … draußen. Ich kann das nicht. Ich verlasse das Haus nicht. Niemals.«

»Du kannst entweder jetzt mitkommen und mir helfen«, sagte Sam, »oder du vertagst das Problem.«

»Vertagen?«

»Ja. Bis nach meinem Tod. Wenn du die Entscheidung treffen musst, ob du zu meiner Beerdigung gehst oder nicht.«

TAG 11 – MITTWOCH, 9. AUGUST, NOCH SPÄTER

Sam legte den Kopf in den Nacken und blickte an dem grauen Betonklotz hinauf. Ich tat es ihm nicht nach, denn ich wusste schon, wie er aussah, hatte ich ihn doch schon zahllose Male erblickt: in Sams Zukunft. Die Balkone, auf denen statt Gartenstuhl und Sonnenschirm ausrangierte Kühlschränke und gestapelte Getränkekästen standen. Die ausgewaschene Fassade, auf die der Regen und die Gleichgültigkeit der Bewohner dunkle Schleier gemalt hatten. Die vor Werbebroschüren überquellenden Briefkästen, das tote Laub unter der Betontreppe, die Graffitis der Gangs wie Reviermarkierungen auf der Tür: Nein, ich gönnte dem Gebäude nicht einen Blick. Ich hielt stattdessen meine Nase in die Stadtluft und realisierte erstaunt, dass mir Geruch fehlte, wenn ich in Menschen hineinsah. Er war einfach nicht da gewesen, dieser Duft nach Grill, Moped-Abgasen und in der Sonne bratendem Müll, er hatte komplett gefehlt. Und ich hatte auch davor nie einen Geruch gesehen, bei keinem meiner Kunden - keine salzige Meerluft, keinen würzigen Wald, keine Kochdünste, nichts.

Macht dieses Fehlen von Geruch etwas aus?, fragte ich mich, konnte es meine Vorhersagen trüben? Macht es sie unwahrer, vielleicht sogar falsch? Ich wusste es nicht, und diese Erkenntnis ließ mich nicht gerade selbstsicherer werden. Wenn schon so etwas Banales wie der Geruch fehlte, was war dann noch alles nicht da?

»Übles Viertel«, bemerkte Sam und drückte meine Finger, als wolle er mich darüber hinwegtrösten, dass er mich in diese alles andere als heimelige Gegend gelotst hatte.

Mir bedeutete dieses Zudrücken tatsächlich etwas - wie auch die Tatsache, dass Sam meine Hand so gut wie nicht mehr losgelassen hatte, nachdem ich im Garten zögerlich meine Finger in seine gelegt hatte. Weniger als Zeichen dafür, dass ich einverstanden war mit seinem Plan, in diese Wohnung zu fahren, als vielmehr als Zeichen meiner Kapitulation. Und meiner Machtlosigkeit, uns mittels dieser meiner ach so besonderen Fähigkeit heil aus dieser eingefahrenen Situation heraus zu lotsen. Nein, die Gegend war nicht der Grund, warum ich Sams Halt brauchte. Was dann? Zum einen hatte ich gerade etwas getan, was ich seit Jahren nicht mehr getan hatte, nämlich mein Haus zu verlassen. Meine Zuflucht, diesen kleinen Bereich der Welt, in dem ich frei war. Ich hatte immer gewusst, dass ich mich nicht für immer hinter diesen Mauern würde verstecken können, dass ich aus dem Tor treten und mich der Welt stellen musste. Aber nicht heute, sondern irgendwann. Und vor allem vorbereitet, geistig wie körperlich.

Und der zweite Grund, warum ich dankbar für Sams Beistand war? Die bohrende Ungewissheit über den Ausgang unseres Ausflugs, die mich zum ersten Mal den unbändigen Druck verspüren ließ, Sams Gesicht zu mir herumzuziehen und in seinen Magen zu springen. Damit sie der Gewissheit weichen konnte, dass alles gut werden würde. Aber Sam weigerte sich, er fand Hoffnung im Nicht-Wissen. Und er hatte mal wieder bewiesen, wie pragmatisch er war und sich einen Schal um den Hals gewickelt, dessen Tuch er sich über den Mund gezogen hatte: Das ließ ihn wie einen Bankräuber aus alten Zeiten aussehen und mich zukunftslos zurück.

Vor uns quietschte etwas und holte mich aus meinen Gedanken. Die mit drahtdurchzogenem Sicherheitsglas bewehrte Tür öffnete sich, eine Frau bugsierte einen Kinderwagen hindurch. Sams lange Beine eilten die Treppe hinauf, zogen mich hinter sich her. Er hielt die Tür fest, die Frau dankte ihm, und wundersamerweise funktionierte der Aufzug. Sam drückte auf die Achtzehn, die mit dem ewig wiederkehrenden Graffiti-Kürzel besprühte Kabine beförderte uns nach oben.

»Welche Tür?«, fragte Sam, als wir hinaus in den Gang traten, ich nickte nach rechts.

Und wieder war es der Geruch, der mich überraschte und das ängstliche Ziehen in meinen Innereien verstärkte: Modrig roch es, feucht und schimmelig. Der Ursprung dieses üblen Dunstes war leicht zu erkennen, bog sich doch über unseren Köpfen die fleckige Deckenverkleidung durch, hier und da waren gar Stücke herausgebrochen und auf dem Boden zertreten worden. Wasserschaden am Dach, vermutete ich. Man hatte das oberste Stockwerk geräumt, mehr aber auch nicht: Durch offene Türen gähnten uns verlassene Wohnungen entgegen, und ich glaubte, irgendwo im Hintergrund ein stetiges Tropfen zu vernehmen.

Die Tür, die auf uns wartete, war angelehnt, auf einen nachdrücklichen Stoß von Sams Hand flog sie auf und prallte gegen die Wand. Wir horchten in die Wohnung, aber außer einem dumpfen Fernsehgeräusch von unten und dem anhaltenden Tropfen war nichts zu hören.

»Na dann«, sagte Sam, und wir betraten die Wohnung. Er mit festen Schritten auf dem Weg zur Lösung all seiner Probleme, ich zögernd.

Den Flur erkannte ich nicht wieder, denn er war schon fast gänzlich dunkel gewesen, als Sam hindurchgegangen war: In seiner Zukunft war es immer dämmeriger Abend gewesen, als er zum Sterben hierher gekommen war, jetzt war es Nachmittag. Ein Hochsommer-Nachmittag sogar, der in dieser Wohnung mit ihren schmutzblinden Fenstern jedoch trüb erschien. Es roch nach alten Zigarettenkippen und kaltem

Rauch, schimmelndem Papier und schalem Bier. Zerquetschte Dosen säumten unseren Weg am Badezimmer und der Küche mit zerschlagenen Schränken hinein in den Raum, in den ich Sam und auch schon mich hatte niederfallen sehen: das ehemalige Wohnzimmer, leer bis auf ein ausgesessenes Sofa mit Brandlöchern.

Sam musterte den Raum, ich sah seine Türkisaugen über dem karierten Stoff seines Schals hin und her wandern, als suche er nach irgendetwas. Oder nach irgendwem. Aber es gab nichts, die Wohnung war nicht die Antwort auf all diese Fragen, sie war nur der Ort, an dem alles sein Ende finden sollte.

»Na dann«, sagte Sam wieder, als wären das die einzigen Worte, die in dieser Situation benutzbar waren.

Er zog sein Handy aus der Tasche, doch seine Finger drückten nicht die entscheidenden Tasten. Stattdessen sah er mich an, und eine Frage hing unausgesprochen im Raum: 'Soll ich wirklich?'

Ich starrte zurück, brannte meinen Blick in seine klaren Augen und wand mich innerlich wie eine Schlange, um mich von einer Antwort fortzubiegen. Ich hatte oft genug 'Nein' gesagt, ich hatte mich oft genug erboten, in ihm zu lesen, aus ihm die letzte, die aktuellste Variante unserer Zukunft herauszuholen. Bevor wir losgefahren waren, im Auto, dann eben erst, während der Suche nach einem Parkplatz. Was konnte ich jetzt noch tun? Ein 'Nein' würde nichts bringen, es wäre nur ein weiteres in einer ganzen Reihe schon vergeudeter. Sollte ich Sam das Handy aus der Hand schlagen, ihn dazu bringen, diese düstere, durchweichte Wohnung zu verlassen? Ja, das könnte ich, aber warum sollte ich? Ich konnte selbst gehen, einfach so. Aus der Tür, aus diesem Haus. Sam würde mich nicht aufhalten: Ich hatte die Waffe, sie steckte hinten in meinem Hosenbund und bohrte sich hart und mittlerweile körperwarm in meinen Rücken. Ja, mich konnte ich in Sicherheit bringen, vielleicht nicht für immer und ewig, aber für hier und heute. Und Menschen neigen dazu, hier und heute ihr kleines Leben zu retten, möge die Zukunft bringen, was sie wolle.

Dass ich blieb, hing also nicht mit mir zusammen, sondern mit Sam. Mit seinem sauberen Magen, mit seinen Fragen nach allem und jedem. Ich hatte Sam gern, schrecklich gern. Ich liebte ihn nur vielleicht, aber was ich fühlte, war genug, um meine Entscheidung zu fällen.

»Tu es nicht. Oder lass mich nachsehen, wie es ausgehen wird«, sagte ich, und ich hörte selbst, wie schwach meine Stimme klang. Als hätte ich all meine Kraft, meinen Mut, mein Selbstbewusstsein in meinem Haus vergessen.

»Kein Wissen. Es kommt, wie es kommt.«

»Du verurteilst uns zum Tode.«

»Ich rette uns das Leben.«

»Werden wir je einer Meinung sein?«, fragte ich und erblinzelte ein Lächeln rund um Sams Augen.

»Nein. Aber das macht ja nichts«, antwortete er, und ich nickte dann doch. Nicht überzeugt, nicht bereit, aber ich nickte.

»Ja«, sagte ich, »hol ihn her. Es muss ein Ende haben.«

Sam nickte, drückte die Tasten, und dann warteten wir schweigend, bis die Haustür aufgestoßen wurde und schnelle Schritte den Gang herunter kamen.

***

Es war ein Mann. Der, der Tobias über meine Mauer und in meinen Pool bugsiert hatte? Vielleicht. Er wirkte dünner, als ich die Gestalt von dem Video in Erinnerung hatte. Das Gesicht war unter einer Skimaske verborgen, zeichnete sich hager und länglich darunter ab. Mausbraune Augen sahen aus den Schlitzen, zusammen mit dem Ansatz der Brauen. Den Mund erahnte ich als schmallippig, das Kinn als fliehend. Nicht das Gesicht eines Mörders, weil es so alltäglich zu sein schien, aber vielleicht gerade deswegen das perfekte Gesicht für einen Mörder.

Der Mann trat mit entschlossenen Schritten in das Zimmer, blieb aber unmittelbar hinter der Tür stehen. Mein Magen hatte bei jedem seiner Schritte gezuckt, die Angst lag darin wie ein Klumpen: schwer, schmerzhaft, schwarz. Sie lähmt mich nun geradezu, und ich ahnte, dass ich Sam ab jetzt keine Hilfe mehr sein würde. Wenn ich denn überhaupt mal eine gewesen war und nicht noch alles viel schlimmer gemacht hatte mit meinem 'Was wäre wenn'.

Der Blick des Mannes huschte über Sam hinweg und blieb dann auf mir liegen. Seine Augen weiteten sich für den Bruchteil einer Sekunde, aber ich vermochte nicht zu sagen, ob das Überraschung oder Unwille angesichts meiner Anwesenheit war.

»Du hast es dabei«, sagte der Mann mit einer Stimme, in der ein deutlicher, harter Akzent mitschwang. Er machte die Laute schwerer und bedeutsamer, als sie ohne ihn gewesen wären.

»Ja«, antwortete Sam, während wenn ich fand, dass das keine Frage gewesen war, eher eine Feststellung. Wobei fraglich war, woher der Mann wusste, dass die CD hier war, steckte sie doch unsichtbar in Sams Jacke.

»Dann kannst du gehen«, sagte der Mann.

Sam sah mich mit hochgezogenen Augenbrauen an, als würde ihn diese Erlaubnis erstaunen, zuckte mit den Schultern, zog die CD aus der Tasche und legte sie auf das Sofa. Dann streckte er mir eine Hand entgegen: Die deutliche Aufforderung, zu gehen. Ich erhob mich von dem muffigen Möbelstück, auf das mich meine unsicheren Beine gezwungen hatten. Mit einem seltsam prickelnden Gefühl im Magen, das mir sagte, dass dies nicht das Ende war, sondern erst der Anfang, auch wenn außer meinem Bauchgefühl nichts darauf hindeutete. Zeigte mir da gerade mein Magen die Zukunft? Zum allerersten Mal?

Sam und ich machten einen Schritt auf die Tür zu, einen zweiten und einen dritten - dann hob der Mann die Hand.

»Sie bleibt hier.«

»Die CD liegt auf dem Sofa«, erwiderte Sam, aber ich wusste schon, dass er sich die Luft dafür auch hätte sparen können. Weil es logisch war und weil es meine Angst erklärte. Was der Mann meinte, wen der Mann meinte.

»Scheiß auf die CD.«

Sam erstarrte. »Scheiß auf die CD? Wieso scheiß auf die CD? Das ist doch das, was du willst, oder etwa nicht?«

»Auch.«

Sam runzelte die Stirn, sein Blick wanderte zum Sofa, auf dem die eben noch so wichtige, so wertvolle CD in ihrer billigen Plastikhülle lag, und zurück zu dem Fremden. Sein Blick streifte mich. Und kehrte zurück zu mir. Dann ruckte sein Kopf zu dem Mann herüber, mit einer ehrlichen, überraschten Entrüstung im Blick.

»Du willst sie? Pythia?« Er lachte auf. »Ich weiß nicht, wie sie wirklich heißt.«

Der Mann schwieg, aber das war Antwort genug.

»Wieso denn das? Ihr wolltet doch … Ihr habt doch Tobias wegen dieser CD … Ihr bringt da Leute um, verdammt!«

Sams Stimme hallte überlaut durch das leere Zimmer, aber sie brach an der vermummten Gestalt so wirkungslos wie Wellen an einer Betonmauer. Und als der Mann ihm antwortete, war seine Stimme nur noch umso ruhiger.

»Was kümmert es dich? Geh, dann wirst du leben.«

»Was willst du denn mit ihr?«

Ich hätte beinahe gelächelt, weil diese Frage so typisch Sam war. Weil sie das ignorierte, was der Vorredner gesagt hatte, und stattdessen einem Pfad folgte, den nur Sam sehen konnte, und von dem auch nur Sam wusste, wohin er führte. Ja, ich hätte beinahe gelächelt, aber ich konnte nicht. Ich konnte nur stehen und schauen und zuhören, gelähmt von dieser Angst, die größer und größer wurde, schwärzer und schwärzer.

»Was wolltest du denn von ihr?«, fragte der Mann zurück, Sam straffte sich.

»Hilfe.«

»Dito«, erwiderte der Mann.

Sam stutzte. »Das verstehe ich nicht«, sagte er schließlich mit seiner kindlichen Ehrlichkeit, und der Fremde gab einen seufzenden Laut von sich, der mir bekannt vorkam: Dergleichen war in den letzten Tagen oft auch aus meiner Brust gekommen und wohl so etwas wie eine natürliche

Reaktion auf Sam.

»Du wolltest verhindern, dass du getötet wirst«, sagte der Mann. »Die Wahrsagerin hat dir geholfen, nun wird sie mir helfen.«

»Dich will auch jemand umbringen?«

»Das habe ich nicht gesagt. Ich habe nur gesagt, dass sie mir helfen wird.«

Ich starrte auf die Skimaske des Vermummten und ich wusste, dass ich nichts so wenig wollte, wie in den Magen dieses Mannes abzutauchen. Wenn er das denn gemeint haben sollte.

»Sam, ich kann das nicht«, sagte ich mit schwacher Stimme, weil ich nicht mehr fest und stark klingen konnte, doch er achtete nicht auf mich. War ganz auf den Vermummten konzentriert und ahnte nichts von meiner Angst. Vielleicht, weil er mit seiner Eigenen schon genug zu kämpfen hatte.

»Warum sollte sie dir helfen?«, fragte Sam, »sie kennt dich gar nicht.«

»Kannte sie dich?«, fragte der Mann zurück.

»Nein. Aber ich hab sie auch nicht bedroht.«

»Stimmt. Du bist nur bei ihr eingebrochen.«

»In den Garten«, relativierte Sam mit einem fast entschuldigenden Unterton. »Du hast meinen Freund umgebracht. Und in ihren Pool geschmissen!«

»Und wenn?«

»Ich bin vielleicht ein Einbrecher, aber du bist ein Mörder.«

»Man ist kein Mörder, nur weil man jemanden tötet. Manche Menschen haben den Tod verdient.«

»Tobias nicht«, sagte Sam mit Gewissheit.

»Das denkst du. Er war ein Erpresser.«

Sam schüttelte den Kopf, sofort und ohne Zweifel.

»Nein, das stimmt nicht.«

Der Mann lachte kalt und knapp. »Sicher war er das. Was glaubst du, woher wir wussten, dass er dieses kleine Gespräch belauscht hat?«

Sam gab ein knurrendes Geräusch von sich, den Mann musterte ihn aufmerksam und nickte schließlich, als würde er verstehen.

»Du hast gedacht, er wäre das arme Opfer, oder? Nein, das war er nicht. Er wollte 500.000 Euro für die CD. Dann 550.000, dann 600.000, dann 650.000. Auch die hätte er haben können. Aber bei 800.000 war dann die Geduld gewisser Herrschaften erschöpft.«

»Das stimmt nicht. So war er nicht. Einer der Männer hieß wie er!«

Der Vermummte nickte. »Ja, das ist richtig. Und weißt du was? Die beiden waren sogar verwandt. Entfernt, aber verwandt. Ihm war das scheißegal, ihm ging's nur ums Geld.«

Sam war nach wie vor ein Abbild reinen Unglaubens, ich dagegen fragte mich, ob es wahr sein konnte. Und ich fand es möglich. 'Wie sind ihm die Mörder auf die Schliche gekommen?', hatten wir uns gefragt, ohne eine Lösung dafür zu finden - hatte Tobias selbst diese Nummer angerufen, die er da abgehört hatte, war auch das erklärt.

»Du hättest ihn ja nicht gleich erschießen müssen«, sagte Sam jetzt, und der Mann runzelte derart die Stirn, dass man es auch unter der Skimaske sehen konnte.

Er würdigte diese Bemerkung keiner Antwort, aber es war zu spüren, dass er diese Diskussion nicht weiter führen wollte. Ich zumindest spürte das, doch Sam wäre nicht Sam, wenn er nicht noch eine Frage gehabt hätte.

»Warum?«

»Warum was?«

»Warum willst du Pythia?«

»Gewisse Leute versprechen sich Hilfe von ihr.«

»Wer?«

»Die Männer, die du auf dieser CD gehört hast.«

»Was hat Pythia mit der CD zu tun?«

Ich stellte fest, dass ich es nicht mochte, wenn Sam mich so nannte. Wenn er den Titel verwendete, als wäre es mein Name, denn das reduzierte mich auf das Magenschauen, machte es zu meinem Ich, nicht zu meinem Beruf.

»Nichts. Dass sie dich zu der CD geführt hat, ist der Beweis dafür, dass sie kann, was sie verspricht. Zwei Fliegen mit einer

Klappe, so sagt man doch auf Deutsch.«

»Aha.« Sam kaute auf seiner Unterlippe. »Was sollst du mit ihr machen?«

»Wir fahren zum Flughafen.«

»Und dann? Ab nach Weißrussland?«

»Das Flugziel ist mir nicht bekannt. Ich bin nur der Bote.«

»Warum machen deine Auftraggeber nicht einfach einen Termin? Sie hat im Januar wieder was frei.«

»Es geht ihnen um Exklusivität. Und den Wettbewerbsvorteil.«

»Aha. Und warum sollte sie mitgehen?«

»Um dir zu helfen. Das ist doch der Grund, warum du sie aufgesucht hast.«

Sam stutzte. »Nicht so«, erwiderte er, und in seiner Stimme lag deutlicher Widerwillen.

»Wenn sie mitkommt«, fuhr der Mann fort, »bist du nicht mehr in Gefahr. Ich kann dir versichern, dass dein Part an der Geschichte erledigt ist, sobald ich mir ihr in diesem Flugzeug sitze. Die Leute, die mich geschickt haben wissen, wo du die Leiche deines Freundes hingebracht hast, man wird sie abholen und sich um ihn kümmern. Du wirst nie wieder von dieser Sache hören.«

»Nein«, antwortete Sam, und nur er allein wusste, auf was sich das bezog. Aber der Druck auf meine Finger wurde jetzt schmerzhaft fest, und ich ahnte, dass Sam mit diesem kleinen, aber doch so eindeutigen Wort gegen die Ansicht des Fremden protestiert hatte, mich mitzunehmen.

Mir bedeutete dieses Wort viel, denn ich wusste, dass ich es nicht ertragen würde, zu einem Flughafen zu fahren, ein Flugzeug zu besteigen und mit einem Fremden an einen unbekannten Ort zu fliegen. Schon jetzt stiegen von der schwarzen Angst in meinem Magen kleine Perlen wie Kohlensäurebläschen nach oben und tanzten vor meine Augen.

»Was befürchtest du? Man wird ihr ein Angebot machen, mehr nicht. Und zwar ein sehr Gutes.«

»Sie braucht kein Angebot. Sie will keins.«

»Sie wird leben wie eine Königin«, sagte der Mann, »in Frieden und in Sicherheit. Sie wird alles haben, was sie sich wünscht.«

»Ihr wollt sie in einen Käfig sperren. Damit sie irgendeinem reichen Mafiosi den ganzen Tag was vororakeln kann.«

»Sie lebt jetzt schon in einem Käfig«, gab der Mann zurück, was schmerzte, aber wahr war. Dennoch war ein selbst gebauter Käfig etwas anderes, auch wenn die Gitterstäbe die gleichen sind.

»Was tust du, wenn sie nicht mitkommt?«, provozierte Sam, und ich verspürte den Drang, mich hinter seinem schmalen Rücken zu verstecken, denn die eben noch so unscheinbaren Augen stachen des Mannes stachen nun mit Intensität in meine, dass es fast weh tat.

»Sie werden mich begleiten«, sagte er zu mir, »daran führt kein Weg vorbei. Es ist mein Auftrag, dafür zu sorgen, dass Ihnen das Angebot gemacht werden kann. Sie suchen sich selbst aus, ob diese Reise angenehm wird oder nicht.«

»Angenehm?« Sams Stimme war so kalt und abweisend, wie ich sie noch nie zuvor gehört hatte. »Was schwafelst du da? Du hast uns die letzten Tage zur Hölle gemacht, du hast mich bedroht, jetzt bedrohst du sie.«

»Sie sind verletzlich und schutzlos«, fuhr der Mann an mich gerichtet fort, als wäre er nie unterbrochen worden. »Sie sind kostbar, einzigartig geradezu. Mit Ihnen kann ein entschlossener Mann die Welt regieren. Und es ist in Ihrem Sinne, ihm dabei zu dienen, denn nur dann können Sie sicher sein, wirklich vor der Welt beschützt zu werden.«

»Schwachsinn«, schnappte Sam, »totaler Schwachsinn. Sie ist nicht schutzlos. Warum habt ihr sie nicht einfach aus ihrem Haus rausgeholt, wenn ihr sie haben wolltet?«

»Es ist nicht diese Art der Bedrohung, von der ich spreche.«

»Sondern?«

»Falsche Freunde.«

Sam stockte, dann lachte er auf. »Redest du von mir? Was für ein Schwachsinn!«

»Nein«, sagte der Mann, »kein Schwachsinn. Warum ist sie

hier? Warum hast du sie hergeschleppt? Damit sie dir nutzen kann. Du brauchst sie, mehr aber auch nicht.«

»Doch.«

»So? Und was tust du, wenn ich nun eine Pistole ziehe und drohe, sie zu töten, wenn sie mir nicht folgt?«

»Sie beschützen«, sagte Sam, was den Mann mit den Schultern zucken ließ. Und eine Pistole in seine Hände legte, die mit ihrem kalten, schwarzen Stahl direkt auf den kalten, schwarzen Klumpen in meinem Magen zielte.

***

»Ich an deiner Stelle wäre nicht so blauäugig«, sagte Sam, und ich fand seine Stimme seltsam unbeeindruckt. Als würde er schon wissen, dass die Waffe nichts Böses war, dass sie nicht abgefeuert werden würde, dass sie nicht verletzen, nicht töten würde. Ich war mir da weniger sicher und schluckte jetzt gegen eine mir bitter im Hals aufsteigende Übelkeit an, die schlimmer war als das, was nach dem Sehen kam. Olegs Gesicht flimmerte vor meinem inneren Auge vorbei, und es schien, als würde diese Erinnerung an meine erste Konfrontation mit einer Waffe sich zu dieser zweiten dazuaddieren und das erzeugte Grauen sich dadurch mehr als verdoppeln.

Der Mann sah Sam nur an, was diesen zum Weiterreden motivierte.

»Alles, was du tun musst, ist diese Maske abzunehmen und Pythia einen Blick in deine Zukunft werfen lassen«, sagte Sam.

»Warum sollte ich?«

»Weil du dann weißt, ob sie dich auch bescheißen. Diese Typen lassen dich für sie Leute killen, und wenn du am Ende selbst die Radieschen von unten siehst, weiß keiner mehr was davon. Ich an deiner Stelle würde mir da schon Sorgen machen.«

Der Mann reagierte nicht, auch die Waffe wurde um keinen Millimeter gesenkt.

»Es tut nicht weh«, fuhr Sam fort, »und es geht schnell. Du musst nicht, wenn du dir so sicher bist. Aber du kannst, wenn du Sicherheit haben willst. Oder hast du Angst davor? Musst du nicht, es tut nicht weh.«

Er machte dieses Angebot mit so lockerer Stimme, als ahnte er nicht, was er mir damit androhte: Einen Blick in die Zukunft eines Mörders. Doch die Augen des Mannes blieben schmal und skeptisch.

»Sie kann es«, sagte Sam, nun schon beschwörend. »Du hast es selbst gesagt: Sie muss es können, sonst wären wir nicht hier.«

»Wie lange dauert es?«, fragte der Mann, und Sam sah mich an: Zwei klare Aufforderungen, zu antworten.

Ich räusperte mich, schluckte den sauren Geschmack in meinem Mund hinunter.

»Zwanzig Sekunden. Wenn es um ein genaues Datum geht, dauert es vielleicht ein wenig länger«, zitierte ich mich selbst aus dem Text, den ich neuen Kunden aufsagte.

Der Mann schien nicht darauf zu reagieren. Sein harter Blick änderte sich nicht, und er sagte auch nichts. Er starrte mich an, und ich müsste lügen, wenn ich sagen würde, dass ich es hinter seiner Stirn arbeiten sah, aber das lag nicht nur an der Skimaske: Er war unbewegt wie eine Statue, verriet durch nichts, was er dachte oder plante.

Es verging eine gute Minute, in der außer dem fernen Wassertröpfeln nichts zu hören war. Dann nahm der Mann die eine Hand von der Waffe und zog sich mit einer schnellen Bewegung die Wollmütze vom Kopf. Er enthüllte den schmallippigen Mund, den ich schon erahnt hatte, und ich schnappte erschrocken nach Luft, als ich von einer Sekunde zur anderen in ihn hineingesogen wurde. Es fühlte sich an wie ein Sprung aus dem Fenster, herbeigeführt durch einen harten Stoß - ich war nicht bereit gewesen, er hatte mich überrumpelt.

Ein Gebiss zog an mir vorbei, von einem schlechten Zahnarzt gepflegt, mit unzähligen Füllungen und dürrem Zahnfleisch. Ein Geruch nach Salami und dunklem Brot, Kaffee und kratzigem Tabak wehte mir entgegen, als ich in den Hals geschleudert wurde. Und als ich im Magen kopfüber in einen Matsch eintauchte, der roch, als würde er seit Wochen dort vor sich hin gären, erschütterte ein Schauder meinen ganzen Körper. Der Matsch war zäh und fest, umklammerte meine Beine, zog mich wie ein Sumpf hinunter in eine nie gekannte Dunkelheit. Ich hatte es hunderte Male getan, dieses Abtauchen, doch jetzt erzitterten meine Glieder wie im Schüttelfrost, Gänsehaut kroch mir am ganzen Körper hinauf und prickelte im Haaransatz, dass es fast schmerzte. Es war anders heute, aber dennoch hatte ich es so ähnlich schon einmal erlebt: in den frühen Tagen meines sehenden Seins. Und dann noch einmal, in Olegs Magen.

Ja, hier in dieser düsteren Wohnung, die so gar nichts mit meinem weißen, sauberen Konsultationszimmer gemein hatte, hatte ich erneut die Kontrolle verloren, war es wieder der Andere, der bestimmte, dass ich sehen musste, auch, wenn ich gar nicht sehen wollte. Und ich fürchtete mich vor dem, was mir der Magen dieses Mannes enthüllen würde - über ihn, aber auch über mich selbst, die ich doch zur Zukunft dieses Mannes gehören sollte: Ich war die Beute, die er mitbringen sollte, das Pfand, das er gegen seinen Lohn eintauschte, der sterbliche Körper, den er mit der Waffe bedrohte. Nein, ich wollte nicht sehen, ich wollte zurück in mein Haus, zurück in meinen Käfig, seine Tür von innen verriegeln und verrammeln. Doch mein Weg in die Gefangenschaft war nur eine der Zukunftsvarianten, die auf mich warten konnten. Genau so gut konnte es mein Tod sein, ein kurzer, heller Blitz aus dieser Waffe, scharfer Schmerz, dann Dunkelheit und Leere. Oder Sams Tod. Schmerz an einer anderen Stelle, schwerer zu fassen aber dennoch nicht weniger schlimm. Ja, auch dieser Tod würde Dunkelheit und Leere erzeugen, und zwar in meinem Herzen. Nein, das wollte ich nicht sehen, das durfte nicht sein, weder das Erste noch das Zweite noch das Dritte!

Der Magen des Mannes wurde von einem Lichtstrahl erhellt, aus dem Lichtstrahl wurde gleißendes Sonnenlicht. Und als das Leben des Mörders auf mich einstürmte, fand ich bestätigt, was ich befürchtet hatte: Ich hörte den Knall, ich sah das Blut, registrierte den Schmerz und den Tod. Aber ich spürte noch etwas anderes, im Jetzt, nicht im Bald, nämlich

Sams Schulter an meiner, und ich fühlte auch seinen türkisblauen Blick. Besorgt, gleichzeitig voller Vertrauen und Hoffnung. Und aus meiner eigenen Angst wurde nun etwas anderes, jetzt, wo ich Sam wahrnahm, etwas Gefährliches, und zwar nicht für mich, sondern für den Mann, in den ich mich unfreiwillig hatte versenken müssen: Wut.

Ja, ich verspürte plötzlich eine unbändige Wut auf diesen Mann, weil er alles kaputtmachte, was ich mir aufgebaut hatte. Weil er meine mühsam errichtete Mauer überwunden, mein sauberes Wasser mit Blut besudelt und meine Selbstsicherheit zerstört hatte. Weil er mich ängstigte, Sam bedrohte, Tobias getötet hatte. Weil er für das Regime eines Landes arbeitete, das Menschenrechte mit Füßen trat und in dem man nicht einmal denken durfte, was in einem freien Land hemmungs- bis rücksichtslos heraus geschrien wurde. Es gab viele Gründe, auf diesen Mann wütend zu sein, und wie schon eben meine Angst, addierte sich nun meine Wut. Sie machte mich kälter, je größer sie wurde, und durch sie wurde klarer, was ich tun konnte, was ich tun musste. Wenn ich überleben und auch Sam lebendig aus dieser Wohnung herausbringen wollte.

Meine Pistole drückte sich hart gegen mein Rückgrat, aber sie war keine Option: Dieser Mann war ein Killer, die Waffe sein alltäglichstes Werkzeug, sein Zeigefinger weitaus schneller und entschlossener als meiner. Nein, die Waffe war seine Methode, ich hatte eine andere. Meine ganze spezielle. Aber wenn ich sie benutzen wollte, zum ersten Mal absichtlich und bewusst, galt es vorher, eine Antwort zu geben auf eine Frage, die zu finden ich Sam ebenfalls schon einmal aufgetragen hatte: die Frage aller Fragen, die Mutter aller Fragen.

***

Glaubte ich an das, was ich konnte? Ja. Natürlich, denn ich hatte bewiesen, dass ich die Zukunft sehen konnte, hunderte Male schon. Ich hatte große und kleine Dinge vorhergesagt, und sie alle waren wahr geworden. Ich hatte das Leben von anderen gesehen, und ich hatte mein eigenes Leben gesehen. In

Frau Berger, in Oleg, in Sam. Bislang hatte es an diesem Glauben nie gemangelt, und ich hatte ihn nie angezweifelt. Warum auch? Ich hatte lediglich genug glauben müssen, um von meinen Kunden diese Gebühr einfordern zu können. Um meine Termine so exklusiv zu verteilen. Um das, was ich gesehen hatte, mit fester Stimme aussprechen zu können. Nein, mehr Glaube war nie nötig gewesen. Bis jetzt. Dabei war es gar nichts Neues, was ich sah, streng genommen. Doch was vorher graue Theorie gewesen war, getrennt von der Realität durch Tage, die noch zwischen dem damaligen Jetzt und dem drohenden Todestag am 10. August gelegen hatten, war jetzt … ja, eben jetzt. Es würde passieren, und zwar gleich und hier. Es war das, wovor ich gewarnt hatte, wovor ich Sam und mich hatte bewahren wollen.

Ich versuchte, einen klaren Gedanken zu fassen, nein, mehr noch: Ich versuchte, einen Entschluss zu fassen, so wie ich es Sam immer aufgetragen hatte. Triff eine Entscheidung, beschließe, was du tun willst, nimm es dir fest vor und versuche so, die Zukunft zu ändern. Aber wie viel Zeit blieb mir? Nicht viel. Mehr als diesen einen Blick würde der Mann mir nicht gewähren, vielleicht würde ihm auch dieses Sehen schon bald zulange dauern. Er musste sich nur diese Strickmütze wieder über das Gesicht ziehen, und schon stände ich wieder in dieser stinkenden Wohnung, Angesicht zu Angesicht mit dieser Waffe.

Ich atmete ein, atmete aus und stellte mir noch einmal die Frage der Fragen: die Frage nach dem Glauben. Ich fragte mich, ob ich so sehr an das glaubte, was ich konnte, dass ich bereit war, auf diesen Glauben hin … zu töten. Einen Menschen zu töten, von dem ich gesehen hatte, dass er einen Mord begehen würde - und zwar, bevor er diesen Mord tatsächlich begehen konnte. Konnte ich also töten, um ein Töten zu verhindern, dass erst in der Zukunft geschehen würde?

Ich dachte an die Male, an denen sich die Zukunft verändert hatte, bevor sie so hatte wahr werden können, wie ich sie gesehen hatte. Weil ich meine Vision schlecht erzählt hatte, weil ich Einfluss genommen hatte. Und ich dachte an die Male, wo ich selbst versucht hatte, die Zukunft zu ändern, und sie sich doch nicht hatte ändern lassen. Weil sie ein störrisches Biest war, eigensinnig und gemein. Wie ich. Weshalb sie sich vielleicht mich als ihre Botschafterin ausgesucht hatte. Ja, manchmal wollte sie, dass es kam, wie es kommen musste. Wie bei dem Kuss, den Sam mir hatte geben sollen, als ich ihn aus dem Sturm rein geholt hatte. Und wie bei dem Leben, das in dieser Wohnung geopfert werden sollte.

Ich nickte, selbstvergessen. Ich würde es nicht ändern können, wenn das Schicksal es so wollte. Wenn ein Mensch sterben musste, hier und heute, dann musste es so sein. Und damit lautete die Antwort auf die Frage aller Fragen: Ja, ich glaubte. Nicht an mich, sondern an die Zukunft. An das Schicksal und den Weg, den es nehmen wollte. Also ballte ich meine imaginäre Hand zur Faust, holte aus und rammte sie dem Mann mit aller Kraft von innen in den Magen. Ich hörte das Keuchen, mit dem es ihm die Luft aus den Lungen presste, als der Schmerz seinen Körper erschütterte. Ich spürte die Bewegung wie in einem rasch hinab fahrenden Aufzug, als er in die Knie sank, hörte auch das Krachen, als die schwere Waffe aus seiner Hand glitt, aber ich wusste, dass das nicht genug war. Nein, es würde nicht genügen, diesen Mann nur zu verletzen, ihn eine gewisse Zeit außer Gefecht zu setzen: Ich musste ihn töten. Meine Mittel waren begrenzt, doch das Gewebe um mich herum war weich, ungeschützt und so schrecklich verletzlich - also krallte ich meine Finger in die Wand des Mördermagens, grub und riss und wühlte, bis meine Nägel die Membran mit einem grausigen Knirschen durchdrangen und mir eine üppige Fontäne aus warmem, kupfern riechendem Blut entgegensprudelte.

TAG 12 – DONNERSTAG, 10. AUGUST

Ein paar Stunden später lag ich auf einer Liege neben meinem Pool. Mitternacht war vorüber, der 10. August wenige Minuten alt, und ich wusste noch immer nicht, ob ich seine ganzen 24 Stunden tatsächlich erleben würde.

Eine Decke war um meine Beine gewickelt, obwohl es auch um diese späte Stunde alles andere als kalt war, aber Sam hatte sie dahin gelegt, und deshalb ließ ich sie, wo sie war. Sie war der Ersatz für den echten Sam, und auch, wenn sie nur meine eigene Körperwärme zurückstrahlte, wenn sie kein Ersatz für einen warmen, lebendigen Körper war, war sie besser als nichts.

Es war still und dunkel um mich herum. Die Lampen im Haus waren aus, und auch von Frau Bergers Grundstück drangen weder Licht noch Stimmen herüber. Ich hörte nicht das Radio, das sonst oft bis in den späten Abend spielte, und ich hörte auch nicht, wie sie gütig mit Kasimir schimpfte, weil der sein Fressen stets hinunterschlang wie ein Staubsauger. Nein, ihr Haus war dunkel, und ich selbst hatte das erzeugt - um Frau Berger zu schützen. Besser: um eine gute Freundin zu beschützen, denn wenn ich jetzt in mich hineinhorchte, fehlte mir mehr als nur eine Nachbarin.

Ich war zu ihr gegangen, als wir zurückgekommen waren, hatte ihr Haus jedoch leer gefunden. Ein kurzer, dafür aber bodenloser Schreck hatte mich erstarren lassen, dann hatte ich registriert, dass Kasimirs Leine an der Garderobe fehlte. Ein kleiner Verdauungsspaziergang wahrscheinlich, hatte ich geschlussfolgert, mich auf die sauber gekehrten Eingangsstufen vor der Haustür gesetzt und auf den bedächtigen Schritt von Frau Berger und den tippeligen von Kasimir gewartet. Zwei Zigaretten lang, die ich mit zitternden Händen geraucht hatte, den Kopf voller Gedanken an den sich in Qualen auf dem Boden windenden Mörder und die Nase erfüllt vom Geruch seines Blutes auf meiner imaginären Haut.

»Als ich sagte, Herr Sam täte Ihnen gut, habe ich nicht gemeint, dass Sie seine schlechtesten Eigenschaften übernehmen sollen«, hatte Frau Berger zur Begrüßung gesagt, ich war aufgestanden und hatte die zweite Kippe in den Rinnstein geworfen.

»Sie haben die Alarmanlage nicht scharfgemacht«, hatte ich geantwortet. »Sie wissen, dass das wichtig ist.«

»Rauchen ist bei Frauen noch schlimmer als bei Männern. Es ist schlecht für die Gesundheit, und man riecht es. An den Haaren. An der Kleidung. Sie bekommen gelbe Finger und schwarze Beine.«

Frau Berger war an mir vorbeigegangen und hatte die Haustür aufgeschlossen, während Kasimir seinen stummeligen Körper die Stufen hochwuchtete.

»Es ist gefährlich, das Haus ohne Sicherung zu lassen«, hatte ich zu ihrem Rücken gesagt.

»Draußen geht es ja noch. Aber drinnen ist es ganz schlimm. Fangen Sie bloß nicht an, drinnen zu rauchen. Das bekommen Sie nie wieder rausgelüftet.«

Ich war Frau Berger in die Küche gefolgt, und während Kasimir hechelnd in sein Körbchen gewankt war, hatte sein Frauchen die Kaffeemaschine angestellt.

»Frau Berger, wir haben Regeln«, hatte ich gesagt und mich auf die Eckbank am Küchentisch gesetzt. Zum ersten Mal. Ich hatte noch nie in ihrer Küche gesessen, hatte nie hier bei ihr Kaffee getrunken oder zu Mittag gegessen. Oder gefrühstückt. Was Sam in einer Woche schon mehrfach geschafft hatte.

»Regeln, die Ihnen nicht mehr wichtig sind«, entgegnete sie und spielte damit natürlich auf Sam an.

»Werden Sie sich über Ihre Meinung klar«, sagte ich so fest, wie ich es noch konnte. »Entweder ist Sam bedauernswert, dünn und braucht meine Hilfe oder ich halte mich an die Regeln und werfe ihn hinaus. Beides geht nicht.«

»Behalten Sie Sam, aber nicht das Problem.«

Ich hatte daran denken müssen, wie ich Sam auf meiner Terrasse zurückgelassen hatte. Er hatte in seinem Sessel gehockt, den Kopf in die Hände gestützt, die Finger in den Haaren vergraben. Ich hatte ihn so zwar ungehindert anschauen können, aber trotzdem war das keine Körperhaltung, in der ich ihn hatte sehen wollen: Ich brauchte ihn wach, ich brauchte ihn klar im Kopf. Ich brauchte ihn, damit ich nicht die nächsten fünfzig Jahre im Knast saß - wegen eines Mordes, den mir das Schicksal aufgetragen hatte, gefundenes Fressen für jeden Psychiater.

»Sie sollten ein paar Tage wegfahren«, hatte ich zu Frau Berger gesagt. »Besuchen Sie doch Ihre Schwester mal wieder, Sie haben sich seit Monaten nicht gesehen.«

Frau Berger hatte frisches Wasser in Kasimirs Napf gefüllt.

»Morgen kommen um acht Uhr die Leute mit der Abdeckung für Ihren Pool«, hatte sie eingewandt, was stimmte. Und wegen meiner kleinen Menschen-Phobie auch keine leere Ausrede war.

»Darum kümmere ich mich schon.«

Eine längere Pause war diesen meinen Worten gefolgt und hatte sie bedeutsam gemacht.

»Ist es so schlimm?«, hatte Frau Berger dann gefragt, ohne mich anzusehen, ich hatte genickt.

»Ja.«

»Meine Schwester ist im Urlaub. An der See. Wegen ihrer Bronchien.«

»Dann schicken wir Sie auch in den Urlaub. Kasimirs

Bronchien klingen, als könnte er eine Luftveränderung vertragen. Packen Sie Ihre Sonnencreme ein und einen schicken Bikini.«

»Und wenn ich zurückkomme?«

»Ist vielleicht alles wieder so, wie es war. Oder ganz anders.«

Sie hatte mich angesehen, und ich hatte den Blick gesenkt, weil ich nicht hatte wissen wollen, wann wir uns wiedersehen würden. Oder ob wir uns wiedersehen würden.

»Nun gut. Ich gehe. Aber ihn schicken Sie nicht fort. Er rettet Sie.«

Ich hatte ihr ein Zugticket gebucht und ein Hotelzimmer. An der Nordsee, in einem hundefreundlichen Hotel, Meerblick, Halbpension. Ich hatte es getan wie ein Roboter, wusste schon jetzt nicht mehr, wie das Hotel hieß, wann der Zug ankommen würde: Mein Kopf war reines Chaos gewesen, erfüllt vom knirschenden Reißen des Gewebes, vom leuchtend roten Blut, das dem Mörder im Todeskampf aus Mund und Nase gelaufen war, das sich unter seinem gurgelnden Atem zu Bläschen aufgetürmt hatte, kurzlebiger als Seifenblasen. Und mein Kopf war Chaos geblieben, bis jetzt, wo ich auf dieser Liege verharrte, auf der Sam mich gebettet hatte wie eine Kranke, kaum dass Frau Berger im Taxi gesessen hatte. Bevor er gegangen war, ohne mir den Blick zu gewähren, der die Frage nach dem Ende des heutigen Tages beantwortet hätte. Oder mir zu sagen, wie er sich fühlte nach dem, was in dieser Wohnung passiert war. Dem Zusammenbruch des Mörders. Sein gequältes, dumpfes Schreien, das Zusammenkrümmen auf dem fadenscheinigen Teppich. Mein Gesicht, dass ich selbst als viel zu wissend dreinschauend erahnt hatte, das zu deutlich sagte, dass ich für das verantwortlich war, was da geschah. Für das Sterben, das wir mit ansehen mussten, zu lang, viel zu lang.

Der Mond schimmerte auf der glatten Wasseroberfläche des Schwimmbeckens und ebenso auf dem schwarzen Stahl der Waffe, die neben mir auf dem Tisch lag. Es war nicht meine, es war die des Mörders, nun besaß ich also schon zwei. Ein scharfer Geruch ging von ihr aus, als haftete ihr noch der

Schuss an, mit dem sie Tobias niedergestreckt hatte. Ich hatte also einen Mörder ermordet, bevor dieser erneut zum Mörder hatte werden können. Was mich selbst zum Mörder machte, den man hätte erschießen müssen, wenn man vorher gewusst hätte, was ich tun würde. Worauf wiederum auch der, der mich getötet hätte, hätte getötet werden müssen, um den Mord an mir zu verhindern, den ich ja noch gar nicht begangen hatte. Ein Teufelskreis, der immer einen Schuldigen zurückließ. Und viele Opfer, von denen niemand zu sagen vermochte, ob sie schuldig oder unschuldig waren.

Ich wusste nicht, wohin Sam gegangen war, aber ich wusste, was er tat: Er brachte den Mörder dort hin, wo er schon Tobias hingebracht hatte. Ich wollte nicht wissen, wo das war, und ich hatte ihn auch nicht gefragt. Wir hatten nicht mehr gesprochen seit dem Tod des Mörders. Weil es nicht mehr nötig gewesen war, so als wäre sein letzter, gequälter Atemzug, herausgegurgelt durch einen Mund voll Blut, der lang ersehnte Punkt am Ende einer langen Rede gewesen. Sam hatte mich an der Hand gefasst und zum Fahrstuhl geführt, auf den Beifahrersitz gesetzt, zu meinem Haus zurück gefahren. Ich wusste, dass er verstand, was ich gesehen hatte. Und ich war ihm dankbar dafür, dass er nicht fragte, wen ich beschützt hatte, wen ich in der Zukunft des Mörders hatte sterben sehen: ihn oder mich. Es war egal, und ich würde es nicht verraten. Ich würde es vergessen, damit es niemals mehr wichtig sein konnte. Nein, Sam hatte nicht gefragt. Er hatte geschwiegen und er hatte akzeptiert, dass ich geglaubt hatte, es tun zu müssen. Damit akzeptierte er meinen Glauben, akzeptierte er das Schicksal. Akzeptierte mich.

***

Als Sam wieder kam, hatte er zwei Pizzakartons unter dem Arm. Er rückte sich die andere Liege näher heran, holte ein Messer aus der Küche, eine Flasche Weißwein und zwei Rotweingläser. Er gab mir ein Glas und wartete, bis ich einen Schluck getrunken hatte, dann wechselte er das Glas gegen ein

Stück Pizza mit einer Scheibe Aubergine aus.

»Bist du Vegetarierin?«, fragte er, ich schüttelte den Kopf.

»Die andere Pizza ist Salami.«

Ich biss ab, sah ihn im Augenwinkel nicken, als erfreue ihn dieser Anblick. Er nahm ein Stück mit Gemüse und eins mit Salami, legte sie wie zwei Brotscheiben übereinander und schlang sie hinunter.

»Ich war noch in der Redaktion«, sagte Sam, als sein Mund wieder frei war.

»Warum?«

»Ich hab unserem Osteuropa-Korrespondenten dieses Telefonat von der CD gegeben. Habe ihm gesagt, ich hätte das von einem Freund, der nicht genannt werden wolle.«

Ich wartete, bis Sam einen Schluck Wein getrunken hatte.

»Er glaubt, er kennt den Mann, der die Liste durchgibt. Kein Politiker, aber jemand aus dem Polizei-Apparat. Fungiert als Sicherheitsberater des Präsidenten. Sieht auf Fotos aus wie ein Manager, und ist ein Riesenarschloch. Iss, es wird kalt.«

Ich biss noch einmal ab, legte die Pizza dann zurück in die Schachtel.

»Er wird es veröffentlichen. Wird ein bisschen Theater machen, ein oder zwei Artikel schreiben, das Ding einmal durchs Internet jagen. Das ist gut«, fügte Sam hinzu, als ich nicht reagierte, und ich wiederholte meine Frage von eben.

»Warum?«

»Weil die Datei auf der CD jetzt kein Einzelstück mehr ist. Wenn sie im Internet ist, multipliziert sie sich. Du kannst eine einzelne CD finden und zerstören, aber du kannst nicht tausende von Dateien auf der ganzen Welt aufspüren und löschen. Und die Leute, die sie gehört haben, töten. Das ist wie bei einem Schwarm Fische: Wenn es viele gibt, schützt das Ganze das Einzelne und das Einzelne das Ganze.«

»Sie wollten auch mich«, sagte ich, »nicht nur die CD.«

»Ja«, erwiderte Sam, und seine Stimme hatte dabei ein wenig von der Gewissheit verloren, mit der er zuvor gesprochen hatte. »Dagegen kann ich nichts machen. Dich kann ich nicht in einen Schwarm verwandeln.«

»Also warte ich, bis der große Unbekannte andere Leute schickt, um mich zu holen.«

»Wenn der große Unbekannte der Typ von der CD ist, hat der jetzt anderes zu tun, als dich zu suchen. Und er braucht dich gar nicht mehr: Sein Anwalt kann ihm auch sagen, dass seine Zukunft nicht gerade rosig aussehen dürfte.«

»Und wenn es ihm scheißegal ist, was in einer deutschen Zeitung über irgendein Telefonat steht, das er vielleicht mal geführt hat? Wenn es ihm am Arsch vorbeigeht, welche Datei du zu einem Schwarm gemacht hast?«

Sam zog eine Augenbraue hoch, als er mich fluchen hörte, ließ das jedoch unkommentiert.

»Wenn das so ist, dann wird er dich suchen«, sagte er stattdessen. »Wenn er verstanden hat, dass sein Mordgeselle tot ist. Er wird dich suchen, aber er muss dich ja nicht finden. Wir montieren das Fußpflege-Schild da vorne ab, und schon weiß keiner mehr, dass du hier warst.«

Das war ein Scherz, aber mir war nicht nach Lachen.

»Das dürfte nicht reichen«, sagte ich, Sam zögerte, dann sah ich ihn in meinem Augenwinkel nicken.

»Nein. Du musst hier weg.«

Ich blickte auf den nagelneuen Pool.

»Ich werde nicht gehen. Dies ist mein Haus. Und ich kann mich verteidigen. Ich kann uns beide verteidigen.«

Sam zuckte zusammen, als ich diese doch eigentlich beruhigenden Worte sprach. Mein Blick fand seine Augen, und ich sah einen Schimmer darin, den ich erst nicht verstand, dann aber als Angst interpretierte. Vor mir? Vor dem, was ich getan hatte? Nein, eher vor dem, was ich vermochte, still und leise und von innen. Und wovon ich ihm sonst noch nichts erzählt hatte.

»Dein Haus und dein Pool«, summierte Sam, als hätte es diesen Moment der Furcht nicht gegeben.

»Ja.«

»Es muss aber sein. Wir packen ein paar Sachen ein und verschwinden. Lass uns zum Fujiyama fahren und ihn ein paar Monate lang betrachten. Dann kommen wir zurück, und alles ist wieder gut.«

»Nein.«

»Pythia, bitte …«

»Nenn mich nicht so«, unterbrach ich ihn. »Das ist kein Name. Das bin nicht ich, das ist nur ein Job.«

Sam nickte.

»Okay, nur ein Job. Dann verrate mir deinen richtigen Namen. Wenn wir schon zusammen hier warten, bis sie kommen, um dich zu entführen und mich umzubringen, dann verrate mir wenigstens deinen Namen.«

Ich schwieg. Blickte über den Pool und den Rasen. Auf das Haus und auf Sam. Es war kein guter Zeitpunkt, ahnte ich: Ich hätte es ihm früher sagen sollen, als es noch harmlos gewesen wäre, als es noch nicht bedeutsam gewesen wäre. Als es noch keine Toten gegeben hatte. Aber dafür war es jetzt zu spät.

»Ich heiße Kassandra«, antwortete ich.

Sam stutzte, dann schallte sein Lachen über den nächtlichen Rasen - und es schwankte zwischen ehrlicher Belustigung und aufkommender Panik.

+++ ENDE +++

DAS BUCH

"Was passiert am 10. August?" Mit dieser Frage im Gepäck wird Sam
durch einen anonymen Brief zu einer Seherin geschickt. Deren
Antwort ist ebenso simpel wie erschreckend: "Sie werden am 10.
August sterben." Doch was in Sams Leben bedingt die tödlichen
Schüsse aus der Dunkelheit?
Eine von der ganzen Welt abgeschottet lebende Wahrsagerin, ein
zwischen Unglauben und Angst schwankender Kunde und ein
anonymer Mörder - das sind die Hauptfiguren in diesem
mitreißenden Thriller, in dem der Glaube an die eigenen Fähigkeiten
zur alles entscheidenden Frage wird ...

DIE AUTORIN

Tina Sabalat, geboren 1973 in Nordrhein-Westfalen, studierte
Germanistik und Philosophie und lebt in München.

AUSSERDEM ERSCHIENEN:

Sophies Spiegel, ISBN-10: 3-8476-9459-6
Die Schlucht, ISBN-10: 3-8476-7939-2
Die Ewigen, ISBN-10: 3-8476-6941-9